# 古典詩歌研究彙刊

## 第十八輯

龔鵬程 主編

## 第 2 冊

### 花卉在中國傳統詩歌中之意涵及其演變（下）

陳威伯 著

國家圖書館出版品預行編目資料

花卉在中國傳統詩歌中之意涵及其演變（下）／陳威伯 著──
初版 ── 新北市：花木蘭文化出版社，2015〔民104〕
目 2+212 面；17×24 公分
（古典詩歌研究彙刊 第十八輯；第 2 冊）
ISBN 978-986-404-294-4（精裝）
1. 中國詩 2. 詩歌 3. 詩評

820.91                                              104014038

ISBN- 978-986-404-294-4

9 789864 042944

古典詩歌研究彙刊
第十八輯　第二冊                    ISBN：978-986-404-294-4

# 花卉在中國傳統詩歌中之意涵及其演變（下）

作　　者　陳威伯
主　　編　龔鵬程
總 編 輯　杜潔祥
副總編輯　楊嘉樂
編　　輯　許郁翎
出　　版　花木蘭文化出版社
社　　長　高小娟
聯絡地址　235 新北市中和區中安街七二號十三樓
　　　　　電話：02-2923-1455 ／傳眞：02-2923-1452
網　　址　http://www.huamulan.tw 信箱 hml 810518@gmail.com
印　　刷　普羅文化出版廣告事業
初　　版　2015 年 9 月
全書字數　318863 字
定　　價　第十八輯 13 冊（精裝）新台幣 20,000 元

# 花卉在中國傳統詩歌中之意涵及其演變（下）

陳威伯　著

目
次

# 第六章　荷花意涵的演變

　　在中國所有花卉之中，荷花是最奇特的一種花卉。它廣泛涵納歷代不同的審美意涵，且又能兼容並蓄，甚至於在審美上喜愛平淡素淨的宋人，對於豔麗的荷花仍賦予最高的君子人格。相較於其他中國原產的花卉，如桃、梅、牡丹等，總在不同時代的審美風尚中，或顯或隱，或褒或貶。只有荷花可以在不同的時代價值與審美風尚中，都維持著極高的評價。甚至在宗教中也能佔有崇高的地位，無論外來的佛教，或是本土的道教，都不約而同的以它作爲宗教的象徵。更重要的是荷花兼具實用與觀賞的價值，更是其他花卉所比不上的特質。清人李漁在《閒情偶記》提到「是芙蕖也者，無一時一刻，不適耳目之觀；無一物一絲，不備家常之用者也。有五穀之實，而不有其名；兼百花之長，而各去其短。種植之利有大於此者乎？」〔註1〕這種兼美特質，正是傳統中國文人最想統合的價值理想，可以說荷花在某種意義上具有現實與理想兼具的完美象徵。也因爲如此，荷花在宋代才能成爲儒、釋、道三家精神的統合象徵。更特別的是，荷花的審美雖然主要著眼在花，但卻不斷的往其他部位拓展，從花、蓮蓬、種子、胚芽、葉、莖、根，乃至藕上的通氣孔及節，幾乎每一細部都得到文人

---

〔註 1〕　（清）李漁：《閒情偶記》（臺北：明文書局，2002 年 8 月），〈種植部〉，頁 254。

充分的審美關注。此外對於荷花的欣賞也不僅止於開花時期,從剛冒出水的錢荷,乃至到最後的殘荷枯葉,無一不在文人的審美關注之中,而這是在其他花卉身上所看不到的奇特現象,從中也可以看到荷花在中國文化裡的重要地位。因此本章的寫作重點就著眼在歷代不同的時代價值對於荷花審美觀點的轉變,以呈現出荷花多元的文化意涵。

# 第一節 先秦、兩漢的荷花意涵

## 一、先秦時期荷花意涵

### (一)《詩經》中的荷花意象

自古以來荷花就與先民的生活密切相關,距今七千年前的河姆渡文化遺趾中,就已經發現荷花的花粉化石。另外在距今五千年前的仰韶文化出土文物中,亦發現兩粒炭化的蓮子,而蓮藕更是西周初期人們普遍食用的四十餘種蔬菜之一〔註2〕,因此荷最早是以食物的形式而為先民所重視。

另外從《爾雅》對於荷花的解釋中,可以發現古人對於荷花各個部分區分極細,各自有不同的稱呼,文中提到:「荷,芙渠。其莖茄,其葉蘐,其本蔤,其華菡萏,其實蓮,其根藕,其中的,的中薏。」〔註3〕莖叫作「茄」、葉叫作「蘐」、地下莖叫作「蔤」,花叫作「菡萏」,蓮房叫作「蓮」,地下粗根稱「藕」,蓮子叫作「的」,蓮子中間的胚芽叫作「薏」。古人為何對於荷花各個部分辨到如此細微的地步呢?這應該與人們的生活需求或運用有關,亦可以說明荷花與先民在長期的生活當中,已經發展出極密切的關係。有趣的是後世文人對於荷花

---

〔註2〕 陳俊愉主編:《中國花經》(上海:上海文化出版社,2003年6月),頁152。

〔註3〕 (晉)郭璞注、(宋)邢昺疏:《爾雅注疏》(臺北:藝文印書館,民國96年8月),頁138。

的吟詠，亦同樣達到這種極其深入的細部描寫，足見荷花的形態及功用，對於人們而言是具有多麼特殊的價值意義。

雖然先民主要著重於荷的食用價值，不過人們還是很早就注意到它美麗的花朵，而成為民歌的吟詠題材，是先秦時期少數能被歌詠的花卉之一。《詩經》中描寫到荷花的作品有〈陳風·澤陂〉和〈鄭風·山有扶蘇〉，這兩首詩都與愛情有關。〈陳風·澤陂〉：

> 彼澤之陂，有蒲與荷。有美一人，傷如之何。寤寐無爲，
> 涕泗滂沱。彼澤之陂，有蒲與蕑。有美一人，碩大且卷。
> 寤寐無爲，中心悁悁。彼澤之陂，有蒲菡萏。有美一人，
> 碩大且儼。寤寐無爲，輾轉伏枕。〔註4〕

詩中的荷主要是用於興象，鄭箋云：「蒲以喻所說男之性，荷以喻所說女之容體也。」〔註5〕亦即以蒲喻男，而以荷喻女。詩中分別提及荷花不同部位，以喻女子的樣貌，鄭箋云：「芙蕖之莖曰荷。」；「蕑當作蓮。蓮，芙蕖實也。蓮以喻女之言信。」；「菡萏，荷華也，箋云：華以喻女之顏色。」〔註6〕詩中用荷花不同部位來隱喻女子樣態，顯示出人們對於荷花的關注已經不僅只於花，且用蓮花以喻女子的容顏，亦可知荷花在人們心中已經具有美麗的形象意涵。整體而言，這首詩中的荷花雖然只是用於興象，但仍可以看到美人與荷之間的隱喻關係，花色豔麗且豐碩，與先秦人們喜愛的女子樣貌具有某種的相似性，故用「荷」來興發對於女子的愛戀之情。

另一首與荷花有關的詩，則是〈鄭風·山有扶蘇〉，其詩云：「山有扶蘇，隰有荷華，不見子都，乃見狂且。山有喬松，隰有游龍，不見子充，乃見狡童。」〔註7〕「山有扶蘇，隰有荷華」爲興句，並沒有直接提到它與女性之間的關係。不過這種山與隰的對應，其實就隱

---

〔註4〕《爾雅注疏》，頁256。
〔註5〕《爾雅注疏》，頁256。
〔註6〕《爾雅注疏》，頁257。
〔註7〕（漢）毛公傳、鄭玄箋、（唐）孔穎達疏：《毛詩正義》（臺北：藝文印書館，1977年），頁171。

藏著男女呼應的對待關係，《大戴禮・易本命》提到：「丘陵爲牡，溪谷爲牝。」〔註8〕正說明這種牝牡的象徵意涵。另外考察《詩經》其他篇章亦可以發現，以「山有……」喻男，「隰有……」喻女，基本上是《詩經》的一種套式〔註9〕，因此「隰有荷華」這句詩，基本上是用以象徵女子。這種以花取喻女子的情形也出現在桃花，豔麗的花朵讓人直接聯想到美麗的女子，幾乎是古今中外人們相同的心理模式。不過《詩經》中這兩首用荷花取喻女子的詩歌，顯然不如〈桃夭〉來得深刻。撇開詩歌描寫的語言，而從桃花與荷花的象徵意涵來論，由於桃花的開花時節與婚戀密切相關，因此桃花從「灼灼其華」到「有蕡其實」，都被賦予了女子相關的生命意涵，故桃花自古就是最具女性象徵的傳統花卉。反觀荷花開於盛夏，且與古人的婚戀習俗沒有特殊的關聯，因此《詩經》中荷花意象只是單純用於取喻女子的容顏。雖然《詩經》中的荷花，女性象徵不若桃花強烈，但以荷花喻女子的方式卻影響了後世的文學，成了荷花的重要意象，例如：李白〈寄遠十一首〉：「愛君芙蓉嬋娟之豔色」〔註10〕、高適〈效古贈崔二〉：「美人芙蓉姿」〔註11〕。總之，荷花在先民初期的審美中，由於具有碩大美麗的花朵，自然容易產生與女子容貌相關的聯想，因此在《詩經》中首先開啓的是以形色隱喻女子的荷花意涵，至於荷花深刻的人格意涵卻是要等到《楚辭》才形成。

## （二）《楚辭》中的荷花意涵

　　荷花原本就廣泛的分佈在長江中下游地區，因此在「紀楚地，名楚物」的《楚辭》中，自然也少不了這種富於南方水鄉特色的花卉。在《楚辭》的香草中，多數的香草都是以嗅覺的辛香爲主，主要用於

〔註 8〕黃懷信：《大戴禮記彙校集注》（西安：三秦出版社，2005 年 1 月），頁 1405。
〔註 9〕滕志賢注譯、葉國良校閱：《新譯詩經讀本》（臺北：三民書局，2004 年 4 月），頁 230。
〔註 10〕《全唐詩》，卷 184，頁 1879。
〔註 11〕《全唐詩》，卷 211，頁 2190。

調味料、漬酒、沐浴劑、佩飾、建材以及祭祀用品〔註12〕，它們與楚人的日常的生活習俗密切相關。據南朝宗懍撰寫的《荊楚歲時記》記載：如：「正月一日……進椒柏酒，飲桃湯」〔註13〕、「正月未日夜，蘆苣火照廁中，則百鬼走」〔註14〕、「三月三日……取黍麴菜汁作羹……以厭時氣」〔註15〕、「五月五日，謂之浴蘭節。四民並蹋，百草之戲，採艾以爲人，懸於門上，以禳毒氣。以菖蒲或縷或屑，以泛酒。」〔註16〕由於楚人生活在南方的瘴癘之地，因此特別需要香草來進行禳毒、辟疫。更重要的是香味原本就與祭祀的關係非常密切，不論是埃及、美索不達米亞乃至中國，各式焚香、塗香的行爲都與宗教密切相關。從《尚書・君陳》：「至治馨香感于神明」〔註17〕及《詩經・生民》：「其香始升上帝居歆」〔註18〕可知中國早期已經廣泛運用馨香於宗教活動之中。透過香氣可以阻斷日常熟悉的現實感受，因此容易讓人進入一種非現實的世界當中，進而勾動特殊的宗教情感，因此多數的宗教都是利用「香」來與它界的神靈溝通，透過香來吸引神靈，以達到招喚神靈降臨的宗教目的。〔註19〕是故楚人之所以特別重視香草，這是與他們的宗教信仰具有密切的關係。王逸《楚辭章句》謂：「楚國南部之邑，沅湘之間，其俗信鬼而好祠，其祠必作歌樂鼓舞，以樂諸神。」〔註20〕楚人信巫而好祠，祭祀之時，必使巫覡作歌

---

〔註12〕廖美玉：《中古詩人的生命印記》（臺北：里仁書局，2007 年 7 月），頁 10。

〔註13〕（梁）宗懍：《荊楚歲時記》（揚州：廣陵書社，2003 年），頁 2。

〔註14〕（梁）宗懍：《荊楚歲時記》（揚州：廣陵書社，2003 年），頁 9。

〔註15〕（梁）宗懍：《荊楚歲時記》（揚州：廣陵書社，2003 年），頁 15。

〔註16〕（梁）宗懍：《荊楚歲時記》（揚州：廣陵書社，2003 年），頁 17。

〔註17〕（漢）孔安國傳、（唐）孔穎達正義：《尚書正義》（臺北：藝文印書館，1977 年），頁 274。

〔註18〕（漢）毛公傳、鄭玄箋、（唐）孔穎達疏：《毛詩正義》（臺北：藝文印書館，1977 年），頁 596。

〔註19〕余舜德主編：《體物入微：物與身體感的研究》（新竹：國立清華大學出版社，民國 97 年 12 月），頁 222。

〔註20〕（漢）王逸注、（宋）洪興祖補注：《楚辭章句補注》（臺北：世界書

舞以娛神，充滿了原始宗教氣氛。由於屈原許多篇章是以楚地民間祭歌爲基礎而進行創作，因此與巫儀密切相關的香草，也成爲《楚辭》中的重要事物。由楚地祭歌改編的《九歌》有多處提到有關荷的內容，如：

　　　乘水車兮荷蓋。（〈河伯〉）〔註21〕

　　　荷衣兮蕙帶。（〈少司命〉）〔註22〕

　　　芷茸兮荷屋。（〈湘夫人〉）〔註23〕

《九歌》中與巫儀相關的花木，它們主要具有三種功能：一者，用作作爲巫或神靈的修飾；二者，用來布置祭壇；三者，用來當作祭品。荷在這裡主要是作爲巫或神靈的修飾，其中包括衣著、交通工具、住房的修飾。〔註24〕（據李懷蓀的調查，現在漵浦儺戲中的巫師，請神時頭依然戴著荷花，可用於印證〔註25〕。）楚人認爲香草具有驅鬼、禳毒、辟疫等功效，因而具有聖潔的象徵，故楚人用香草來修飾巫師與神靈，並用它們來佈置神壇或作爲祭品。因此不論是披荷爲衣，還是茸荷爲屋，還是以荷爲車蓋，基本上都與巫儀密切相關，可以說荷是一種象徵人神溝通的媒介物。

　　不過屈原創作這些祭歌的目的，原本就不是爲了記載這些楚地風俗與神話傳說，清沈德潛《說詩晬語》云：「九歌託事神以喻君，猶望君之感悟也。」〔註26〕又說「《離騷》興美人之思，平子有定情之詠；然詞則託之男女，義實關乎君父友朋。」〔註27〕可見《楚辭》中

　　　局，民國78年11月），頁33。

〔註21〕《楚辭章句補注》，頁45。

〔註22〕《楚辭章句補注》，頁43。

〔註23〕《楚辭章句補注》，頁40。

〔註24〕張玉春、唐明：〈論《九歌》的直接源頭〉，《古籍整理研究學刊》第1期（2006年），頁1～6。

〔註25〕王慧：〈楚辭蓮荷意象研究〉，《藝海》第06期（2008年），頁4。

〔註26〕（清）沈德潛：《說詩晬語》，《續修四庫全書》集部‧詩文評，第1701冊（上海：上海古籍出版社，2002年），頁4。

〔註27〕《說詩晬語》，頁21。

的人神戀、男女戀愛，其實都具有君臣關係的隱喻。由於荷具有溝通人神的作用，因此也被屈原用來象徵溝通君臣隔閡的媒人，《九章·思美人》提到：「因芙蓉而為媒兮，憚褰裳而濡足。」〔註28〕想採荷花替我媒介，又怕下水打濕了腳，這不正是用愛情受挫來隱喻不受君王重視的哀傷。另外《九歌·湘君》：「采薜荔兮水中，搴芙蓉兮木末。心不同兮媒勞，恩不甚兮輕絕。」〔註29〕文中提到在樹梢採芙蓉，從水中採薜荔，這種緣木求魚而不合理的作法，顯現出屈原對於忠貞卻無法被君王接納的痛苦，因此才說出兩人若不同心，即使請薜荔和芙蓉作媒人亦是白費心思的喪氣話。從〈思美人〉和〈湘君〉這兩段有關荷花的描述，可以發現荷花具有媒人意涵，而這個意涵可能與荷具有溝通人神的宗教功能有關。上述這些與荷花相關的描述，其意涵其實都還相當隱晦。不過在〈離騷〉：「制芰荷以為衣兮，集芙蓉以為裳。」〔註30〕這句話中，屈原賦予荷花的價值意涵就很明顯，王逸《楚辭章句》：「言己進不見納，猶復裁製芰荷，集合芙蓉，以為衣裳，被服愈潔，修善愈明。」〔註31〕由於屈原的進言不被楚王接納，因此他裁製芰荷及芙蓉，來作為自己的衣裳，透過外在的儀表來象徵內在高潔的品格，於是華美的儀容與貞潔的品德構成了屈原完美的自我形象。是故荷花因此具有了芳潔心志的象徵，而成為中國文人用以表彰自我節操的象徵物。

荷花意象到了《楚辭》已經跳脫《詩經》從物色來比起喻女子的粗淺形式，屈原賦予了荷花芳潔的意涵，使得荷花具有芳潔的品格象徵。不過比較起來，《詩經》以荷花喻女子的形式，在後世文學上反而較為常見。而《楚辭》中的君子意涵，卻一直要到北宋周敦頤的〈愛蓮說〉才再度受到重視。只是無論是《詩經》，還是《楚辭》，

---

〔註28〕（漢）王逸注、（宋）洪興祖補注：《楚辭章句補注》（臺北：世界書局，民國78年11月），頁21。

〔註29〕《楚辭章句補注》，頁37。

〔註30〕《楚辭章句補注》，頁10。

〔註31〕《楚辭章句補注》，頁10。

荷花依然只是用來作爲比興之用，而尙未對就荷花本身的美感作出吟詠。

## 二、兩漢時期的荷花意涵

　　富盛強大的漢帝國，對於廣大的世界呈現出強烈的擁抱熱情，張揚、鋪陳的特質展現在各個領域，喜歡收奇獵異也體現在漢代的園林苑囿，原本屬於南方草木的荷花也被栽植在北方的長安，據《三輔黃圖》記載：《廟記》曰：「建章宮北池名太液，周回十頃，有采蓮女鳴鶴之舟。」〔註32〕太液池中有仿製江南風情的採蓮女及採蓮舟。而漢昭帝亦曾吟詠這裡的荷花，〈黃鵠歌〉云：「唼喋荷荇，出入蒹葭。」〔註33〕另外《三輔黃圖》又載：

> 琳池……池中植分枝荷，一莖四葉，狀如駢蓋，日照則葉低蔭根莖，若葵之衛足，名曰低光荷。實如玄珠，可以飾佩，花葉雖萎，芬馥之氣徹十餘里，食之令人口氣常香，益脈治病。〔註34〕

從這段記載中可知，除了一般的荷花外，特殊品種的荷花也有收羅栽種，可以說荷花在西漢時期已經是皇家園林重要的觀賞花卉，具有的神奇尊貴與濃厚的盛世氣息。而在文學方面，荷花亦是文人描寫的景物之一，司馬相如〈上林賦〉云：「唼喋菁藻，咀嚼菱藕。」〔註35〕張橫〈東京賦〉：「濯龍芳林，九谷八溪。芙蓉覆水，秋蘭披涯。」〔註36〕從炫揚國富與歌功頌德的漢賦中，可以知道在漢人的眼中荷花亦是具有炫富的華貴色彩。而在漢代的詠物賦中，荷花開始成爲文人獨立審美的花卉。這時期存目的詠荷作品有八篇，不過多數的芙蓉賦

---

〔註32〕畢沅校正：《三輔黃圖》（北京：中華書局，1985 年），頁 33。

〔註33〕《先秦漢魏晉南北朝詩》，《漢詩》，頁 108。

〔註34〕畢沅校正：《三輔黃圖》（北京：中華書局，1985 年），頁 35。

〔註35〕（梁）昭明太子編、李善注：《文選》（臺北：藝文印書館，民國 92年 3 月），卷 8，頁 127。

〔註36〕（梁）昭明太子編、李善注：《文選》（臺北：藝文印書館，民國 92年 3 月），卷 3，頁 56。

都已亡佚，僅《初學記》載有張奐〈芙蓉賦〉殘篇：「綠房翠蒂，紫飾紅敷；黃螺圓出，垂蕤散舒。纓以金牙，點以素珠。」〔註37〕從這段描寫中可以發現，文人對於荷花外在形態的審美上，已經描寫的相當精細，足見純粹客觀的花卉審美在漢代已經形成。另外荷花意象也出現在這時期的詩歌中，〈涉江採芙蓉〉是一首優美動人的抒情詩，透過「採芙蓉」這個動作，將自己內心對於戀人及家鄉的思念深切的表露出來，其詩云：

> 涉江采芙蓉，蘭澤多芳草。采之欲遺誰，所思在遠道。還顧望舊鄉，長路漫浩浩。同心而離居，憂傷以終老。〔註38〕

「涉江」是楚辭篇名，前四句之語辭亦由〈湘君〉：「采芳洲兮杜若，將以遺兮下女。」〔註39〕等句衍化而成，因此詩中或寓有屈原流離之傷。事實上採摘芳草以贈人，藉以傳達美好的情感，在《詩經》中即已出現，〈鄭風・溱洧〉：「維士與女，伊其將謔，贈之以勺藥。」〔註40〕到了《楚辭》則進一步形成了香草美人的寄託，如〈湘夫人〉：「搴汀洲兮杜若，將以遺兮遠者。」〔註41〕而在〈涉江採芙蓉〉這首詩中則將思念寄託於芙蓉，因此芙蓉或寓有美好及深切的情感象徵。

　　大體而言，從漢代文學中可以發現荷花是漢代人最喜歡的花卉，不過受到當時的文學形式與文學觀的影響，因此常流於浮面而呆板的描寫。是故必須等到六朝，荷花的審美與寫作才有進一步的發展。

---

〔註37〕　（唐）徐堅：《初學記》，收於景印文淵閣四庫全書 890 冊（台灣：台灣商務印書館，民國 72 年），卷 27，頁 890～442。

〔註38〕　《先秦漢魏晉南北朝詩》，《漢詩》卷 12，頁 330。

〔註39〕　（漢）王逸注、（宋）洪興祖補注：《楚辭章句補注》（臺北：世界書局，民國 78 年 11 月），頁 37。

〔註40〕　（漢）毛公傳、鄭玄箋、（唐）孔穎達疏：《毛詩正義》（臺北：藝文印書館，1977 年），頁 183。

〔註41〕　（漢）王逸注、（宋）洪興祖補注：《楚辭章句補注》（臺北：世界書局，民國 78 年 11 月），頁 40。

## 第二節　六朝荷花意涵

　　六朝荷花意涵的發展上，除了文學本身的發展因素外，宗教對於六朝蓮花意涵也開始產生了影響。由於東漢時期傳入的佛教，以及漢代的道教神仙思想，都是以蓮花作爲其重要的宗教象徵，因此探討六朝的荷花意象，就不能不談到宗教的影響。是故本節將六朝的荷花審美分成兩部分探討，第一部分主要從文學的發展來談荷花意涵的演變。第二部分則分別從佛教及道教探討他們對於蓮花意涵的影響。

## 一、六朝文學中的荷花意涵

　　建安時期，鄴下文人的詩歌中開始出現大量的荷花意象，並成爲文人最常用的花卉意象，例如：

　　　　菱芡覆綠水，芙蓉發丹榮。（曹丕〈于玄武陂作詩〉）〔註42〕

　　　　秋蘭被長陂，朱華冒綠池。（曹植〈公宴詩〉）〔註43〕

　　　　芙蓉散其華，菡萏滿金塘。（劉楨〈公宴詩〉）〔註44〕

　　　　幽蘭吐芳烈，芙蓉發紅暉。（王粲〈詩〉）〔註45〕

從這些詩句中可以發現喜用對仗、辭采華麗，明顯表現出追求語言華美的傾向，而在荷花的描寫上亦只著眼於花朵豔麗的形貌，並沒有什麼特殊的情感寄託。事實上這些詩歌幾乎都是文士宴集酬唱的作品，根據相關資料可知宴飲的地點，多半在西園的芙蓉池，因此描寫芙蓉的句子也就常出現在這些即席酬唱的作品之中。在揮灑才思與爭巧求奇的心態下，也就沒有太深刻的情思表達。曹丕〈秋胡行〉是少數寓含寄託的作品，其詩云

---

〔註42〕《先秦漢魏晉南北朝詩》，《魏詩》卷4，頁400。

〔註43〕（梁）昭明太子編、李善注：《文選》（臺北：藝文印書館，民國92年3月），卷20，頁288。

〔註44〕《文選》，頁289。

〔註45〕《先秦漢魏晉南北朝詩》，《魏詩》卷二，頁364。

汎汎綠池，中有浮萍。寄身流波，隨風靡傾。芙蓉含芳，
菡萏垂榮。朝采其實，夕佩其英。采之遺誰，所思在庭。
雙魚比目，鴛鴦交頸。有美一人，婉如清揚。知音識曲，
善爲樂方。〔註46〕

這首詩明顯具有《楚辭》香草美人的寄託，語句及意涵都可以看出化
用《楚辭》：「朝飲木蘭之墜露兮，夕餐秋菊之落英。」〔註47〕及「采
芳洲兮杜若，將以遺兮下女。」〔註48〕的痕跡。不過詩中的美人意象
卻是指代賢人或知己，因此寓意上已經與《楚辭》有所不同。總之荷
花在建安詩歌中的意象，除了作爲景觀描寫外，大致上還是延續《楚
辭》的象徵意涵，甚至在語辭、物象的對應上亦多有因襲，例如「幽
蘭吐芳烈，芙蓉發紅暉。」〔註49〕荷花與蘭對應出現，即是受到《楚
辭》的影響。整體而言，在建安詩歌中，荷花尙未成爲文人單獨吟詠
的物象。不過在當時流行的詠物賦中，卻已出現以荷花爲寫作對象的
作品，最著名的就是曹植〈芙蓉賦〉，其文曰：

覽百卉之英茂，無斯華之獨靈。結修根於重壤，泛清流而
擢莖。竦芳柯以從風，奮纖枝之璀璨。其始榮也，皎若夜
光尋扶桑；其揚輝也，晃若九陽出暘谷。〔註50〕

文中首先突出荷花領先群芳的特質——靈，緊接著從根、莖、葉、分
別讚賞，最後再描寫荷花從初開到盛開的形貌。由於荷花靈秀、美
麗，因此從《楚辭》以來就用以象徵高潔的人格情志，故曹植〈芙蓉
賦〉雖寫荷花實則抒發個人的情志理想，寫荷花結根重壤，擢莖清
流，即隱喻自身學養深厚與志趣清高，而寫荷花璀璨如日的美麗，則
寄託著自身皓潔高尙的人品與才華。

　　在六朝文人歌詠花卉的賦作當中，以詠荷的賦作最多，顯示出荷

〔註46〕《先秦漢魏晉南北朝詩》，頁390。
〔註47〕（漢）王逸注、（宋）洪興祖補注：《楚辭章句補注》（臺北：世界書
　　　　局，民國78年11月），頁7。
〔註48〕《楚辭章句補注》，頁37。
〔註49〕《楚辭章句補注》，頁37。
〔註50〕《廣群芳譜》，卷29，頁1713。

花在六朝人們心中的尊崇地位，如：

　　華莫盛于芙蕖。(潘岳〈蓮花賦〉) 〔註51〕

　　　考庶卉之珍麗，實總美于芙蕖。(傅亮〈芙蓉賦〉) 〔註52〕

賦中提到荷花是集所有美麗於一身的花卉，因此荷花是六朝人們公認為最美麗的花卉應是無庸置疑的。在這些詠荷的賦作中，最常強調的荷花特質，包括「靈」、「麗」、「珍」等特質，並喜歡用朝霞來形容荷花燦爛的花色，或用神話、天象意象來烘托其靈氛奇異，以呈現出遠離現實的神異色彩。這種特質的描寫與當時流行的道教神仙思想具有密切的關係。整體而言，這些賦作雖然以荷花為獨立審美的對象，且在觀察與描寫上都能充分體現出荷花獨特的美感，不過這些作品彼此間因襲甚多，內容與文字多有雷同而沒有新意，雖能顯現時代特色，卻無法展現個人獨特的審美特色。

　　進入南朝之後，荷花在詩歌中的意象開始有了新的變化，《文心雕龍·明詩篇》曰：「宋初文詠，體有因革，莊老告退，而山水方滋。」〔註53〕劉宋時代山水開始成為文人重要的寫作題材，這時荷花也開始從宮廷苑囿走入了自然的山水之中，並從靈異超凡的異花奇卉，而成為自然山水中的美麗風景。以山水詩聞名的謝靈運在〈遊南亭〉云：

　　　澤蘭漸被徑，芙蓉始發池。未厭青春好，已睹朱明移。感
　　　感感物歎，星星白髮垂。〔註54〕

作者在欣賞蘭、荷花盛發的美景中，突然意識到時光的流轉易逝，由賞玩之樂一變而為感嘆物老之哀。這時美麗的荷花觸動的不再是遙遠的神仙世界，而是回歸到花開花落與人情感的真實對應。此外這種對於美麗的執著情感也出現在謝靈運的〈山居賦〉，其文曰：

---

〔註51〕《廣群芳譜》，頁 1714。
〔註52〕《廣群芳譜》，頁 1716。
〔註53〕 周振甫注：《文心雕龍注釋》(臺北：里仁書局，民國 73 年 5 月)，頁 85。
〔註54〕《先秦漢魏晉南北朝詩》，《宋詩》卷 2，頁 1161。

> 雖備物之偕美，獨扶渠之華鮮。播綠葉之鬱茂，含紅敷之
> 繽翻。怨清香之難留，矜盛容之易闌。必充給而後搴，豈
> 蕙草之空殘。〔註55〕

荷花美麗易逝、清香難留，因此在充分欣賞荷花盛放的美麗之際，就需及時採下，以免留下空殘的憾事，充分表現出對於盛豔華美的貪戀之情。不過這個時期也開始有文人將審美眼光投向前人未曾關注到的秋荷及衰荷，例如：鮑照〈代白紵曲二首〉：「窮秋九月荷葉黃，北風驅雁天雨霜。」〔註56〕描寫荷花不再只是紅花綠葉，枯黃的荷葉也開始進入到文人寫作的視野之中。到了謝朓則進一步描寫秋荷、衰荷的形貌以及音聲，例如：

> 風碎池中荷，霜翦江南蓀。（〈治宅詩〉）〔註57〕

> 夏木轉成帷，秋荷漸如蓋。（〈後齋迴望詩〉）〔註58〕

> 間廁秋菡萏，出入春鳧雛。（〈詠蒲詩〉）〔註59〕

其實描寫秋荷早在陶淵明〈雜詩十二首〉就提到：「昔為三春蕖，今為秋蓮房。」〔註60〕不過陶淵明主要是針對荷花的物象變化，陳述盛衰的變化之情。因此並不像謝朓有意識的去關注這種秋荷的蕭颯之情。此外荷花在這個時期雖然多以風景的情態出現，但在荷花的姿態與欣賞的角度都有所創新，如：

> 芙蕖舞輕帶（謝朓〈曲池之水〉）〔註61〕

> 魚戲新荷動，鳥散餘花落。（謝朓〈遊東田詩〉）〔註62〕

---

〔註55〕（清）嚴可均編：《全上古三代秦漢三國六朝文》（北京：中華書局，民國47年），全宋文卷31，頁2604。

〔註56〕《先秦漢魏晉南北朝詩》，《宋詩》卷7，頁1273。

〔註57〕《先秦漢魏晉南北朝詩》，《齊詩》卷3，頁1435。

〔註58〕《先秦漢魏晉南北朝詩》，《齊詩》卷4，頁1449。

〔註59〕《先秦漢魏晉南北朝詩》，《齊詩》卷4，頁1451。

〔註60〕《先秦漢魏晉南北朝詩》，《晉詩》卷17，頁1006。

〔註61〕《先秦漢魏晉南北朝詩》，《齊詩》卷3，頁1418。

〔註62〕《先秦漢魏晉南北朝詩》，《齊詩》卷3，頁1425。

　　竹動蟬爭散，蓮搖魚暫飛。（庾信〈詠畫屏風詩二十五首〉）
〔註63〕

這時荷花已經逐漸褪去宮廷華麗物色的表徵，更不是因循〈楚辭〉中
蘭、荷聯用與比興意涵，因此南朝山水詩中的荷花與鳥、魚、蟬、竹、
風、露等自然景觀呈現出動態的互動關係，不再只是那種靜態的宮廷
美朵。

　　另外荷花意象在南朝的發展上，吳楚民歌中的采蓮曲也被文人吸
收成為創作的重要題材，梁武帝曾經根據這些民歌而作《采蓮曲》，
因此這些民歌中的採蓮意象以及戀歌的情感內涵，都影響了文人的荷
花意象。採蓮原本就是南方相當重要的農事，漢樂府〈江南〉：「江南
可採蓮，蓮葉何田田。」〔註64〕從這首現存最早的采蓮曲可知，採蓮
很早就是江南重要的農事活動。采蓮曲一開始應是勞動歌謠，是人們
用以緩解採蓮時的單調與重復。由於這些歌謠的內容往往都是以男女
相悅的戀歌為主，因此也兼具著傳遞男女情意的作用，所以在歌詞上
也特別纏綿多情，例如〈西洲曲〉：

　　開門郎不至，出門採紅蓮。採蓮南塘秋，蓮花過人頭。低
　　頭弄蓮子，蓮子清如水。置蓮懷袖中，蓮心徹底紅。〔註65〕

這首民歌主要是用以抒發女子的相思之情，因此也顯得纏綿而又委
婉含蓄。由於荷花自古就具有傳達情意的象徵意涵，而在民歌中更是
人們相當喜歡用的愛情象徵。也因為這種委婉含蓄的情感表達方式，
因此往往會透過一些與蓮相關的諧音雙關語來表達情意。以「蓮」
雙關「憐」，如〈讀曲歌〉：「必得蓮子時，流離經辛苦。」〔註66〕以
「藕」雙關「偶」，如〈子夜夏歌〉：「色同心復同，藕異心無異。」

---

〔註63〕《先秦漢魏晉南北朝詩》，《北周詩》卷4，頁2398。
〔註64〕王運熙、王國安評注：《漢魏六朝樂府詩評注》（山東：齊魯書社，
　　　　2003年3月），頁44。
〔註65〕同上註，頁213。
〔註66〕王運熙、王國安評注：《漢魏六朝樂府詩評注》（山東：齊魯書社，
　　　　2003年3月），頁158。

〔註67〕；以「芙蓉」雙關「夫容」，如〈子夜歌〉：「霧露隱芙蓉，見蓮不分明。」〔註68〕。

　　由於這些採蓮民歌豐富的男女情感，正符合南朝君主喜愛靡靡之音的偏好，因此大量採集來滿足縱情聲色的需要。女子採蓮時優美的動作以及美麗的蓮荷場景都被搬到了宮廷，這時男女情愛的戀歌也改製成宮廷的娛樂舞曲。梁武帝所作〈江南弄〉正是借采蓮的情愛象徵，而將之改編成宮廷娛樂的歌舞曲。這種荷花與美人，所營造出來的聲色效果，吸引著宮廷文人大量的從事創作。經過文人重新詮釋過的採蓮意象已經與原本的民歌不同，其主要差異處約有四點：一者，采蓮民歌原本是以第一人稱所吟唱，著重於情感的抒發，而南朝文人所創作的采蓮曲，則是從旁觀者來描寫采蓮女，著眼於欣賞與刻畫；二者，原本採蓮的民女變成了美人〔註69〕，例如梁元帝〈采蓮曲〉：「碧玉小家女，來嫁汝南王。蓮花亂臉色，荷葉雜衣香。因持薦君子，願襲芙蓉裳。」〔註70〕；三者，原本採摘蓮子的農事行為變成了採花或遊戲的浪漫情調：梁・簡文帝〈采蓮曲二首〉：「常聞蕖可愛，採擷欲為裙。」〔註71〕、梁・劉孝威〈採蓮曲〉：「金槳木蘭船，戲采江南蓮。」〔註72〕；三者，隨著宮體的盛行，採蓮曲逐漸與宮體同調，淪為女子與豔情的描寫，例如陳後主〈采蓮曲〉：

> 相催音中起，妝前日已光。隨宜巧注口，薄落點花黃。風住疑衫密，船小畏裾長。波交散動楫，菱花拂度航。低荷乳翠影，采袖新蓮香。歸時會被喚，且試入蘭房。〔註73〕

〔註67〕《先秦漢魏晉南北朝詩》，《梁詩》卷1，頁1517。

〔註68〕王運熙、王國安評注：《漢魏六朝樂府詩評注》（山東：齊魯書社，2003年3月），頁104。

〔註69〕俞香順：《中國荷花審美文化研究》（四川：巴蜀書社，2005年12月），頁50。

〔註70〕《先秦漢魏晉南北朝詩》，《梁詩》卷25，頁2035。

〔註71〕《先秦漢魏晉南北朝詩》，《梁詩》卷20，頁1914。

〔註72〕《先秦漢魏晉南北朝詩》，《梁詩》卷18，頁1868。

〔註73〕《先秦漢魏晉南北朝詩》，《陳詩》卷4，頁2503。

這首詩依次從女子起床、化妝、採蓮的嬌態、最後回到房間,整個描寫過程幾乎都著眼在女子的生活情貌,這時的采蓮曲已經完全呈現出宮體的寫作特色。

總之,南朝在荷花的審美上,主要是聚焦於荷花的「豔」與女色之間的關聯。雖然在格調上並不高雅,但卻能夠進一步跳脫〈楚辭〉芳潔的象徵,及兩漢道教神仙的靈異特質,而更能夠更貼近人們的生活情感。由於南朝山水詩與宮體的發展,因此也激發出不同樣貌的荷花書寫,因此南朝在拓展荷花審美的歷程中,具有深遠的影響性。

## 二、宗教對於六朝荷花意涵的影響

### (一)佛教對於蓮花意涵的影響

提到荷花必然讓人聯想起它與佛教的關係,不過早在佛教傳入中國之前的先秦時期,荷花就已經與楚國的原始宗教密切相關。只是後來受到佛教蓮花象徵的影響之後,佛教「出污泥而不染」的宗教意涵就逐漸成為荷花重要的意象。雖然佛教對於六朝文人的思想早就已經產生深刻的影響,不過佛教的蓮花意涵對於文學的影響,卻晚到南朝才開始,蕭衍〈淨業賦〉:「如芙蓉之在池,若芳蘭之生春。淤泥不能污其體,重昏不能覆其真。霧露集而珠流,光風動而生芬。」〔註74〕蕭繹〈法寶聯璧序〉:「俱宗出倒,蓮花起乎淤泥。」〔註75〕由於蕭氏父子都信奉佛教,因此用蓮花闡釋佛教義理是再自然不過的事了。但是在其他南朝文人的寫作上,佛教的蓮花意象還是很少進入到文學的意象之中,因此只有極少數的例子。在詩歌上只有蕭衍〈歡聞歌〉:

> 豔豔金樓女,心如玉池蓮。持底報郎恩,俱期遊梵天。
> 〔註76〕

---

〔註74〕 (清)嚴可均編:《全上古三代秦漢三國六朝文》(北京:中華書局,民國47年),全梁文卷1,頁2951。

〔註75〕 《全上古三代秦漢三國六朝文,《全梁文》卷17,頁3052。

〔註76〕 《先秦漢魏晉南北朝詩》,《梁詩》卷28,頁1519。

這首詩有學者認為是男女幽會、交歡的豔歌，但也許有學者認為是渴望超脫苦海而入梵天的願望。暫且不管作者真正的寄託為何，「豔豔金樓女，心如玉池蓮。」很明顯是受到佛教出污泥而不染的蓮花意象所影響。另外在清商曲詞〈四月歌〉中提到佛陀與蓮：「芙蓉始懷蓮，何處覓同心？俱生世尊前！折楊柳，撚花散名香，志得長相取。」〔註77〕這是一首戀歌，雖然提到世尊與蓮，但佛陀只是作為祈願愛情的神明，蓮、芙蓉的意涵還是民歌中的愛情隱喻。因此佛教雖然到了南朝已經廣泛的深入民間，但蓮花的宗教意涵卻還未對文學產生明顯的影響。

　　另外在鍾嶸《詩品》中提到：「謝詩如出水芙蓉，顏詩如錯彩鏤金。」〔註78〕表面上看來「出水芙蓉」似乎與佛教出污泥而不染的蓮花意象有關，但是「出水芙蓉」的重點是在出水芙蓉的亭亭美姿，因此與佛教著眼於超脫染污的象徵並不全然相同。前者著眼於美感，而後者著重在精神象徵。其實「出水芙蓉」的意象早在曹植的〈洛神賦〉中就曾出現過，「遠而望之，皎若太陽升朝霞，迫而察之，灼若芙蕖出淥波。」〔註79〕從文中可以明確看出芙蓉出水純然是從美感來描寫，而這種荷花亭亭玉立的美感欣賞，早就是六朝眾多詠荷賦的描寫重點，例如：

　　　　竦修幹以凌波。（閔鴻〈芙蓉賦〉）〔註80〕

　　　　泛清流而擢莖。（曹植〈芙蓉賦〉）〔註81〕

　　　　仰曜朝霞，俯照綠水。（孫楚〈蓮花賦〉）〔註82〕

〔註77〕同上註，《晉詩》卷19，頁1067。
〔註78〕（梁）鍾嶸：《詩品》（上海：上海古籍出版社，2007年9月），頁43。
〔註79〕（清）嚴可均編：《全上古三代秦漢三國六朝文》（北京：中華書局，民國47年），《全三國文》，卷13，頁1122。
〔註80〕《廣群芳譜》，卷29，頁1713。
〔註81〕《廣群芳譜》，頁1714。
〔註82〕《廣群芳譜》，頁1714。

仰含清液，俯濯素波。（潘岳〈蓮花賦〉）〔註83〕

擢修莖乎清波。（夏侯湛〈芙蓉賦〉）〔註84〕

汎輕荷以冒沼。（傅亮〈芙蓉賦〉）〔註85〕

從這些例子中可以看出，這種純粹著眼於芙蓉出水的美感，不必然是受佛教蓮花象徵所影響。總之，佛教在六朝已經廣泛傳播，並在思想上廣泛影響知識份子。不過佛教的蓮花意象在六朝時期，很明顯的還未對文學產生較大的影響。筆者認為主要原因在於，南朝之前的荷花象徵主要是籠罩在道教神仙的靈異特質，因此詠物賦大都集中在這種蓮花特質的描寫；而在詩歌的創作上，由於受到言志傳統的影響，因此總是依循著《楚辭》比興寄託的傳統意涵；而到了聲色大開的南朝，整個文壇又沉淪於荷花的女性意涵與愛情象徵，是故佛教的蓮花象徵對六朝文學的影響並不明顯，而一直要等到唐代才真正產生明確的影響。

## （二）道教對於蓮花意涵的影響

創立於東漢末年的道教，對於六朝的荷花意象產生了明顯的影響。在道教中荷花雖然不具有教義上的象徵意涵，但它卻與道教神仙的傳說關係密切。《關令尹喜內傳》云：「關令尹喜生時，其家陸地生蓮花，光色鮮盛。」〔註86〕從這段文字可知荷花被視為道教的祥瑞。此外「真人遊時，各各坐蓮花之上，一花輒徑十丈。」〔註87〕佛教有蓮花座，道教真人亦乘蓮座。而在《拾遺記》中也提到：

漢武時，海中有人，叉角，面如玉色，美髭髯，腰蔽檞葉，乘一葉紅蓮，約長丈餘，傴臥其中，手持一書，自東海浮

---

〔註83〕《廣群芳譜》，頁1714。

〔註84〕《廣群芳譜》，頁1715。

〔註85〕《廣群芳譜》，頁1716。

〔註86〕《廣群芳譜》，頁1689。

〔註87〕（唐）歐陽詢等撰：《藝文類聚》（上海：上海古籍出版社，1982年1月），卷82，頁1400。

來，俄爲雲霧所迷，不知所之。東方朔曰，此太乙星也。
〔註88〕

蓮不僅是眞人所乘，仙人亦乘蓮。由此可知蓮花雖然不具有教義上
的寓意，但它卻是道教神仙少不了的祥瑞象徵。由於荷花具有出塵挺
拔之姿，又華美異常，自古就具有聖潔的象徵，所以特別容易與宗教
關聯在一起。因此從楚國的巫覡文化，乃至道教的祥瑞象徵，都能
看到荷花的影子。除此之外，荷的醫療價值亦是它與道教神仙關聯
在一起的重要因素。由於當時人們對於神仙的渴望，因此一些具有
延年、療效的植物通常會被人們神化成爲仙藥，例如靈芝、朱草、仙
桃等。晉崔豹《古今注》提到荷花的其他別名：「一名水且，一名水
芝，一名澤芝，一名水花。」〔註89〕從荷花的別名「水芝」、「澤芝」
可知人們賦予了荷花具有類似靈芝仙草的神奇特質。（晉）嵇含《瓜
賦》云：

> 世云三芝，瓜處一焉。故植根玉巖，潤葉飛泉，攬之者壽，
> 食之者仙，是謂雲芝；芙蓉振采，濯莖玄瀨，流葩映川，
> 莫此爲最，是謂水芝；甘瓜普植，用薦神祇，其名龍膽，
> 其味亦奇，是謂土芝。〔註90〕

三芝之中，雲芝（靈芝）爲最上，具有成仙的神奇作用，而水芝是僅
次於靈芝的靈藥，從中可以看出它在當時人們心中的價值。自古以來
荷花的藥效就受到人們的推崇，蓮子、蓮藕都具藥效，葛洪《爾雅圖
贊・芙蓉》：「伯陽是食，饗比靈期。」〔註91〕老子的高壽，被歸之於
食藕之功。又如《毛詩義疏》曰：「的可磨以爲散，輕身益氣，令人
強健。」〔註92〕「的」即蓮子，這段文字說明了蓮子包含了兩種效用，

---

〔註88〕《廣群芳譜》，卷29，頁1689。
〔註89〕（唐）歐陽詢等撰：《藝文類聚》（上海：上海古籍出版社，1982年1月），卷82，頁1401。
〔註90〕同上註，頁1505。
〔註91〕《廣群芳譜》，卷29，頁1711。
〔註92〕（唐）歐陽詢：《藝文類聚》（上海：上海古籍出版社，1982年1月），卷82，頁1400。

一種是「令人強健」的身體功效；另一個則是「輕身」的宗教感受。因此由「輕身」的宗教感受，也就順理成章的神化爲仙藥，江淹〈蓮花賦〉提到：「非獨瑞草，爰兼上藥。味靈丹砂，氣驗青虁。」〔註93〕文中明確指出蓮花具有丹砂一般的仙藥特質，可說是已經完全跳脫出食療強身的一般用途。另外在《華山記》曰：「山頂有池，池中生千葉蓮花，服之羽化，因名華山。」〔註94〕蓮花不但具有羽化成仙的效果，甚至道教聖地華山都是以蓮爲名，凡此種種都可是看出蓮花在道教的崇高地位。也因爲如此荷花成爲道教的道瑞象徵，故江淹〈蓮花賦〉云：「一爲道珍，二爲世瑞。」〔註95〕道理就在這裡。

　　六朝荷花意象受到道教的影響遠比佛教來得大，尤其在六朝的詠物賦中，更是充分表現出荷花的靈異特質，因此文人特別喜歡用「靈」、「珍」來形容蓮花，例如：

　　　　潛靈藕于玄泉。（夏侯湛〈芙蓉賦〉）〔註96〕

　　　　乃有芙蓉靈草，載育中川。（閔鴻〈芙蓉賦〉）〔註97〕

　　　　含珍藕之甘腴。（孫楚〈蓮花賦〉）〔註98〕

　　　　考庶卉之珍麗，實總美于芙蕖。（傅亮〈芙蓉賦〉）〔註99〕

　　　　覽百卉之英茂，無斯華之獨靈。（曹植〈芙蓉賦〉）〔註100〕

可以說這時期的詠蓮賦之所以特別強調「靈」、「珍」特性的描寫，就是受到道教神仙思想影響的結果。

　　整體而言宗教對於六朝蓮花象徵意涵的影響，主要是受到道教神

---

〔註93〕　（清）嚴可均編：《全上古三代秦漢三國六朝文》（北京：中華書局，民國47年），全梁文，卷34，頁3149。

〔註94〕　（唐）歐陽詢等撰：《藝文類聚》（上海：上海古籍出版社，1982年1月），卷82，頁1401。

〔註95〕　《廣群芳譜》，卷29，頁1720。

〔註96〕　《廣群芳譜》，頁1715。

〔註97〕　《廣群芳譜》，頁1713。

〔註98〕　《廣群芳譜》，頁1714。

〔註99〕　《廣群芳譜》，頁1716。

〔註100〕　《廣群芳譜》，頁1713。

仙影響較大，而其影響也僅只於賦，因此影響層面並不大。雖然佛教的蓮花象徵對於後世荷花的象徵意涵影響很大，但在六朝時期還見不到明顯的影響。整體而言，無論是道教還是佛教，它們對於詩歌中的蓮花意涵的影響都不甚顯著。

## 第三節　唐代荷花意涵

　　初唐詩歌的創作主要是以唐太宗及臣僚爲主，由於多應制奉和之作，故多在聲律辭藻上的著力，因此在內涵上相對就顯得空洞。這也造成這時期詩歌中的荷花意象多流於表面景觀的點綴，並沒有深刻的意涵與情思。少數富於情感寄託的作品，如張九齡〈餞濟陰梁明府各探一物得荷葉〉：

　　　　荷葉生幽渚，芳華信在茲。朝朝空此地，采采欲因誰。但恐星霜改，還將蒲稗衰。懷君美人別，聊以贈心期。〔註101〕

作品中透過荷花以表達士大夫高潔的品格。這首詩明顯是延襲傳統託物言志的比興傳統，由於襲用傳統的荷花意象，因此也顯得平常而不出色。雖然初唐詠荷的作品不多，但是「采蓮」的相關意象和作品倒是不少。南朝的《采蓮曲》在入唐之後流傳更廣。由於隋唐以來燕樂漸興，這種新的音樂體系亦影響采蓮樂曲，成爲相當時興的歌舞，創作熱潮甚至延續到宋朝。包何〈闕下芙蓉〉曾提到宮廷采蓮曲的熱烈場面：「更對樂懸張宴處，歌工欲奏採蓮聲。」〔註102〕甚至民間的宴飲上也少不了采蓮曲，獨孤及亦提到：「木蘭爲樽金爲杯，江南急管盧女弦。齊童如花解郢曲，起舞激楚歌採蓮。」〔註103〕這類以採蓮題材的作品，多半是酒宴間所演唱的歌舞曲，因此也伴隨著尋歡與女色相關的宴飲文化，故采蓮的意象就帶有色情或男女情事的暗示，例如王勃〈采蓮歸〉：

〔註101〕　《全唐詩》，卷48，頁585。
〔註102〕　《全唐詩》，卷208，頁2171。
〔註103〕　《全唐詩》，卷247，頁2770。

采蓮歸，綠水芙蓉衣。秋風起浪鳧雁飛，桂棹蘭橈下長浦。羅裙玉腕搖輕櫓，葉嶼花潭極望平。江謳越吹相思苦，相思苦。佳期不可駐，塞外征夫猶未還。江南采蓮今已暮，今已暮。摘蓮花，今渠那必盡倡家。〔註104〕

詩中所描寫的美麗採蓮女，作者毫不隱諱的說出采蓮歌舞者的倡家身分。當然並不是所有的採蓮意涵都具有尋歡的暗示，王適〈江上有懷〉這首詩就是延用南朝民歌原有的愛情象徵：

湛湛江水見底清，荷花蓮子傍江生。採蓮將欲寄同心，秋風落花空復情。〔註105〕

這首詩明顯承襲著南朝民歌中「采蓮」、「同心」的愛情象徵，這是在南朝民歌中相當常用的愛情隱喻，例如清商曲詞〈四月歌〉：「芙蓉始懷蓮，何處覓同心？」〔註106〕由於這類採蓮題材的詩歌所涉及的主要意涵大都是以女性為主，並不是針對荷花進行審美的描寫，因此荷花只是一個附屬的物象。不過這也說明了荷花豔麗的特質，總是讓人們不由得在它身上投射出女性的想像，畢竟當荷花最早出現在《詩經》時，就是以女性的象徵意涵出現的，因此這類採蓮民歌可視為《詩經》愛情與女性意涵的延續。除了延續南朝豔美的女性特質外，初唐詩人也開始注意到荷花的清美特質，例如：

緣堤夏篠縈不散，冒水新荷卷復披。（劉憲〈興慶池侍衛宴應制〉）〔註107〕

早荷向心卷，長楊就影舒。（唐太宗〈賦得夏首啟節〉）〔註108〕

早荷葉稍沒，新篁枝半摧。（楊師道〈中書寓直詠雨簡褚起居士上官居〉）〔註109〕

---

〔註104〕 《全唐詩》，卷21，頁279。
〔註105〕 《全唐詩》，卷94，頁1015。
〔註106〕 《先秦漢魏晉南北朝詩》，《晉詩》卷19，頁1067。
〔註107〕 《全唐詩》，卷71，頁781。
〔註108〕 《全唐詩》，卷1，頁11。
〔註109〕 《全唐詩》，卷34，頁458。

描寫荷花的焦點由豔麗的花轉移到剛剛從水底冒出來的荷葉,充滿生機的新荷,呈現出新王朝的蓬勃氣象。雖然這類描寫新荷清美意象的詩句並不多,但正如小荷葉強勁的生命力一樣,正蘊釀著壯美的盛唐花朵。

　　到了盛唐,詩風大盛。在擺脫南朝遺風的影響之後,詩人個人性的特質也逐漸顯露出來而呈現出多元的發展,因此在荷花意象的發揮上也較初唐來得豐富。田園詩人用荷花來閒適自樂的夏日情懷,例如孟浩然〈夏日南亭懷辛大〉:

　　　　山光忽西落,池月漸東上。散髮乘夕涼,開軒臥閑敞。荷
　　　　風送香氣,竹露滴清響。欲取鳴琴彈,恨無知音賞。感此
　　　　懷故人,中宵勞夢想。〔註110〕

荷香和佳竹烘托出詩人悠然自得閒適情懷,並抒發出詩人渴盼知音的渴望。而擅長寫邊塞詩的王昌齡,在描寫採蓮活動時,亦能生動的描繪柔媚的江南風情,〈採蓮曲二首〉:

　　　　荷葉羅裙一色裁,芙蓉向臉兩邊開。亂入池中看不見,聞
　　　　歌始覺有人來。〔註111〕

荷葉羅裙與人面荷花相互掩映,而出沒在綠波紅花的採蓮少女與花海中傳唱的嘹亮歌聲,更將視覺與聽覺渾化成一體,可說是描寫採蓮的經典之作。此外在盛唐的詩歌中,蓮花的意象已經逐漸滲入宗教的意涵。好佛的王維,詩歌中的蓮花意象已經明確具有宗教上的象徵,例如〈苑舍人能書梵字兼達梵音皆曲盡其妙戲爲之贈〉:「蓮花法藏心懸悟,貝葉經文手自書。」〔註112〕而佛教色彩不濃的孟浩然,詩歌中亦出現具有佛教象徵的蓮花意象,他在〈題大禹寺義公禪房〉提到:「看取蓮花淨,應知不染心。」〔註113〕「蓮花淨」與「不染心」明確表達出佛教蓮花出污而不染的宗教象徵。可以說盛唐時期佛教的蓮

〔註110〕　《全唐詩》,卷159,頁1620。
〔註111〕　《全唐詩》,卷143,頁1444。
〔註112〕　《全唐詩》,卷128,頁1296。
〔註113〕　《全唐詩》,卷160,頁1649。

花象徵，已經普遍成爲文人寫作的蓮花意涵之一。

到了李白，荷花意象的使用更加廣泛了，想像力豐富的李白甚至用「芙蓉」或「蓮花」比擬山勢，例如：

> 黃山四千仞，三十二蓮峰。丹崖夾石柱，菡萏金芙蓉。(〈溫處士歸黃山白鵝峰舊居〉)〔註114〕

> 昔在九江上，遙望九華峰。天河挂綠水，秀出九芙蓉。(〈望九華山贈青陽韋仲堪〉)〔註115〕

這種將山與蓮花形象結合的作法，事實上隱藏著李白隱逸、遊仙的渴慕，在〈西上蓮花山〉這首詩可以明確看出蓮花意象與遊仙的結合，其詩云：

> 西嶽蓮花山，迢迢見明星。素手把芙蓉，虛步躡太清。霓裳曳廣帶，飄扶昇天行。〔註116〕

這首詩歌充滿著李白遊仙的想像，「素手把芙蓉，虛步躡太清」更是一副道教神仙的模樣。不過李白詩歌中的蓮花意象也並非都與道教神仙有關，「青蓮」意象則是具有佛教的宗教象徵，例如〈僧伽歌〉：「此僧本住南天竺，爲法頭陀來此國。戒得長天秋月明，心如世上青蓮色。」〔註117〕〈陪族叔當塗宰遊化城寺升公清風亭〉云：「了見水中月，青蓮出塵埃。」〔註118〕佛教常用鏡花水月來比喻世間的虛幻，因此這裡的青蓮意象，是佛教清淨的象徵。除了具宗教意涵的蓮花意象外，李白詩中的蓮花意象也有承襲傳統蓮花的意涵，例如〈古風五十九首〉其二十六：

> 碧荷生幽泉，朝日豔且鮮。秋花冒綠水，密葉羅青煙。秀色空絕世，馨香誰爲傳？坐看飛霜滿，凋此紅芳年。結根未得所，願託華池邊。〔註119〕

---

〔註114〕 《全唐詩》，卷175，頁1791。
〔註115〕 《全唐詩》，卷169，頁1748。
〔註116〕 《全唐詩》，卷161，頁1673。
〔註117〕 《全唐詩》，卷166，頁1720。
〔註118〕 《全唐詩》，卷179，頁1832。
〔註119〕 《全唐詩》，卷161，頁1674。

這是一首以蓮自喻的作品，用碧荷來表達芳潔的心志，是〈楚辭〉比興寄託的傳統意涵。又如〈擬古十二首〉其十一：「涉江弄秋水，愛此荷花鮮。攀荷弄其珠，蕩漾不成圓。佳人綵雲裏，欲贈隔遠天。相思無因見，悵望涼風前。」〔註120〕這也是一首自喻的作品，其中「攀荷弄珠不成圓」則隱喻著小人的讒言作祟。李白以蓮荷或佳人自喻，亦見蓮花在李白心目中，不僅僅具有宗教的意涵，也是具有芳潔生命的自我表徵。

　　安史之亂後，盛唐繁盛的榮景彷彿就像一場春夢，驚醒時詩人內心不由得也蕭颯了起來，這時在杜甫詩中也開始出現衰荷、枯荷的敗破意象，例如：

> 曲江蕭條秋氣高，菱荷枯折隨風濤。遊子空嗟垂二毛，白石素沙亦相蕩，哀鴻獨叫求其曹。(〈曲江三章章五句〉)
>
> 〔註121〕
>
> 北池雲水闊，華館闢秋風。獨鶴元依渚，衰荷且映空。采菱寒刺上，蹋藕野泥中。(〈陪鄭公秋晚北池臨眺〉) 〔註122〕
>
> 杖錫何來此，秋風已颯然。雨荒深院菊，霜倒半池蓮。(〈宿贊公房〉) 〔註123〕

初盛唐詩人喜歡描寫的新荷，到了杜甫時開始有了轉折，衰荷、枯荷意象開始取代新荷的清新朝氣，反應出時代集體的悲觀氛圍。杜甫是最早感受到蕭索的秋意，詩中這些枯荷、哀鴻、獨鶴、衰老的悲涼意象，似乎也在宣告盛唐已逝的繁盛。而到了中、晚唐詩人，時代的悲哀更深了，大量作品表現出孤獨寂寞的冷落心境，早已失去了盛唐昂揚的精神風貌，因此衰荷、枯荷的意象更常出現在文人的詩歌意象之中，例如：

---

〔註120〕《全唐詩》，卷183，頁1863。
〔註121〕《全唐詩》，卷216，頁2260。
〔註122〕《全唐詩》，卷234，頁2587。
〔註123〕《全唐詩》，卷225，頁2419。

衰蓮送餘馥。（韋應物〈樓中月夜〉）〔註124〕

孤蓮落靜池。（劉禹錫〈酬樂天小臺晚坐見憶〉）〔註125〕

衰蓮白露房。（白居易〈新秋〉）〔註126〕

殘紅半破蓮。（白居易〈龍昌寺荷池〉）〔註127〕

腸斷秋荷雨打聲。（李端〈荊門歌送兄赴夔州〉）〔註128〕

蓮敗惜空房。（元稹〈景申秋八首〉）〔註129〕

留得枯荷聽雨聲。（李商隱〈宿駱氏亭寄懷崔雍崔袞〉）

〔註130〕

蘭敗荷枯不可尋。（羅隱〈渚宮秋思〉）〔註131〕

中唐以後，詩人寂寥冷落的情思，通常都會用一些冷淡色調的意象來
呈現，如秋風、落葉、夕陽、寒雁，形成一種蕭索的秋天色調，因此
這些枯荷、衰蓮、敗蓮、破蓮、孤蓮等意象，多半都反映著詩人荒蕪
寂寞的內在心緒。而這種強烈的失落情感，多半也與國勢衰敗因而導
致無從發揮的無奈有關，因而呈現出強烈的蕭索氣息。另外，文人描
寫枯荷意象，也與中唐以後的審美發展有關。中唐文人在心態上，已
經不若盛唐文人熱切的往外追求功業的價值，他們開始將注意力集中
於日常平凡的事物上，甚至蟻穴、蜂巢等前人未曾注意到的細微事
物，因此詩人在面對這種枯荷的景致時，有時倒是用一種不一樣的欣
賞眼光來看待，白居易〈衰荷〉：

白露凋花花不殘，涼風吹葉葉初乾。無人解愛蕭條境，更

〔註124〕《全唐詩》，卷192，頁1972。
〔註125〕《全唐詩》，卷358，頁4038。
〔註126〕《全唐詩》，卷432，頁4778。
〔註127〕《全唐詩》，卷441，頁4917。
〔註128〕《全唐詩》，卷284，頁3241。
〔註129〕《全唐詩》，卷410，頁4553。
〔註130〕《全唐詩》，卷539，頁6155。
〔註131〕《全唐詩》，卷658，頁7558。

繞衰叢一匝看。〔註132〕

傳統上的詠物作品通常針對尤物，或對於荒野的棄物投射出自己悲傷的影子，但中唐文人卻偏偏對於常人不愛的醜物產生極大的興趣，白居易在〈雙石〉這首詩中，將這種以醜為美的文人審美表達得淋漓盡致，其詩云：

蒼然兩片石，厥狀怪且醜。俗用無所堪，時人嫌不取。結從胚渾始，得自洞庭口。萬古遺水濱，一朝入吾手。擔舁來郡內，洗刷去泥垢。孔黑煙痕深，罅青苔色厚。老蛟蟠作足，古劍插為首。忽疑天上落，不似人間有。一可支吾琴，一可貯吾酒。峭絕高數尺，坳泓容一斗。五弦倚其左，一杯置其右。窪樽酌未空，玉山頹已久。人皆有所好，物各求其偶。漸恐少年場，不容垂白叟。迴頭問雙石，能伴老夫否。石雖不能言，許我為三友〔註133〕

浚湖被人棄置的無用石塊，經別具慧眼的白居易發現，在仔細的清洗之後呈現出不似人間有的美感。白居易提出「人皆有所好，物各求其偶。」認為任何事物都具有美感，只是每個人所欣賞的美感不同而矣，因此事物的美感並非一成不變，端賴能否遇上懂得欣賞的人。由於這種不同凡俗的文人審美，因此他們更懂得在尋常事物當中尋找到驚奇，甚至在常人以為醜的事物裡發現不為人知的美。因此枯荷意象也從一種偶遇的風景，或內心蕭索的投射，逐漸變成一種詩意的美感，甚至於刻意去構築這樣的美感氛圍，李商隱在「留得枯荷聽雨聲」的詩意中，即表現出詩人從眼下枯荷的實景，去想像的一種雨打殘荷的詩意。是故這種衰敗枯老的樣貌，在中、晚唐文人的眼中，反而成為詩人刻意耽溺的一種美感。這種對於衰頹之美的欣賞甚至影響到宋人，陸游在〈荷花〉提到：「南蒲清秋露冷時，凋紅片片已堪悲。若教具眼高人看，風折霜枯似更奇！」〔註134〕這種能夠欣賞枯荷美

〔註132〕《全唐詩》，卷454，頁5140。
〔註133〕《全唐詩》，卷444，頁4972。
〔註134〕（宋）陸游：《陸放翁全集》（臺北：世界書局，民國79年11月），

感的人，反而是一種具眼高人，足見這種文人的審美風尚，亦是影響衰荷意象大量出現的因素。

　　另外中唐以後，豔麗的荷花也開始從濃厚的女性意涵中掙出，這時荷花逐漸被文人賦予人格的意涵，而具有德行的象徵。如孟郊〈樂府三首〉：

　　　　漾萍與荷葉，同此一水中。風吹荷葉在，漾萍西復東。

〔註135〕

作者將飄流無根的浮萍與結根挺拔的荷葉作對比，藉以突出荷花的君子意涵。荷花意涵的改變與中唐文人價值意識的改變具有密切關係。由於中唐文人將盛唐時期往外競逐功業的意向，轉而成為往內追求自我價值的肯定，因此這個時期的花卉意象時常被文人賦予道德意涵，浮萍與荷葉的對比，都是在突出文人自我的價值感，或弭平內心對於現實功名的挫敗之情。又如元稹〈高荷〉：

　　　　種藕百餘根，高荷繞四葉。颼閃碧雲扇，團圓青玉疊。亭
　　　　亭自擡舉，鼎鼎難藏擫。不學著水荃，一生長怗怗。〔註136〕

在水荃平服水面與荷莖高拔的兩種生命形態中，詩人用「不學」水荃，來投射出自己對於那些無格文人的鄙視。因此詩人透過荷花挺拔的生命之姿，來呈現自我卓爾不群的優越感。除了荷花的生長形態被用來作為人格價值的投射外，不合時宜開花的秋荷亦常被文人賦予精神意涵，如李紳〈重台蓮〉：「自含秋露貞姿潔，不競春妖冶態穠。」〔註137〕由於多數的文人在現實中的際遇並不好，因此在面對功業有成者常會映照出自身無成的寂寥感，是故他們對於成功熱鬧的景象，常顯現出文人的酸葡萄心態，於是他們特別欣賞那種在不合時宜開花的花卉，那些佔盡天時地利妖妍的春花，就被他們貶抑為趨炎附勢的小人，並把自我塑造成一種孤芳自賞的高傲姿態。這時文人詩中就不

---

頁 412。
〔註135〕《全唐詩》，卷 26，頁 372。
〔註136〕《全唐詩》，卷 403，頁 4502。
〔註137〕《全唐詩》，卷 481，頁 5478。

免要出現「獨芙蓉」、「孤蓮」、「一枝蓮」這類的意象，例如：

　　　幽禽囀新竹，孤蓮落靜池。（劉禹錫〈酬樂天小臺晚坐見憶〉）

〔註138〕

　　　仲言多麗藻，晚水獨芙蓉。（耿湋〈晚秋宿裴員外寺院〉）

〔註139〕

　　　何物把來堪比並，野塘初綻一枝蓮。（羅虬〈比紅兒詩一百首〉其三三）〔註140〕

到了晚唐，蓮花之死甚至被文人賦予了特殊的人格美感，例如：

　　　八月白露濃，芙蓉抱香死。（李群玉〈傷思〉）〔註141〕

　　　不作浮萍生，寧爲藕花死。（溫庭筠〈江南曲〉）〔註142〕

這種情願處於枯寂之地，亦要維持自身價值的美好，可以說這種枯荷抱香，充分表達了晚唐文人對於自我價值的肯定態度。

　　從詠荷作品中可以發現，最常被文人賦予德行意涵的是白蓮。中唐以前詩人所詠幾乎都是紅蓮，中唐開始出現大量詠白蓮的作品。事實上這與中唐的審美風尚有關，因爲這時文人開始對於各種向來不受關注的白花產生前所未有的興趣，白牡丹、白菊花、白蓮、梅花等素淡花色，這時都成爲中唐文人特別喜歡歌詠的物象。這時期詠白蓮最多的就屬白居易了，這類作品多半與他在南方爲官的經歷有關，因此多半也就與江南的風情有關，或用以抒發幽居的生活情趣，少數則與佛教有關。大體而言，白居易的白蓮意象並未寄託深刻的意涵，只要表現出他對於白蓮的喜愛之情。不過白蓮到了晚唐時，就開始成爲文人表達芳潔之志的象徵。由於晚唐社會的動亂，士人難有作爲，司空圖所謂：「從此當歌唯痛飲，不須經世爲閒人。」〔註143〕這時士人不

---

〔註138〕《全唐詩》，卷358，頁4037。

〔註139〕《全唐詩》，卷268，頁2988。

〔註140〕《全唐詩》，卷666，頁7627。

〔註141〕《全唐詩》，卷568，頁6576。

〔註142〕《全唐詩》，卷576，頁6705。

〔註143〕《全唐詩》，卷633，頁7262。

得不看淡功名，於是避世與淡泊的思想興起，白花於是成爲這些文士用以表徵自我價值的象徵物象，如皮日休〈夏景無事因懷章來二上人二首〉：「幽鳥見貧留好語，白蓮知臥送清香。」〔註144〕幽鳥、白蓮是隱者的伴侶，更是一種隱者的自我標誌。白蓮甚至還成爲這些隱逸詩集結社的象徵物，皮日休〈新秋即事三首〉提到：「涼後每謀清月社，晚來專赴白蓮期。」〔註145〕而陸龜蒙更以白蓮自喻，〈白蓮〉云：

　　素花多蒙別豔欺，此花眞合在瑤池。還應有恨無人覺，月曉風清欲墮時。〔註146〕

紅蓮本爲世俗所愛，但白蓮就顯得冷清許多。這種不被欣賞，只能自開自落的寂清之感，正好能夠投射文人懷才不遇的心境，因而成爲中唐以後文人用以自喻的重要物象。凡此總總都在說明中、晚唐文人對於荷花的人格意涵已經開始產生關注，而正是宋代荷花君子比德的前奏。不過相較於蓮花所受到的佛教影響，這種比德於君子的道德意涵還是顯得比較薄弱一點。

　　中晚唐文人受佛教的影響很深，不僅在文學創作上，甚至於對他們的人生思維都有很大的影響。對中晚唐文人而言，蓮花這個象徵不僅僅只是詩歌中的一個文學意象，它更反映著文人對於現實人生的態度，充分表現出中唐文人對於仕隱的態度，以及審美情趣的價值，因此探究中晚唐的蓮花意象，不得不從傳統文人的生命困境與人生實現，來審視佛教對於中晚詩歌中蓮花意涵的影響。

　　由於中晚唐時期社會開始動蕩，朋黨之爭、官宦專權、藩鎮割據等政治因素，已經強烈影響文人的求仕機會與生命安全，因此佛教的思想很容易成爲文人作爲解消內心苦悶的精神慰藉。加上中唐時期開始盛行的禪宗南宗，改變了原始佛教離塵的出世的觀念，六祖壇經

〔註144〕《全唐詩》，卷614，頁7080。
〔註145〕《全唐詩》，卷614，頁7084。
〔註146〕《全唐詩》，卷628，頁7211。

曰：「佛法在世間，不離世間覺；離世覓菩薩，恰如求兔角。」〔註147〕
六祖的思想影響了佛教對於塵世的態度，他將原始佛教的「離」轉變
成「即」，強調證悟菩薩是不能外於塵世而能有所悟。而此一觀念正
好能夠將知識份子出世的難題予以化解，因而得到士大夫廣泛的信
仰。對於中唐時期的知識份子而言，國勢雖然已經大不如前，但士子
的求仕機會比起晚唐的文人還是好得太多，只是官運比較波折，沒有
辦法實現兼濟的偉大功業。因此他們轉而將政治的熱情導向了生活中
閒逸之趣的追求。他們既不掛冠求去，亦不想在宦途上浪費氣力，因
而形成了白居易所謂的中隱：

> 大隱住朝市，小隱入丘樊。丘樊太冷落，朝市太囂諠。不
> 如作中隱，隱在留司官。似出復似處，非忙亦非閒。不勞
> 心與力，又免飢與寒。終歲無公事，隨月有俸錢。君若好
> 登臨，城南有秋山。君若愛遊蕩，城東有春園。君若欲一
> 醉，時出赴賓筵。洛中多君子，可以恣歡言。君若欲高臥，
> 但自深掩關。亦無車馬客，造次到門前。人生處一世，其
> 道難兩全。賤即苦凍餒，貴則多憂患。唯此中隱士，致身
> 吉且安。窮通與豐約，正在四者間。〔註148〕

事實上中隱的觀念正如禪宗對於塵世不即不離的態度一般，他們不再
高歌棄世的隱逸自由，因此他們將貶謫流離的痛苦轉變成對於閑居之
樂的追求，白居易〈草堂前新開一池養魚種荷日有幽趣〉寫到：

> 淙淙三峽水，浩浩萬頃陂。未如新塘上，微風動漣漪。小
> 萍加泛泛，初蒲正離離。紅鯉二三寸，白蓮八九枝。繞水
> 欲成徑，護堤方插籬。已被山中客，呼作白家池。〔註149〕

這種閑逸的種蓮樂趣，正是從政治的失落中所產生的逃離方式，因此
才能與官職之間保持著一種若即若離的平衡關係。這種對於塵世從

---

〔註147〕（唐）惠能口述、法海集錄、丁福保編註：《六祖壇經箋註》（臺北：
　　　　正一善書出版社，民國82年10月），般若品第二，頁136。
〔註148〕《全唐詩》，卷445，頁5991。
〔註149〕《全唐詩》，卷430，頁4746。

「離」到「即」的態度轉變，也影響佛教的蓮花意涵。中唐以前文人詩歌中有關佛教的蓮花意象，基本上都是「離」的觀念，亦即不著不染，例如：

> 看取蓮花淨，應知不染心。（孟浩然〈題大禹寺義公禪房〉）
>
> 〔註150〕
>
> 從來不著水，清淨本因心。（李頎〈粲公院各賦一物得初荷〉）
>
> 〔註151〕
>
> 若問無心法，蓮花隔淤泥。（李端〈同苗發慈恩寺避暑〉）
>
> 〔註152〕
>
> 試問空門清淨心，蓮花不著秋潭水。（楊巨源〈題雲師山房〉）
>
> 〔註153〕
>
> 蓮花出水地無塵，中有南宗了義人。（權德輿〈酬靈徹上人以詩代書見寄〉）〔註154〕

不染、不著、隔、出水基本上都在強調「離」，亦即著眼於蓮花所象徵的清淨本質；但中唐以後，開始出現「即」的觀念，這種「著而不染」的思想開始出現在蓮花的意象中〔註155〕，最具有代表性的就是李群玉的〈法性寺六祖戒壇〉，其詩云：

> 驚俗生眞性，青蓮出淤泥。〔註156〕

李群玉「青蓮出淤泥」與李端「蓮花隔淤泥」正顯示出惠能與神秀對於菩薩本心見解的根本差異。神秀視塵埃泥會沾污明鏡，惠能則認為心性本清淨，如何能污！也因為這種對於本心的見解不同，因此他們

---

〔註150〕 《全唐詩》，卷160，頁1649。
〔註151〕 《全唐詩》，卷132，頁1347。
〔註152〕 《全唐詩》，卷285，頁3257。
〔註153〕 《全唐詩》，卷333，頁3737。
〔註154〕 《全唐詩》，卷321，頁3618。
〔註155〕 俞香順：《中國荷花審美文化研究》（四川：巴蜀書社，2005年12月），頁50。
〔註156〕 《全唐詩》，卷569，頁6593。

對待塵世態度也就南轅北轍。於是也造成詩人在詮釋佛教蓮花意象時有「隔淤泥」與「出淤泥」的差異存在。

　　由於這些受佛教影響的蓮花意象，多半只是文人隨手攜來作為抒發情感的媒介物，因此在詩歌中使用上也就不會拘泥在原有的意涵，於是原本佛教出淤泥而不染的宗教象徵，後來也被用來比喻出家的妓女，楊郇伯〈送妓人出家〉：

> 盡出花鈿與四鄰，雲鬟剪落壓殘春。暫驚風燭難留世，便是蓮花不染身。貝葉欲翻迷錦字，梵聲初學誤梁塵。從今豔色歸空後，湘浦應無解珮人。〔註157〕

蓮花從南朝就開始具有女色的意涵，到了唐代甚至具有妓女的象徵，〈獻陳陶處士〉：

> 蓮花為號玉為腮，珍重尚書遣妾來。處士不生巫峽夢，虛勞神女下陽臺。〔註158〕

這首詩巧妙的將蓮花的女色之喻與佛教出世離塵的意涵作聯結，形成蓮花意涵的另類發展。

　　除此之外，受佛教影響的還有「荷珠」意象。最早描寫到荷花上的露珠是西晉陸雲，其〈芙蓉詩〉云：「盈盈荷上露，灼灼如明珠。」〔註159〕到了唐代荷珠已經成為描寫荷花的重要意象之一。由於荷珠渾圓的特色，因此常喻有團圓的意涵，如李白〈擬古，十二首〉：

> 涉江弄秋水，愛此荷花鮮。攀荷弄其珠，蕩漾不成圓。佳人綵雲裡，欲贈隔遠天。相思無由見，悵望涼風前。〔註160〕

不過到了中晚唐文人時他們開始將荷珠渾圓不化，以及荷葉不沾濕的現象，用以闡釋具有禪意的人生意涵，例如：

> 莫笑風塵滿病顏，此生元在有無間。卷舒蓮葉終難溼，去住雲心一種閒。（元稹〈酬孝甫見贈十首〉）〔註161〕

---

〔註157〕《全唐詩》，卷272，頁3061。
〔註158〕《全唐詩》，卷802，頁9033。
〔註159〕《先秦漢魏晉南北朝詩》，《晉詩》卷6，頁718。
〔註160〕《全唐詩》，卷183，頁1863。
〔註161〕《全唐詩》，卷413，頁4576。

> 荷葉水上生，團團水中住。瀉水置葉中，君看不相污。」（元稹〈夢遊春七十韻〉）〔註162〕

> 芰荷葉上難停雨，松檜枝間自有風。莫笑旅人終日醉，吾將大醉與禪通。（方干〈贈式上人〉）〔註163〕

> 霏微曉露成珠顆，宛轉田田未有風。任器方圓性終在，不妨翻覆落池中。（齊己〈觀荷葉露珠〉）〔註164〕

不污、不著基本上都是佛教不染的意涵，而「任器方圓性終在，不妨翻覆落池中」更是南宗禪宗的核心義理。詩人以荷珠喻人的清淨自性，既本自清淨又何妨落入塵世，這不正是南宗「即」的處世態度，因此基本上是與蓮花出淤泥而不染的意涵完全相同。這時荷珠從原本陸雲客觀所描寫的自然物象，進而變成為團圓的象徵，而最後又受禪宗影響而成為本性的象徵。荷珠意象的變化，正說明了中晚唐文人在受到佛教影響之下，對於傳統意象內涵的改變過程。

　　總之唐代的蓮花意象發展，初唐主要延襲南朝餘風，加上這時文人描寫蓮花的作品多是應制之作，因此多注重語言文字的修飾。另外亦受南朝民歌影響，采蓮曲一類的作品相當流行，由於這些創作多半都與飲宴觀妓的文化有關，因此格調並不高。唯初唐在荷花的描寫上，開始將審美關注到新荷，這些作品充滿清新的氣息，可以說已經開始從南朝豔美的風尚，逐步往清美的風格發展。

　　進入盛唐之後，詩歌多元的發展起來。盛唐文人大器的創作手法，荷花亦成為文人抒發情志的重要意象，可惜的是並沒有文人針對荷花單獨進行審美與吟詠。不過值得注意的是，佛教與道教的蓮花意涵，已經開始影響文人的創作。另外秋荷、衰荷的意象亦開始出現，並影響中晚唐的荷花審美。

---

〔註162〕　《全唐詩》，卷 422，頁 4636。
〔註163〕　《全唐詩》，卷 650，頁 7471。
〔註164〕　《全唐詩》，卷 847，頁 9594。

中晚唐時期由於文人對於政治的心態轉變，生活焦點移往消閒與宗教，形成特殊的文人審美，因此中晚唐的荷花審美，有著與初盛唐完全不同的風貌。特殊的審美形成衰荷、白蓮的意象。此外佛教蓮花象徵，在南宗的影響下，也有不同的發展。

## 第四節　宋代荷花意涵

宋王朝重文輕武，宋代士大夫的地位大幅提高。由於他們對於自我品德與社會責任的自我期許很高，因此以重視修養的儒家思想開始獲得前所未有的重視，因而導致理學的興起。也在這種追求內在品格的價值取向中，傳統花卉的審美也產生了極大變化，由於比德思想主宰了文人的審美風尚，因此向來以形色取勝的花卉多半遭受宋人的鄙視，不過豔麗的荷花卻是一個極大的例外。主要的原因在於荷花豔麗的形色雖然從《詩經》就具有女子的象徵，不過在《楚辭》中由於受到屈原的影響，因而也寓有芳潔的人格意涵，確立了比德的基礎。是故荷花才能從《詩經》這種著眼於表像形色的女子之喻，進一步往比德的象徵意涵發展。只是這個具有表徵文人價值的荷花意涵，自從屈原之後就沒有再繼續發展，因此荷花意象一度還是淹沒在佛教與女性的意涵當中。雖然中唐以後開始出現一些具有人格意涵的荷花意象，但意涵並不深刻，而未能掌握核心的價值意涵。因此必須等到周敦頤的〈愛蓮說〉，才再度掘發出荷花深刻的君子意涵，奠定荷花在宋人心中的崇高地位。〈愛蓮說〉云：

> 水陸草木之花，可愛者甚蕃。晉陶淵明獨愛菊；自李唐來，世人盛愛牡丹；予獨愛蓮之出淤泥而不染，濯清漣而不妖，中通外直，不蔓不枝，香遠益清，亭亭靜植，可遠觀而不可褻玩焉。予謂菊，花之隱逸者也；牡丹，花之富貴者也；蓮，花之君子者也。噫！菊之愛，陶後鮮有聞；蓮之愛，同予者何人；牡丹之愛，宜乎眾矣。〔註165〕

---

〔註165〕　（宋）周敦頤：《周濂溪先生全集》（臺北：藝文印書館，1965 年），

作為宋代理學開宗祖師的周敦頤，為何選定荷花作為闡發君子意涵的
花卉呢？由於周敦頤的理學思想具有融合儒、道、佛三家思想的特
質，而蓮花除了具有佛的宗教象徵外，荷衣則具有隱士象徵，更重要
的是荷花所寓含的芳潔之志，又富有儒家的比德的意涵，因此放眼群
芳也只有蓮花具備兼攝三家的特質，是故周敦頤選定蓮花作為理想的
人格的象徵，並不是一個偶然的現象。從「予獨愛蓮之出淤泥而不染」
這句話中，可以明顯看出他所謂的君子是立基於儒家的理想人格而吸
收佛教出淤泥而不染的精神意涵。事實上宋代士大夫所崇尚的理想人
格，已經與傳統儒家略有不同，他們不再想要將身心全然的投入於外
在的政治實現當中，他們更希望擁有能夠超拔現實的自在心靈，而能
得到一種與自然及生活和諧共處的生命之樂。也因為如此，從周敦頤
開始的理學家，就一直特別看重孔顏樂處的主要原因。程顥曾提到：
「昔受學於周茂叔，每令尋顏子、仲尼樂處，所樂何事？」〔註166〕
孔顏所樂皆不在現實的政治實現，而是生命超越現實之後所呈現出來
的和諧自在，因此宋代士大夫所崇尚的理想人格，除了傳統儒家所強
調的「貞」之外，其實他們更看重具有超逸之致的「清」。尤其是北
宋文人，「清」的特質更廣泛成為他們審美的主要標準，這時期的梅
花審美就呈現出「清」的審美特質。但這種「清」的特質卻往往容易
讓人撤除一切而流於佛、老的虛幻，故言「濯清漣而不妖」以示儒者
之「清」，與佛、老異端之不同。因此「出淤泥而不染」正是這種不
累於物的通透自在，呈現出「清」的審美特質。是故周敦頤雖然襲取
佛教「出淤泥而不染」的語詞，但在詮釋上應該還是基於儒家入世的
基本態度。這就是周敦頤為何又會提出「菊，花之隱逸者也；牡丹，
花之富貴者也。」這兩種不同的價值象徵來作對比。隱者灑落世事無
益於世間，而富貴者又嗜欲過深沒有心靈境界，因此這二者都不符合

---

卷8，頁1。

〔註166〕 （宋）程顥、程頤：《河南程氏遺書》（臺北：漢京文化事業，1983
年9月），卷2，頁16。

儒者的中道精神。那麼儒者如何體現處世的中道精神？這就是所謂的「中通外直」，周敦頤借用荷莖外直中空的形象來說明儒者的心性修養，「中」是心性本體，「通」則是本體的描述，亦即通澈澄明無有隱蔽障礙。而「外」則指處世待物，「直」則是剛健直毅，不鄉愿屈曲。亦即「中通」為體，「外直」為用，故理學家陳獻章在〈茂叔愛蓮〉提到：「外直中通用乃神」〔註167〕正是此意。可以說「中通外直」一方面連繫上易傳所謂：「寂然不動，感而遂通天下之故」〔註168〕的形上思想，一方面亦是宋代儒者期望達到的一種心靈對於外物不滯的精神境界。「外直」顯現的雖然仍是儒者風範，但「中通」卻是內心不沾滯的超逸境界。黃庭堅在〈濂溪詩序〉提到濂溪「胸中灑落」與「光風霽月」，他所體現的正是這種「清」的人格境界，而這種超逸不滯的生命實現，正是宋儒在調合儒釋道三家之後，對於君子意涵的重新賦予。因此用蓮花來象徵這種宋儒心目中的理想人格，絕對是再恰當不過的選擇。且他取荷莖作為君子的象徵，既不同佛、道取花之超塵離世，亦不取荷根之溺於塵污，取荷莖之著根於泥而又不溺於污，因此「不蔓不枝」與「亭亭靜植」的荷莖，正寓意著卓然獨立與了無糾葛的君子行宜，而這正是宋儒最渴望實現的中道精神。這種以不起眼的荷莖作為審美焦點，在整個荷花審美的歷程中，可說是前所未有的創發，並直接影響宋代文學中的荷花審美，如詹初〈新荷〉：「清荷小小初凌水，梗直中虛不著塵。為道人心本然處，直需原與物為同。」〔註169〕整首詩幾乎完全將焦點集中於莖，並將荷莖直與中虛的特質當作為道的象徵，從中可以明顯的看到周敦頤的影響。

　　周敦頤在〈愛蓮說〉當中，針對於荷花的花、莖葉、氣味等特質，賦予了道德人格的象徵意涵，奠定了宋代荷花審美的基本方向。由於

---

〔註167〕 《廣群芳譜》，卷31，頁1800。
〔註168〕 （魏）王弼，（晉）韓康伯注：《周易王韓注》（臺北：中華書局，民國85年），卷7，頁8。
〔註169〕 《全宋詩》，卷3153，頁37841。

〈愛蓮說〉廣泛影響了士大夫的審美觀點，荷花因而得以從濃厚佛教的象徵與女性意涵中解脫，成為具有儒家君子象徵的花卉，故车巘《荷花》序提到：「荷花辱沒于淫邪、陷于佛老幾千載。自托根濂溪而后，始得以中通外直者儕于道。」〔註170〕

　　荷花在北宋中期就已經正式具有君子的象徵，相較於這時期的梅花還只是默默無聞的山林野花，因此蓮花是北宋時期君子花的主要代表。雖然荷花已經具有君子的象徵，不過文人對於君子內涵的認知，並不見得都一致，因此有以志士形象來看待的如：高斯得〈池荷就衰有感〉：「抗手謝荷花，子誠志士模。」〔註171〕有以高士形象來呈現，如謝枋得〈題慶全庵〉：「蓮如君子甘離世，菊似逸民難出山。」〔註172〕這個離世的意象，應是從易經「君子遯世而無悶」而來，故與主動歸隱之隱士不同。事實上周敦頤賦予蓮花的君子意涵主要還是偏重於北宋「清」的審美特質，〈西苑芙蕖賦〉提到：「蓋其濯素挺生，拔泥不滓，外直中通，花榮實旨，潔比高人，清同君子。」〔註173〕不過在宋室南遷後，文人志士多有國家危亡之思，因此對於「貞」的價值開始特別看重，這時蓮花的君子意涵也開始反映出「貞」的精神價值，例如：

> 暴之烈日無改色，生于濁水不染污。疑如嬌媚弱女子，乃
> 似剛正奇丈夫。有色無香或無食，三種俱全為第一。實裡
> 中懷獨苦心，富貴花非君子匹。（包恢〈蓮花〉）〔註174〕

這種不畏強暴而能守節不污的精神意涵，正是剛正不阿的貞節表現。雖然同樣都是出淤泥而不染的意涵，周敦頤所著眼的在於「清」的灑落，而包恢則著重在「貞」的守節不污。周敦頤形塑出「亭亭淨植」

〔註170〕　（宋）车巘：《车氏陵陽集》，景印文淵閣《四庫全書》第 1188 冊（臺北：台灣商務印書館），卷4，頁 1188～30。
〔註171〕　《全宋詩》，卷3229，頁 38561。
〔註172〕　《全宋詩》，卷3480，頁 41419。
〔註173〕　《廣群芳譜》，卷29，頁 1713。
〔註174〕　（宋）包恢：《敝帚稿略》，收於景印文淵閣《四庫全書》第 1178 冊（臺北：台灣商務印書館），卷八，頁 1178～798。

的超逸風神，而包恢則成爲剛正不阿的大丈夫。因此周敦頤雖然確立
了君子的象徵，但君子的精神意涵卻也隨著時代而有所不同。

　　除了蓮花的花、莖之外，宋代文人對於蓮藕也賦予精神的意涵。
六朝民歌以來，關於藕的意象，大多運用「藕」與「偶」的諧音雙關，
或藕絲中的「絲」與「思」的諧音雙關來隱喻愛情，例如王勃〈採蓮
曲〉：「牽花憐共蒂，折藕愛連絲。」〔註175〕宋人則捨棄蓮藕這種傳
統情思的意涵，將蓮藕亦視爲心靈修養的重要象徵，因此蓮藕亦開
始具有「入淤泥而不染」的精神意涵，例如楊萬里〈寄題臨武知縣李
子四公廨君子亭〉：「泥中懷玉避俗塵，水上開花超大地。」〔註176〕
更值得注意的是，文人對於蓮藕的審美已經不只是局限在不染的清
白上，他們對於蓮藕中的孔竅也產生極大的審美興趣。而這可能是
受到禪宗的影響所致，《五燈會元》記載著正法建禪師著名的話頭：
「針鋒上獅子翻身，藕竅中大鵬展翅。」〔註177〕禪宗以小大之間的
矛盾，來喻心靈之虛涵能納的妙用，藕竅因而也成爲比喻心的物象。
以藕竅爲喻是宋代佛教常見的用法，如釋可湘〈佛偈一百零九首〉：
「藕絲竅裡翻筋斗」〔註178〕禪宗以藕竅喻人心的用法可能影響了北
宋文人。因爲傳統上主要是用藕的白來象徵名節的清白，因此用藕強
調心的作用，並不在傳統文化的思想脈絡之中，所以很可能是受到禪
宗的影響，從黃庭堅〈白蓮庵頌〉〉可以明顯看出它們之間的關聯，
其詩云：

　　　入泥出泥聖功，香光透塵透風。君看根元種性，六窗九竅
　　　玲瓏。〔註179〕

黃庭堅將蓮花出淤泥而不染之功，歸之於藕竅所喻之心，並用「玲瓏」

---

〔註175〕《全唐詩》，卷55，頁672。
〔註176〕《全宋詩》，卷2291，頁26292。
〔註177〕（宋）釋普濟：《五燈會元》（北京：中華書局，1984年10月），卷
　　　　19，頁1288。
〔註178〕《全宋詩》，卷3299，頁39304。
〔註179〕《全宋詩》，卷1024，頁11710。

來形容心靈的澄澈虛靜。而這樣的意涵也影響了日後的文人，例如鄭清之〈東湖送藕茸芷〉：「淤泥胎玲瓏，多節竅渾沌。」〔註180〕

　　由於南宋文人特別強調「貞」的價值，因此也透過蓮藕之節來象徵君子的節操，例如孫應時〈芙蕖〉：「自知根節全冰玉，人道丰姿照綺羅。」〔註181〕荷花的根節用以象徵冰清玉潔，寄託貞的象徵。又如岳珂〈歸自鄂雙蓮生偶作再寄紫微〉：

　　　　歸然康廬山，獨秀蓮花峰。派爲濂溪源，下有愛蓮翁。絕
　　　　學嗣洙泗，千載同清風。書堂二池間，浮翠籠輕紅。居然
　　　　不染塵，涌出清冷中。雪藕屬堅節，一念室以通。〔註182〕

「居然不染塵，涌出清冷中」表現的是北宋周敦頤所強調「清」的審美意涵，而「雪藕屬堅節」則表現出南宋「貞」的價值取向。可以說在「清」與「貞」這兩種價值的統合完成之後，蓮花作爲宋代理想人格的精神意涵也就更加的圓滿了。

　　除了上述花、莖、藕之外，其他部位如荷葉、蓮蓬及蓮子也都成爲宋人賦予了價值的物象。在荷葉方面，宋人突出荷葉的香氣意涵，如范成大：「泥根玉雪元無染，風葉青葱也自香。」〔註183〕葉之自香，實寓有德馨之意。而在蓮子方面，晚唐溫庭筠〈蘇小小歌〉：「水中蓮子懷芳心」〔註184〕已經出現以蓮子喻心的用法。宋人亦承襲這樣的意涵，例如曾丰〈值侯修學趣儒人稍急因遺蓮花蓮實西瓜於吾宗翔俗叔作詩以勉之〉：「苦心應念子矜青」〔註185〕薛季宣〈古意〉：「荷芰藕生蓮，每憶心中苦。」〔註186〕蓮心的苦味形成了苦心的象徵。而在佛教的意涵上，宋人則用蓮子來象徵最清淨的本心，例如：

　　　　蓮房新栽袖中攜，剖寄青青子數枚。若識心頭最清淨，莫

---

〔註180〕　《全宋詩》，卷2904，頁34611。
〔註181〕　《全宋詩》，卷2696，頁31771。
〔註182〕　《全宋詩》，卷2966，頁35341。
〔註183〕　《全宋詩》，卷2262，頁25953。
〔註184〕　《全唐詩》，卷576，頁6706。
〔註185〕　《全宋詩》，卷2610，頁30334。
〔註186〕　《全宋詩》，卷2474，頁28695。

嫌根腳本污泥。」（龍輔〈蓮子寄外〉）〔註187〕

甚至蓮蓬也都被用來表徵兄弟的倫理關係，如劉宰〈湯參議惠蓮走筆以謝〉：「蓮實同房若弟昆，人情乖異不堪論。」〔註188〕黃庭堅〈贛上食蓮有感〉：「蓮實大如指，分甘念母慈。共房同角戢，更深兄弟思。」〔註189〕從上述的例子中可以發現，宋人對於荷花的各個部位都投以極大的關注，並分別賦予了它們不同的價值意涵。（南宋）曾丰在〈彼蓮之美〉一詩中，將周敦頤以來所發展出來的蓮花各部象徵及儒道思想予以運用，其詩曰：

> 彼蓮之美，心乎愛矣。所愛與直，淵乎其似。厥根玲瓏，
> 庶乎屢空。厥幹洞然，同乎大通。厥華尚赤，故爲火德。
> 厥德靡常，虛室生白。〔註190〕

在這首詩中，分別針對荷莖的直與通、蓮根的玲瓏與空、花色的紅等分別賦予了儒道乃至五行的相關意涵，從中可以看到荷花是最能夠匯聚眾多思想於一身的花卉，亦是最能表現出宋代思想兼攝三家思想的特色。有趣的是荷花兼容並蓄的特性，到了南宋也發展出兼容男女特質的「蓮花似六郎」典故，《詩人玉屑》記載：

> 白樂天〈女道士〉詩云：「姑山半峰雪，瑤水一枝蓮。」此
> 以花比美婦人也。東坡〈海棠〉云：「朱唇得酒暈生臉，翠
> 袖卷紗紅映肉。」此以美婦人比花也。山谷〈酴醾〉云：「露
> 濕何郎試湯餅，日烘荀令炷爐香。」此以美丈夫比花也。
> 山谷此詩出奇，古人所未有，然亦是用「荷花似六郎」之
> 意。〔註191〕

根據《新唐書·列傳三十四》記載楊思本奉承武則天的寵臣張昌宗：「昌宗以姿貌倖，再思每言：『人言六郎似蓮華，非也；正謂蓮華似

---

〔註187〕　《全宋詩》，卷3780，頁45622。
〔註188〕　《全宋詩》，卷2806，頁33359。
〔註189〕　《全宋詩》，卷979，頁11332。
〔註190〕　《全宋詩》，卷2597，頁30172。
〔註191〕　（宋）魏慶之：《詩人玉屑》（臺北：世界書局，1992年），卷九，頁195。

六郎耳。』其巧諛無恥類如此。」﹝註192﹞張昌宗排行老六，故人稱六郎，由於美貌異常，因此當時的人用荷花來形容他的美貌。由於豔麗的荷花女性意涵十分濃厚，即使宋人賦予了男性特質的君子人格，仍不免有著一種「君子花寧兒女態」﹝註193﹞的看法，因此南宋文人或基於趣味而用美男子來形容荷花，如楊公遠〈月下看白蓮〉：

> 藕花呈素質，兔魄散清光。我試平章看，嫦娥伴六郎。

﹝註194﹞

不過六郎人格原本就不高尚，加上南宋文人比德思想濃厚，因此南宋人在使用這個典故通常都帶著貶意，例如：

> 無垢自全君子潔，有姿誰想六郎嬌。（董嗣杲〈荷花〉）

﹝註195﹞

> 誰知剗被虛名誤，污卻蓮花是六郎。（李龍高〈桃梅〉）

﹝註196﹞

> 色香無比出西方，何物妖狐號六郎。（何耕〈蓮塘〉）﹝註197﹞

> 六郎莫恃人憐惜，君子名稱更絕奇。（金朋說〈蓮花吟〉）

﹝註198﹞

南宋人形容紅蓮常喜歡用六郎的典故，而在形容白蓮時偶爾亦會運用何晏試湯餅的典故，例如周必大〈次韻紅白蓮間生〉：「豔質施朱窺宋玉，冰姿傅粉試何郎。」用面白的何晏形容白花，是南宋文人喜歡用來形容白花的典故，不過用於形容荷花則遠不如六郎的典故來得普遍。

---

﹝註192﹞　（宋）歐陽修、宋祁：《新唐書》（臺北：國泰文化出版社，民國66年），第七冊，頁4099。
﹝註193﹞　《全宋詩》，卷3212，頁38408。
﹝註194﹞　《全宋詩》，卷3524，頁42098。
﹝註195﹞　《全宋詩》，卷3573，頁42722。
﹝註196﹞　《全宋詩》，卷3763，頁45379。
﹝註197﹞　《全宋詩》，卷2335，頁26847。
﹝註198﹞　《全宋詩》，卷2735，頁32202。

　　此外，宋代的荷花審美，除了從比德價值確立君子的意涵外，最凸出的是宋人對於枯荷、殘荷所展現出來的審美態度。唐人「一片花飛減卻春，風飄萬點正愁人」〔註199〕詩人在花中投射了自我的失落，呈現出傷春的悲懷；而宋人「風花榮速落，水月淨明深。物物觀天理，資吾入道心。」〔註200〕則是跳脫個人情感，用理性的態度從超越的道來看待物的盛衰變化。是故宋人反而能夠欣賞這種繁華逝去的蕭颯之美，展現出透析事理的瀟灑情懷。對於枯荷、秋荷的審美，雖然從中唐就已經萌發，但是卻要到宋人時，才進一步將這種蕭索枯槁的物色，變成一種沒有悲情，又充滿著生命逸趣的審美觀照，蘇軾〈贈劉景文〉云：「荷盡已無擎雨蓋，菊殘猶有傲霜枝。一年好景君須記，最是橙黃橘綠時。」〔註201〕由於宋人在審美上傾向追求絢爛之後，所呈現出的平淡之境，因此他們在看待秋天的蕭颯時，才能用一種欣悅開闊的自然態度來面對，因而跳脫出個人悲情的投射。自從蘇軾突出了秋荷的審美意涵後，宋人在荷花審美上也逐漸形成一種欣賞殘荷的風尚，形成這種「同賞敗荷疏柳」的審美趣味。甚至於認為敗荷更勝於夏荷的盛花之美，所謂：「菱荷枯折小鴨睡，絕勝紅妝翠蓋時。」〔註202〕到了南宋，枯荷的審美更被視為一種不凡的境界或審美品味，陸游在〈荷花〉提到：

　　　　南蒲清秋露冷時，凋紅片片已堪悲。若教具眼高人看，風
　　折霜枯似更奇！〔註203〕

詩人跳脫殘花所興發的哀物之情，從更高的道來觀物，這時風折霜枯的殘荷便具有天理流行的造化之奇。可以說南宋對於花卉的審美，無論是比德，還是觀天理，都展現出宋代文人強烈的理性特質。另外楊

---

〔註199〕《全唐詩》，卷225，頁2409。
〔註200〕《全宋詩》，卷55，頁610。
〔註201〕《全宋詩》，卷815，頁9433。
〔註202〕《全宋詩》，卷1654，頁18523。
〔註203〕（宋）陸游：《陸放翁全集》（臺北：世界書局，民國79年11月），
　　　　頁412。

萬里〈晚涼散策〉：

> 半點輕風泛柳絲，忽吹荷葉一時欹。芙蕖好處無人會，最
> 是將開半落時。〔註204〕

這裡所展現的審美特色，並不是像理學家從天理的角度來觀看，而是將開落視爲一種生命的動態美感，他不執意於花好，因而也更能自在的看待花落，體現出觀者無情思掛礙的生命自在。又如〈秋涼晚步〉：「秋氣堪悲未必然，輕寒正是可人天。綠池落盡紅蕖卻，荷葉猶開最小錢。」〔註205〕詩中首先反駁宋玉〈九辯〉：「悲哉秋之爲氣也」〔註206〕的悲秋傳統，這種被視爲蕭颯的秋風，詩人爲何反覺得合宜舒暢呢？原因不外詩人跳脫了秋天蕭索的悲物之情，因此在看到紅荷落盡時，卻未覺得悲哀，因爲他更看到小小的荷葉仍不斷的冒著生機。詩人之所以能看到一般人看不到的物外之趣，在於詩人不從傳統的審美觀點著眼，故總能在凡人睹物傷情之處，更看生機呈露，體現出詩人超乎常人的審美逸趣。

另外宋人也喜歡追求味外之致的韻，這種追求清韻的特質也影響了宋人月下荷的美感追求。最早出現月下荷意象的是晚唐陸龜蒙〈和襲美木蘭後池三詠〉的這首詩，其詩云：「素蘤多蒙別豔欺，此花眞合在瑤池。還應有恨無人覺，月曉風清欲墮時。」〔註207〕陸龜蒙使用清冷的月色來烘襯白蓮的素潔，形成一種幽冷潔清的情韻。由於晚唐幽冷的詩風，因此詩人普遍喜愛使用幽冷的月色來形塑清美的詩歌氛圍，這種原本不相聯屬的物象在詩人主觀詩意的連類之下，共構出富於情致韻味的心靈意境。「月下荷」原本主要是一種詩歌中的幽美意境，到了宋代就成爲一種文人的雅集，例如徐陸卿〈再續前韻〉提

---

〔註204〕周汝昌選注：《楊萬里選集》（臺北：河洛出版社，民國68年），頁70。
〔註205〕《全宋詩》，卷2282，頁26177。
〔註206〕（漢）王逸注、（宋）洪興祖補注：《楚辭章句補注》（臺北：世界書局，民國78年11月），頁109。
〔註207〕《全唐詩》，卷628，頁7211。

到：「荷囊清白舊傳家，來看溶溶月下花。不是尋常殺風景，也宜飲酒也宜茶。」〔註208〕月下賞花情致氛圍與白日迥異，透著幽冷月色的蓮花更顯得冰清玉潔，如：「別岸花孤裊，冰姿帶月痕。波沉花月影，疑是謫仙魂。」〔註209〕月下荷體現出宋人對於清韻的追求，在褪去白日豔麗奪人的光彩之後，更能掘發出荷花素雅的風姿。此外在隔絕了明晰的視覺感受之後，荷香的嗅覺感受也會特別突出，許顗《許彥周詩話》提到：

> 世間花卉無踰蓮花者，蓋諸花皆藉暄風暖日，獨蓮花得意
> 於水月。其香清涼，雖荷葉無花時亦自香也。〔註210〕

荷花夜間雖然閉合，但荷葉在風中相互摩擦時就會隨風飄散清香，故雖無花亦能飄香。皓月皎蓮與清逸荷香，共同形塑出月下賞蓮的獨特感官情趣，因此也成為詩人創作的重要意象，例如陸游〈橋南納涼〉：「月明船笛參差起，風定蓮池自在香。」〔註211〕此外這種月下白蓮的意象，亦常被當成富於禪宗色彩的心靈境界，例如晁迥：「心如蓮花不著水，身似翔鴻不可籠。清興比方心境妙，月明池淨白蓮開。」〔註212〕蓮花無染的宗教意涵與明月的本性象徵，共同形塑出富於禪境意趣的心靈境界。因此月下賞荷不僅表現出宋人的生活情趣，亦體現出宋人追求情韻與禪趣的審美特色。

　　總之宋人在荷花審美的歷程中，所扮演的角色主要是凸出荷花君子的比德意涵。更重要的是蓮花不僅作為宋人理想人格的象徵，它更具有統合儒釋道三家思想的象徵意義，更具有調和出世與入世的矛盾對立。因此荷花在宋人眼中具有相當不凡的地位，例如：

> 濯濯水中華，香豔勝蘋藻。英英泥中根，潔素常自保。房

---

〔註208〕《全宋詩》，卷3093，頁39948。
〔註209〕《全宋詩》，卷3524，頁42098。
〔註210〕許顗：《許彥周詩話》（北京：中華書局，1985年），頁21。
〔註211〕（宋）陸游：《陸放翁全集》（臺北：世界書局，民國79年11月），《劍南詩稿》卷11，頁184。
〔註212〕《全宋詩》，卷55，頁616。

> 實又堪食，無一不爲好。乃知金仙經，譬喻肆論討。（郭祥
> 正〈賞蓮〉）〔註213〕

> 暴之烈日無改色，生于濁水不染污。疑如嬌媚弱女子，乃
> 似剛正奇丈夫。有色無香或無食，三種俱全爲第一。實裡
> 中懷獨苦心，富貴花非君子匹。（包恢〈蓮花〉）〔註214〕

不過梅花與蓮花雖然都具有君子的象徵意涵，但梅花體現的人格意涵
比較接近傳統儒家堅貞守節的精神；而蓮花所呈現的人格意涵，由於
受到周敦頤籠罩性的影響，蓮花的君子意涵比較偏重於「清」，主要
體現出自在心靈的灑脫與清逸。加上蓮花原本就具有強烈的佛教意
涵，因此更無法像梅花這種單純從儒家比德價值中所掘發出來的花卉
一樣，只是純粹承載儒家的精神意涵。因此雖然二種花卉的君子意涵
都是從宋代的文化價值之中所發展出來，但二種花的生物特性與傳統
的象徵意涵卻是完全不同，因此在比德意涵的發展上亦呈現出不同的
價值特性。

## 結　論

　　綜觀荷花審美的發展，可以發現自古至今雖時代價值的變遷與審
美情趣的變化，都不能改變它在人們心中的重要地位。除了美麗又可
食用，兼具實用與觀賞的價值，因此從文人到平民都能廣泛受到歡
迎。甚至於外來的佛教與本土的道教也都與它產生密切的關係。而在
周敦頤賦予了荷花君子意涵後，荷花更是具有儒、釋、道三家的精神
意涵，一舉涵蓋了出世與入世的對立價值。從實用、觀賞、文化與宗
教象徵，可以說在群芳之中沒有一種花卉可以蘊含如此多元的象徵意
涵。清人張潮在《幽夢影》中讚美荷花曰：「凡花色之嬌媚者，多不
甚香；瓣之千層者，多不結實。甚矣，全才之難也，兼之者，其惟蓮

---

〔註213〕　《全宋詩》，卷766，頁8891。
〔註214〕　（宋）包恢：《敝帚稿略》，收於景印文淵閣《四庫全書》第 1178
　　　　　冊（臺北：台灣商務印書館），卷八，頁1178～798。

乎！」〔註215〕由於荷花有色、有香、可食等諸多優點，幾乎涵蓋了
所有花卉之優點，也因此中國人在荷花身上各個部位的審美關注，也
達到了極其仔細的地步。從荷花的花、蓮蓬、種子、胚芽、葉、莖、
根，乃至藕上的通氣孔及節，幾乎每一細部得到文人充分的審美關
注，這是在其他花卉看不到的現象。因此可以大膽的說，荷花是中國
最奇特的一種花，這種能夠兼納各種審美價值而又能歷久不衰的花
卉，從《詩經》到《楚辭》，乃至歷代的文學作品中，到處都看得到
它的影子，如果說荷花稱不上中國自古至今最受歡迎的花卉，那麼又
有什麼花可以稱得上呢？

---

〔註215〕　（清）張潮：《幽夢影》（臺北：文津出版社，1991 年 11 月），頁
77。

# 第七章　蘭、菊、桂、牡丹意涵的演變

　　這一章分別論述蘭、菊、桂、牡丹這四種重要傳統花卉在中國文學中意象的演變過程。蘭受重視於先秦，菊展現風采於六朝，牡丹顯貴於唐，桂花脫胎於宋代。不同時代的審美風尚與思想特質，影響人們對於不同花卉的喜愛。從這四種花卉在不同時代的發展與意涵的變遷，正可以顯現從先秦到宋代的審美發展與文化特徵。花卉自古就是文人投射理想價值與自我形象的重要象徵物，蘭之於孔子、屈原的品格象徵；菊之於陶淵明的隱逸生活；牡丹之於文人的功業夢想；桂則滿足人們對於神仙的想像。而透過這些花卉正可以呈現出文人在不同時代的精神風貌與文人的價值投射。

## 第一節　蘭花意涵的發展與演變

### 一、先秦的蘭文化

　　早在先秦時期，「蘭」就已經是一種具備深厚文化意涵的植物，在《詩經》、《管子》、《左傳》、《楚辭》、《荀子》、《周易‧繫辭》等先秦重要文獻中，都有許多關於它的記載，足見當時的人們對於它的重視。為什麼蘭在先秦時期會被人們如此重視呢？周建忠認為這和遠古

的「蘭圖騰」崇拜有著密切關係〔註1〕，只是到了春秋、戰國時期，
原本作爲植物圖騰及圖騰保護神的信仰，逐漸被理性的思維取代了，
因而轉變成爲觀念、意識形態與無意識行爲，繼續保留在人們的生活
與文化當中，因此在一些歷史的記載當中，還是可以發現這些原始信
仰的孑遺，《左傳·宣公三年》載：

> 冬，鄭穆公卒。初，鄭文公有賤妾曰燕姞，夢天使與己
> 蘭，曰：「余爲伯鯈。余，而祖也。以是爲而子。以蘭有國
> 香，人服媚之如是。」既而文公見之，與之蘭而御之。辭
> 曰：「妾不才，幸而有子，將不信，敢徵蘭乎？」公曰：
> 諾。生穆公，名之曰蘭。文公報鄭子之妃，曰陳媯，生子
> 華、子臧。子臧得罪而出。誘子華而殺之南里，使盜殺子
> 臧于陳、宋之間。又娶于江，生公子士。朝于楚，楚人酖
> 之，及葉而死。又娶于蘇，生子瑕、子俞彌。俞彌早卒。
> 洩駕惡瑕，文公亦惡之，故不立也。公逐羣公子，公子蘭
> 奔晉，從晉文公伐鄭。石癸曰：「吾聞姬、姞耦，其子孫必
> 蕃。姞，吉人也，后稷之元妃也。今公子蘭，姞甥也，天
> 或啓之，必將爲君，其後必蕃，先納之，可以亢寵。」與
> 孔將鉏、侯宣多納之，盟于大宮而立之。以與晉平。穆公
> 有疾，曰：「蘭死，吾其死乎！吾所以生也。」刈蘭而卒。
> 〔註2〕

《左傳》這則記載透露出幾個訊息：一者，鄭穆公一生與「蘭」密切
相關，無論是出生時的預示——「夢蘭」，還是爲了確認身份的「徵
蘭」，乃至於名字都叫作「蘭」，並且最後亦因「刈蘭」而導致穆公
隨之而卒。周建忠認爲這正是以「蘭」作爲個人保護神的個人圖騰

---

〔註1〕 通常所說的圖騰就是人們相信某種動植物爲該族群之祖先，或具有
血緣關係，因而能夠成爲個人的保護神或守護者。以植物作爲圖騰，
以圖騰作爲保護神，如舜以植物爲個人圖騰。這在圖騰的發展上屬
於後期圖騰文化的標誌與產物，通常隨著社會發展，而爲文明所取
代，只留下一些殘餘遺蹟，如佩蘭的文化或求子、辟邪的習俗。
〔註2〕 （春秋）左丘明撰、（晉）杜預注、（唐）孔穎達正義：《春秋左傳正
義》（臺北：藝文印書館，1977年），頁368。

〔註3〕。二者，「以蘭有國香，人服媚之如是」則透露出「蘭」與巫術的生殖祈願具有密切關係。據魯瑞菁的研究，巫山神女實為帝之季女瑤姬，死後化為《山海經‧中次七經》中的𦬊草，而𦬊草與蘭草都具有「媚而服焉」的情慾功能，並在以情召神的宗教祭祀中，所實行的香草愛情巫術之物。〔註4〕由於「蘭」與巫儀祈願生子具有密切關係，因此也逐漸成為男女情愛的重要信物，是故在先秦的習俗當中，秉蘭就具有男女情愛的象徵意涵，《詩經‧鄭風‧溱洧》：「溱與洧，方渙渙兮。士與女，方秉蕑兮。」〔註5〕蕑即蘭。箋云：「男女相棄各無匹偶，感春氣並出，托采芬香之草，而為淫泆之行。」〔註6〕另外《文選‧三月三日曲水詩序》李善注引《韓詩》：「鄭國之俗，三月上巳之辰于溱洧兩水之上，執蘭招魂，祓除不祥也。」〔註7〕葛蘭言提到，由於「蘭」的芳香之氣能招來神性，於是成為香草儀式中的招魂要物，同時男子也將採蘭贈物做為愛情信物的象徵，其中當然也伴有祈願生育力的可能。〔註8〕可以說無論是祓除不祥與降神的巫術作用，還是祈佑生子與男女相悅之情的暗示，「蘭」在儒家賦予比德理性意涵之前，它是與初民的圖騰信仰及巫術信仰具有極其密切的關係。事實上「蘭」與巫儀的密切關係，在《楚辭》中仍保存的相當多，例如在〈招魂〉中，可以看到，從故居殿堂佈滿「蘭」的「氾崇蘭些」〔註9〕，到門邊的栽蘭的「蘭薄戶樹」〔註10〕，乃至室內的「蘭膏明

〔註3〕周建宗：《楚辭考論》（北京：商務印書館，2007 年 9 月），頁 65～71。

〔註4〕魯瑞菁：《諷諫抒情與神話儀式：楚辭文心論》（臺北：里仁書局，2002 年），頁 286～294。

〔註5〕（漢）毛公傳、鄭玄箋、（唐）孔穎達疏：《毛詩正義》（臺北：藝文印書館，1977 年），頁 182。

〔註6〕《毛詩正義》，頁 182。

〔註7〕（梁）昭明太子編、李善注：《文選》（臺北：藝文印書館，民國 92 年 3 月），卷 46，頁 657。

〔註8〕（法）葛蘭言（Marcel Granet），趙丙祥、張宏明譯：《古代中國的節慶與歌謠》（桂林：廣西大學出版社，2005 年），頁 136～169。

〔註9〕（漢）王逸注、（宋）洪興祖補注：《楚辭章句補注》（臺北：世界書

燭」〔註11〕，蘭充斥在整個招魂祭壇的空間之中。〈九歌·東皇太一〉：
「蕙餚蒸兮蘭藉，奠桂酒兮椒漿。」〔註12〕在祭儀中用蘭作爲承墊。
〈九歌·禮魂〉：「春蘭兮秋菊，長無絕兮終古。」〔註13〕《楚辭補注》
提到：「言春祠以蘭，秋祠以菊，爲芬芳長相繼承，無絕於終古之道。」
〔註14〕依照王逸的說法，蘭、菊分別是春、秋祭祀的重要祭品，巫師
在祭祀的儀式中用蘭、菊來象徵永不止息的芳馨，以祭祀聖潔的神
靈。由此可知「蘭」在巫儀當中所佔有的重要地位。由於在初民的蒙
昧時期，「蘭」具有特殊的巫術力量，因此即使在文明逐漸開化之後，
它依然具有重要的文化地位，春秋、戰國時期，紉蘭爲飾仍是貴族重
要的文化標誌。只不過這時「蘭」的文化內涵，已經從圖騰、宗教的
原始功能，逐漸往審美與品德意涵發展，而成爲最能表徵士大夫品
德、格調與審美價值的象徵花卉。

　　孔子與蘭花品德意涵的形成具有密切的關係，宋郭茂倩《樂府詩
集》中〈琴曲歌辭·猗蘭操〉引蔡邕〈琴操〉提到：

　　　〈猗蘭操〉孔子所作。孔子歷聘諸侯，諸侯莫能任。自衛
　　　返魯，隱谷之中。見香蘭獨茂。喟然歎曰：「蘭當爲王者香。
　　　今乃獨茂，與眾草爲伍。」乃止車援琴鼓之，自傷不逢時，
　　　託辭於香蘭。〔註15〕

提到有關孔子與蘭的關係，一定會提到這段故事。另外在《孔子家語·
在厄》亦提到：

　　　夫遇不遇者，時也；賢不肖者，才也。君子博學深謀，而
　　　不遇時者，眾矣。何獨丘哉！且芝蘭生於深林，不以無人

---

　　　局，民國78年11月），頁123。
〔註10〕《楚辭章句補注》，頁124。
〔註11〕《楚辭章句補注》，頁123。
〔註12〕《楚辭章句補注》，頁34。
〔註13〕《楚辭章句補注》，頁49。
〔註14〕《楚辭章句補注》，頁49。
〔註15〕（宋）郭茂倩輯：《樂府詩集》；四部叢刊321冊（上海：上海書店
　　　　出版，1989年），卷58，頁21。

　　而不芳：君子修道立德，不謂窮困而改節，爲之者人也，
　　生死者命也。〔註16〕

不過〈猗蘭操〉中孔子借蘭自喻的事跡，並沒有記載在《論語》當中，且當時儒家重要的典籍中均沒有相關的記載。而〈琴操〉舊題蔡邕撰，因此這個故事的眞實性其實是有待商確的，而《孔子家語》亦被懷疑是僞書。因此孔子與蘭花的關係並沒有任何史證可以證明。不過雖然沒有直接的典籍可以證明這個故事的眞實性，但是《荀子・宥坐》提到：「且夫芷蘭生於深林，非以無人而不芳。君子之學，非爲通也，爲窮而不困，憂而意不衰也。」〔註17〕這裡明確已經用「蘭」的特質來象徵君子窮通不變的品德價值，是故「蘭」在先秦儒家的眼中，的確已經具有表徵君子德行的象徵意涵，因此以孔子來作爲闡述「蘭」的德行意涵，自然是再恰當不過的人物代表，自此孔子與蘭就成爲後世不遇文人，用以託付幽貞高潔的生命情志的重要象徵。由於「蘭」的外表並不出眾，但香味卻相當出眾，而有王者之香的稱號，是故先秦儒家正是看重蘭的香氣，因而將君子最重要的德行意涵用蘭香來表徵。因此蘭花的審美與其他花卉最大的差異之處正在於此，它不靠形色讓人欣悅，亦不靠果實讓人喜愛，而是用無形無色而又無所不在的馨香，讓人不得不薰陶在這種美好又雋永的感受之中，劉辰翁《薌林記》提到：「香者，天之清氣也，故其美也，常徹於視聽之表。」〔註18〕正說明香氣雖不具形質，但對於人的影響卻是遠遠超過視聽這些感官知覺。事實上用香來表德，應該是從崇神的馨香演變而來。由於香氣容易讓人有神聖與超凡的感受，因此無論是周人祭祀時燃燒的香氣，還是楚國以馨香花草祭神，都是透過香氣來降神或獻祭。也因

---

〔註16〕　（三國）王肅：《孔子家語》，收於四部備要 287 冊（臺北：中華書局，民國 54 年），卷 5，頁 6。

〔註17〕　（唐）楊倞注、（清）王先謙集解《荀子集解・考證》（臺北：世界書局，2005 年 10 月），卷 20，頁 477。

〔註18〕　（宋）劉辰翁：《須溪集》，收於《叢書集成續編》集部 107（上海：上海書局，1994 年），卷五，頁 100。

為香氣特別具有神聖崇高的知覺感受，自然也就被來表徵士大夫的崇高價值，而在《尚書・周書・君陳》提到：「我聞曰：至治馨香，感於神明。黍稷非馨，明德惟馨。」〔註19〕這裡已經將德用「馨」來形容，甚至認為德馨感召於神明的效用，更勝於祭祀焚燒黍稷之香，可見德行用馨相來作為表徵的方式，早已存在於先秦的文化之中。另外《荀子・禮論》提到：「故禮者養也，芻豢稻梁五味調香所以養口也，椒蘭芬苾所以養鼻也。」〔註20〕荀子認為通過禮之「養」，人之情氣可以達到「節」的境界，而椒與蘭正是荀子認為可以「養鼻」，以達到修養的重要工具，這時的蘭香，更從「德」的象徵意涵，進一步成為具有實際修養的「養鼻」作用。可以說在先秦時期儒家已經用蘭香來象徵君子的德行，並認為蘭香具有修身的作用。因而奠定了中國花卉以「香」表德的儒家傳統。此外，蘭香的美好也被用以形容朋友間的交心相契，《易經・繫辭》提到：「二人同心，其利斷金。同心之言，其臭如蘭。」〔註21〕在後世形成「金蘭」的典故，如謝靈運〈贈從弟弘元時為中軍功曹住京詩〉：「昔聞蘭金，載美典經。曾是朋從，契合性情。」〔註22〕也由於蘭有相契之友的意涵，因此宋代文人亦常將蘭花當作書齋伴讀的友朋，如向子諲〈浣溪沙〉：「不將紅粉污高標，空谷佳人宜作伴。」〔註23〕

除了孔子對於蘭的比德思想產生很大的影響外，屈原對於「蘭」的人格意涵，以及用「蘭」來喻志抒懷的文學傳統，亦產生深遠的影響。《楚辭》中關於「蘭」的描寫相當多，由於「蘭」與楚地巫風的

---

〔註19〕（漢）孔安國傳、（唐）孔穎達正義：《尚書正義》（臺北：藝文印書館，1977 年），頁 274。

〔註20〕（唐）楊倞注、（清）王先謙集解：《荀子集解・考證》（臺北：世界書局，2005 年 10 月），卷 13，頁 321。

〔註21〕（魏）王弼，（晉）韓康伯注：《周易王韓注》（臺北：中華書局，民國 85 年），卷 7，頁 6。

〔註22〕《先秦漢魏晉南北朝詩》，《宋詩》，卷 2，頁 1155。

〔註23〕《廣群芳譜》，卷 44，頁 2549。

祭祀儀式有密切的關係，因此在《九歌》中可以發現許多與「蘭」相關的巫儀描繪，如：

> 浴蘭湯兮沐芳，華采衣兮若英。（〈雲中君〉）〔註24〕

> 薜荔柏兮蕙綢，蓀橈兮蘭旌。（〈湘君〉）〔註25〕

> 秋蘭兮麋蕪，羅生兮堂下。綠葉兮素華，芳菲菲兮襲予。
> （〈少司命〉）〔註26〕

從這些內容中可以看出，無論是用「蘭」沐浴、佩飾、佈置這些都與巫儀密切相關。而屈原正是透過楚地巫風習俗中「蘭」所具有芳潔的神聖性來喻志抒懷，並藉由蘭之幽香、自芳來表述心中品格價值。而在屈原敘述自己的身世、修養、抱負遭遇的〈離騷〉中，「蘭」的比德意涵就更爲明確了。屈原〈離騷〉中的蘭意象主要有二個意涵：一者，「紉秋蘭以爲佩」〔註27〕，從佩蘭的軒昂容止，來表徵內在的高潔。佩蘭除了是屈原自我價值與身份的象徵外，亦用以象徵屈原不受重視的遭遇，「戶服艾以盈要兮，謂幽蘭其不可佩。覽察草木其獨未得兮，豈珵美之能當？」〔註28〕人們只愛佩帶艾草，而幽蘭之美質反不爲人所用，屈原感嘆人們對於好壞價值的辨別不清。這裡的「蘭」與「艾」，已經有君子與小人之比。二者，者，「蘭」成了華而不實，徒具外表的象徵，〈離騷〉：

> 蘭芷變而不芳兮，荃蕙化而爲茅。何昔日之芳草兮，今直爲此蕭艾也？豈其有他故兮？莫好修之害也。余以蘭爲可恃兮，羌無實而容長。委厥美以從俗兮，苟得列乎眾芳。
> 〔註29〕

蘭的美質產生質變，爲什麼會變成蕭艾這些惡草，原因在於不能潔

---

〔註24〕　《楚辭章句補注》，頁35。
〔註25〕　《楚辭章句補注》，頁36。
〔註26〕　《楚辭章句補注》，頁42。
〔註27〕　《楚辭章句補注》，頁3。
〔註28〕　《楚辭章句補注》，頁21。
〔註29〕　《楚辭章句補注》，頁23。

身自愛而委隨流俗。因此這裡的「蘭」成爲徒具外表而不可依恃的表徵。不過也少數的專家如王逸，就認爲這裏的「蘭」是指楚國令尹子蘭〔註30〕，但不管屈原是不是眞的用以暗指子蘭，文中所用的意象確實是作爲香草的「蘭」，至於有沒有暗示某人則是另外的問題。

　　除了比德的意涵外，《楚辭》亦出現一些對於蘭的形態描述，〈少司命〉提到：「綠葉分素華，芳菲菲分襲子。……秋蘭分青青，綠葉分紫莖。」〔註31〕先秦人們幾乎都只注意蘭的香味，而綠葉、素花、紫莖的描寫雖然簡略，但亦顯示出人們對於蘭花的形貌已經開始產生審美的關注。

　　總之，孔子與屈原共同形塑出蘭花的君子內涵，並建立了以蘭香比德的象徵意涵，更重要的是二人不遇與見棄的遭遇，進一步讓蘭花承載了士大夫不遇的心理情節，因而形成以蘭書寫不遇的文學傳統。

## 二、兩漢、六朝的蘭花審美

　　在屈原賦予了蘭花人格與精神象徵之後，屈原不幸的遭遇與蘭花芳潔的意象，更進一步聯結成爲一種不遇的典型文人處境，而成爲後代文人祖述其不遇情懷的主要書寫模式。在漢代擬騷常會出現以哀時命爲文學主題，藉著祖述屈原的方式來寄託自身的「不遇」，因此與屈原情志理想密切相關的蘭，亦映照在這種「不遇」的書寫情懷之中〔註32〕，例如：

　　　　明法令而修理，蘭芷幽而有芳。（東方朔〈七諫‧沉江〉）
　　　　〔註33〕

---

〔註30〕《楚辭章句補注》，頁23。
〔註31〕《楚辭章句補注》，頁42。
〔註32〕李珮慈：《采菊：「菊」的原始意象與文學象徵——以屈賦陶詩爲主》（花蓮：東華大學中國語言學系碩士論文，民國99年6月），頁84。
〔註33〕《楚辭章句補注》，頁145。

　　懷蘭茝之芬芳兮，妒被離而折之（劉向〈九嘆・遠遊〉）

〔註34〕

　　余悲兮蘭生，委積兮從橫。（王褒〈九懷・尊嘉〉）〔註35〕

在這些擬騷的作品中，「蘭」成為表達屈原之志的重要象徵，因此也直接寓含著不遇的處境與理想的失落。而在詩歌方面，雖然沒有擬騷這種明顯承襲《楚辭》思想與情感的現象，不過由於蘭的意涵已經在先秦明確的確立下來，因此兩漢、六朝詩歌中的蘭意象，大致亦承襲先秦的蘭花意涵，東漢酈炎〈蘭〉：

　　靈芝生河州，動搖因洪波。秋蘭榮何晚，嚴霜悴其柯。哀
　　哉二芳草，不植太山阿。〔註36〕

作者用在「河洲」而不在「太山」，表達出蘭與靈芝所處之不得其位，並用晚榮承霜來感嘆生不逢時，這種所處非位、所生非時的蘭花意象，正是千古文士不遇的共同慨嘆。張衡〈怨詩〉亦借秋蘭詠嘆不遇，其詩云：

　　猗猗秋蘭，植彼中阿。有馥其芳，有黃其葩。雖曰幽深，
　　厥美彌嘉。之子之遠，我勞如何。我聞其聲，載坐載起。
　　同心離居，絕我中腸。〔註37〕

詩中詠歎蘭雖芳潔馥郁，卻深處幽谷而與美人日遠。詩題中的"怨"字，正說明用幽蘭以比賢人的不遇之怨。而在〈古詩十九首・冉冉孤生竹〉中的蘭意象則與士大夫詠嘆不遇的傳統不同，詩中用蘭表達女子芳華正盛，期望採摘及時的願望，其詩云：

　　傷彼蕙蘭花，含英揚光輝。過時而不采，將隨秋草萎。

〔註38〕

詩中亦用蘭來表現女子青的春美好，但卻恐年華如秋草萎去。在這首

---

〔註34〕《楚辭章句補注》，頁193。
〔註35〕《楚辭章句補注》，頁168。
〔註36〕《先秦漢魏晉南北朝詩》，《漢詩》卷6，頁183。
〔註37〕《先秦漢魏晉南北朝詩》，《漢詩》卷6，頁179。
〔註38〕《先秦漢魏晉南北朝詩》，《漢詩》卷12，頁331。

詩中的蘭意象並沒有傳統不遇或比德的寄託。這裡的蘭主要是用來隱喻女子容顏的盛衰，因此在比喻上就完全取象於蘭花的形貌，而不再採用比德意涵強烈的蘭香。雖然用香比德與用色比年華，所強調的價值差異非常大，不過從蘭作為一種美好的象徵來看，二者卻都寓含著人們不懂得珍視的幽怨。事實上用「蘭」來形容女子早在宋玉〈神女賦〉就已經出現，宋玉在形容神女時，使用了「沐蘭澤，含若芳」與「吐芬芳其若蘭」〔註39〕，這裡蘭香仍是作者著重的蘭花特質，並用來形容神女的芳質美好。宋玉這種將「蘭」與「神女」結合的形式，正是根源於「蘭」在原始巫術中的愛情與生殖意涵，亦即左傳所提到「以蘭有國香，人服媚之如是。」而這種以蘭香來描寫神女清逸之質的書寫手法，亦影響了曹植的〈洛神賦〉，其文曰：

　　含辭未吐，氣若幽蘭。華榮婀娜，令我忘餐。〔註40〕

不過曹植〈洛神賦〉中的神女，與宋玉〈神女賦〉不同之處在於曹植的神女實際上寄託自己理想的實踐，因此「蘭」具有個人精神的價值寄託，故不同於宋玉〈神女賦〉的「蘭」，是根源於巫俗中的原始意涵。因此曹植〈洛神賦〉中極具個人價值的書寫，也為這時期的蘭意象注入新的文化意涵。〔註41〕

　　不過整體而言，兩漢、六朝蘭花意象的演變，大體呈現出停滯的現象。由於蘭花的意涵被孔子與屈原這兩位重要的人物所完全籠罩，早已具有崇高與不可動搖地位，後世文人很難再於其中賦予什麼新意，因此關於「蘭」的描寫也往往被局限在比德與不遇的書寫模式當中，在某種程度上也造成蘭意象無法發展而呈現出僵化的現象，是

〔註39〕（清）嚴可均輯校：《全上古三代秦漢三國六朝文》（北京：中華書局，1958 年），《全後漢文》，頁 74。

〔註40〕（清）嚴可均輯校：《全上古三代秦漢三國六朝文》（北京：中華書局，1958 年），《全三國文》卷 13，頁 1122。

〔註41〕李珮慈：《采菊：「菊」的原始意象與文學象徵——以屈賦陶詩為主》（花蓮：東華大學中國語言學系碩士論文，民國 99 年 6 月），頁 87。

故蘭雖然是中國傳統花卉最早被重視，也賦予極崇高的地位，但先
秦之後的發展反而不如其他花卉來得豐富，並且有逐漸被冷淡和取
代的現象，從六朝的詠物賦中可以明確看出蘭花與菊花彼此消漲的
情形。菊花在《楚辭》中的重要性遠低於蘭，由於〈九歌‧禮魂〉提
到：「春蘭兮秋菊，長無絕兮終古。」因此菊花就成爲附屬於蘭的配
角，是故後世文人因而常將它們一起聯用，如（晉）王淑之〈蘭菊
銘〉：

> 蘭既春敷，菊又秋榮，芳薰百草，色艷羣英，孰是芳質，
> 在幽愈馨。〔註42〕

從晉朝詠物賦的發展中可以看到，從一開始的蘭與菊並列，到後來卻
呈現出菊花凌駕在菊花之上的情形，如：

> 芳踰蘭惠，茂過松柏。（成公綏〈菊頌〉）〔註43〕

> 垂采煒於芙蓉，流芳越乎蘭林。（潘岳〈秋菊賦〉）〔註44〕

由於六朝神仙思想與服食風氣大盛，因此他們對於具有神仙色彩或具
有長生延年藥效的植物比較感興趣，所以荷花、菊花、桃花、桂在這
個時期受到的重視遠比蘭花來的大，而這個時期戰亂與政治環境的險
惡，因此文人特別重視具有對抗險惡環境的植物意象，是故松、柏、
菊花、桂這些具抗寒特性的植物就成爲六朝文人最重視的植物，再加
上這些植物都具延年的效用，所以蘭花雖然仍具有崇高的比德意涵，
但卻不是文士熱衷書寫的花卉。也由於蘭花的意涵長久以來都沒有注
入新的內容，是故在意涵與形式上就顯現出因襲與刻板化的現象，嵇
康〈四言詩〉：

> 猗猗蘭藹，殖彼中原，綠葉幽茂，麗蘂濃繁，馥馥惠芳，
> 順風而宣，將御椒房，吐薰龍軒，瞻彼秋草，悵矣惟騫。
>
> 〔註45〕

---

〔註42〕《廣群芳譜》，卷48，頁2777。
〔註43〕《廣群芳譜》，卷49，頁2778。
〔註44〕《廣群芳譜》，卷49，頁2781。
〔註45〕《先秦漢魏晉南北朝詩》，《魏詩》卷9，頁485。

這首詩在蘭的描寫上明顯因襲於張衡的〈怨詩〉，分別從蘭的整體形
貌、細部花葉、香氣、功用依次描寫，最後以愁悵蘭隨秋草敗壞來抒
發不遇的感懷，因此基本上還是傳統的書寫內涵。但是還是有少數的
詩歌，表現出了富於個人價值體現的蘭花形象，如陶淵明〈飲酒詩二
十首〉其十七：

> 幽蘭生前庭，含薰待清風，清風脫然至，見別蕭艾叢。行
> 行失故路，任道或能通。覺悟當念還，鳥盡廢良弓。〔註46〕

〈飲酒詩〉這二十首組詩主要是陶淵明辭官歸隱後，內心對於仕隱的
矛盾衝突與辯證體悟的心境描寫。陶淵明詩中的蘭意象雖然也是傳
統芳潔品性的象徵，不過卻不是用來抒寫不遇的幽怨。陶淵明在誤入
世網之後，才真正體會到自身的情性與世俗的蕭艾有多麼不同，因此
陶淵明詩中的蘭是一種具有自我肯定的價值意義，而不是藉由蘭在
埋怨君主的不識才，是少數極具特色的蘭花書寫。另外如南朝謝靈運
也有一些不同於傳統的蘭花書寫，如〈贈從弟弘元時爲中軍功曹住京
詩〉：

> 昔聞蘭金，載美典經。曾是朋從，契合性情。我違志概，
> 顯藏無成。疇鑒予心，託之吾生。〔註47〕

在這首詩中謝靈運寫出自己違背志意，因而夾雜在「出」與「處」都
無所成的痛苦之中，但他並沒有藉由蘭來表達這種困境。他詩中的蘭
是以《易經‧繫辭》：「二人同心，其利斷金。同心之言，其臭如蘭。」
〔註48〕爲典故，來表達與友人的深切情誼。另外謝靈運山水詩中亦常
寫到與蘭相關意象，蘭也成爲山水遊賞的景致之一，只是蘭意象在整
首詩中份量並不重，加上並沒有太深刻的描寫與寄託，因此呈現出一
種浮光掠影的空疏感受。

---

〔註46〕《先秦漢魏晉南北朝詩》，《晉詩》卷17，頁1001。
〔註47〕《先秦漢魏晉南北朝詩》，《宋詩》卷2，頁1155。
〔註48〕（魏）王弼，（晉）韓康伯注：《周易王韓注》（臺北：中華書局，民
　　　　國85年），卷7，頁6。

## 三、唐代蘭花意象特色

　　唐詩中「蘭」出現的次數相當多，在植物意象中僅次於楊柳、松柏、竹、荷花，排名第五，約有一千八百多首詩〔註49〕，不過專題詠蘭的詩歌數量卻不多。這說明「蘭」在唐人的心目中，僅是某種傳統典故的運用與書寫的習慣模式，因此少有詩人針對蘭進行單獨審美的書寫，在崇尚盛豔華麗的唐代價值中，蘭注定無法與牡丹、桃、荷相比。大致而言，這些詠蘭的詩歌表現出三個意涵：一者，藉由「蘭」反映出對於「不遇」的複雜心理，如：張九齡〈園中時蔬盡皆鋤理唯秋蘭數本委而不顧，彼雖一物有足悲者遂賦二章〉：

> 場藿已成歲，園葵亦向陽。蘭時獨不偶，露節漸無芳。旨
> 異菁為蓄，甘非蔗有漿。人多利一飽，誰復惜馨香。〔註50〕

這首詩明白說明「蘭」珍貴品行價值，不過在追求現實利益的眼光中，卻又是多麼的不具功利價值。事實上這首詩是張九齡逝世那年所作，這首詩中「蘭」的意象正是他遭讒貶謫的心理投射。另外崔塗〈幽蘭〉則提到：

> 幽植眾寧知，貞芳只暗持。自無君子佩，未是國香衰。白
> 露霑長早，青春每到遲。不知當路草，芳馥欲何為。〔註51〕

詩人對於蘭的價值衰頹感到悲憤，甚至君子都不配帶，這種徒懷芳馨的路草，又有什麼用。顯然作者投射了傳統「不遇」的蘭花意象。在傳統儒家價值中特別肯定君子懷德守貞的價值，「不以無人而不芳」正是君子品格的顯現，但是在這裡詩人卻反過來質疑這種於現實無所用的品格價值！事實上這兩首詩都從現實功利的角度來看待「蘭」的價值，顯現出在唐人積極追求功業的思想中，這種孤芳自賞，卻於現實無所用的價值感到懷疑。當然也有詩人特別肯定蘭的特殊價值，李白〈於五松山贈南陵常贊府〉：「為草當作蘭，為木當作松。蘭秋香風

---

〔註49〕渠紅岩：《中國古代文學桃花題材與意象研究》（北京：中國社會科
　　　　學出版社，2009年12月），頁29。
〔註50〕《全唐詩》，卷48，頁584。
〔註51〕《全唐詩》，卷679，頁7785。

遠，松寒不改容。松蘭相因依，蕭艾徒丰茸。」〔註52〕不過李白的肯定並不全然是從傳統儒家的比德價值來說，而是強調人當具有特殊性才具有存在的價值性，展現出唐人這種追求張揚自我價值的生命特質，因此他們怎麼耐得住這種無人關注的孤獨呢？就算自視甚高的李白亦要藉「蘭」來抒發這種「不遇」的牢騷，〈古風五十九首〉之三十八首：

> 孤蘭生幽園，眾草共蕪沒。雖照陽春暉，復悲高秋月。飛
> 霜早淅瀝，綠豔恐休歇。若無清風吹，香氣為誰發。〔註53〕

李白用「孤蘭」來顯示自己的特殊與渺小，對於自身的美質蕪沒在荒草與秋霜之中感到悲傷，甚至認為若沒有清風的引薦，那麼這種芳馨又有誰知？從中可以看出唐人接受「蘭」具有美質的特殊性，但卻不肯接受傳統儒家「遯世而無悶」，這種孤芳自賞的人格價值，他們的馨香一定得讓世人得到肯定，否則這種芳香就不具有價值。大體而言，唐人在蘭的意象當中，投射出矛盾的價值思想，他們既要蘭所象徵的獨特價值，又要「蘭」能夠被世俗積極的肯定，展現出唐代文人自信又懷抱強烈功名價值的精神風貌。不過「蘭」既然作為一種儒家重要的精神象徵，「蘭」的君子意涵對於傳統士大夫的影響還是很大，以復興儒家價值為己任的韓愈，就透過仿作〈猗蘭操〉來表達傳統儒家的精神價值，他在〈猗蘭操〉云：

> 蘭之猗猗，揚揚其香。不采而佩，於蘭何傷。今天之旋，
> 其曷為然。我行四方，以日以年。雪霜貿貿，薺麥之茂。
> 子如不傷，我不爾覯。薺麥之茂，薺麥之有。君子之傷，
> 君子之守。〔註54〕

〈猗蘭操〉中的「操」字，表達出蘭花的操守意涵。蘭花芳潔雖不獲人賞識，於蘭又有何傷，韓愈藉由「蘭」表達出傳統儒家君子的節操價值。

---

〔註52〕 《全唐詩》，卷171，頁1760。
〔註53〕 《全唐詩》，卷161，頁1676。
〔註54〕 《全唐詩》，卷23，頁294。

　　二者，描寫蘭花的形貌與姿態之美的詩歌出現。前代的蘭花書寫通常著眼於蘭花的象徵內涵與香氣的描寫，而唐代文人在蘭花的審美上已經開始注意到莖、葉以及與蘭相關的風、露等自然物象，如李世民〈芳蘭〉：

　　　　春暉開紫苑，淑景媚蘭場。映庭含淺色，凝露泫浮光。日麗參差影，風傳輕重香。會須君子折，佩裡作芬芳。〔註55〕

前兩句描寫到蘭花栽培場所的盛大情景。緊接著從「色」、「光」、「影」、「香」等蘭花情態進行描寫，風裡傳香之輕重與日照蘭影之參差，呈現出虛實交錯、光影更迭的幽幻氛圍。另外（晚唐）唐彥謙〈蘭二首〉，則表現出蘭花清逸的幽冷之致，其詩云：

　　　　清風搖翠環，涼露滴蒼玉。美人胡不紉，幽香藹空谷。
　　　　〔註56〕

「翠環」是彎成弧形的蘭葉，而「蒼玉」則是花萼，顯現出唐人在蘭花外形的觀察與描寫上已經非常細緻。而在描寫蘭花的情態上，詩人用清風與涼露來烘托蘭的清逸之質，並用美人與空谷幽香去形塑出一種空靈與出塵的情韻，表現出晚唐耽美的幽冷詩風。

　　三者，蘭花栽培的相關描寫，例如（陳陶〈種蘭〉）：

　　　　種蘭幽谷底，四遠聞馨香。春風長養深，枝葉趁人長。智水潤其根，仁鋤護其芳。蒿藜不生地，惡鳥弓已藏。椒桂夾四隅，茅茨居中央。左鄰桃花塢，右接蓮子塘。一月薰手足，兩月薰衣裳。三月薰肌骨，四月薰心腸。幽人飢如何，採蘭充餱糧。幽人渴如何，醞蘭爲酒漿。地無青苗租，白日如散王。不嘗仙人藥，端坐紅霞房。日夕望美人，佩花正煌煌。美人久不來，佩花徒生光。刈穫及葳蕤，無令見雪霜。清芬信神鬼，一葉豈可忘。舉頭愧青天，鼓腹詠時康。下有賢公卿，上有聖明王。無階答風雨，願獻蘭一筐。〔註57〕

---

〔註55〕《全唐詩》，卷1，頁16。
〔註56〕《全唐詩》，卷671，頁7665。
〔註57〕《全唐詩》，卷745，頁8468。

陳陶是南唐隱士，好佛老之學，自稱三教布衣。詩中描寫到對於蘭花栽培的實際情形，從栽培地點到周邊的景致，以及蘭花在不同時節的生活運用，並在其中寄託個人的胸次與人格精神，不過詩文最後「願獻蘭一筐」，卻也道出渴望君王賞識任用的心願。因此陳陶雖言種蘭，實則藉來抒發渴望致用的不遇情懷。與宋人書寫種蘭題材的詩歌相較可以發現，宋人種蘭多表現出生活中的閒情逸緻，而唐詩則藉蘭來寄託不遇的生命情志。

## 四、宋代蘭花意象特色

由於宋人的審美情趣趨向於素雅清逸，特別喜歡素雅清香的花卉，因此蘭花在宋代成為文人生活中重要的欣賞花卉，《蘭譜》的出現說明了宋代文人對蘭花的重視態度。不過蘭文化在經過長期的發展過程中，重要的文化意涵都已經相當固定，而在孔子、屈原之後又沒有重要的文人為它注入新的人格意涵，因此處在蘭花審美發展後期的宋人，他們只能在小地方去顯現他們獨特的蘭花意涵。大致而言，宋詩中的蘭花意象顯現出與傳統不同的特色，主要有四點：一者，「蘭」需懂得全真遠害。蘭原本生於幽谷而與人世無涉，但蘭香卻是人所愛，因此若不懂得保全自己的芳馨，只怕也要為人所害，蘇轍〈次韻答人幽蘭〉：

> 幽花耿耿意羞春，紉佩何人香滿身，一寸芳心須自保，長松百尺有為薪。〔註58〕

傳統上文人通常在蘭花身上寄託芳馨不為人知的哀傷，但這首詩卻要蘭、松防範世俗人的功利對於它們的傷害。長松被當成柴薪正說明松樹內在的德行美質，是難以防止世俗功利價值對於它們的殘害。因此蘭若不懂得保全自己的芳馨，亦難免為世俗所害！再看陸游〈蘭〉：

> 南巖路最近，飯已時散策，香來知有蘭，遽求乃弗獲，生

---

〔註58〕《廣群芳譜》，卷44，頁2544。

世本幽谷，豈願爲世娛，無心托階庭，當門任君鋤。〔註59〕

同樣表達蘭應生長在幽谷，若涉世而入於階庭，雖在雜草之中吐露芳馨，人亦無從分辨而任人鋤耕。從這兩首可以發現，文人藉由蘭所闡發的不再是不遇，反而是如何遠害。這或許與宋人出仕機會大增，但卻因黨爭嚴重而常導致謫官流放的遭遇有關，因此藉由已經不處於幽谷的蘭來說明宋代文人在仕途上的處境，算是蘭花意涵的新發展。

二者，對於「不遇」意涵的重新詮釋。蘭花的意象一直與屈原及不遇的意涵關聯在一起，不過宋人卻另有看法，范成大〈次韻溫伯種蘭〉：

靈均墮荒寒，采采紉蘭手。九畹不留客，高丘一迴首。崢嶸路孔棘，悽愴肘生柳。遂令此粲者，永與窮愁友。不如湯子遠，情事只詩酒。但知愛國香，此外付烏有。栽培帶苔蘚，披拂護塵垢。孤芳亦有遇，洒濯居座右。君看深林下，埋沒隨藜莠。〔註60〕

蘭因屈原而顯聞，但卻也因此成了窮愁潦倒的友伴。詩人顯然認爲屈原不是蘭花好的知遇，遠不如湯子遠這樣的知音，以詩酒相待，並細心的照料，這才是孤芳眞正的知遇，這比起那些埋沒在深林雜草中的蘭花來得幸運許多。這首詩從否定與屈原窮愁的關係中，說明眞正知遇的相待之道，最後依此而否定這種在林中幽沒的不遇，可以說宋人詠蘭中的「知遇」已經不再局限於君主的賞識與政治前途的發展，宋人認爲眞正的知遇是能夠以花爲友，涵養文人性情的知交，林逋與梅、陶淵明與菊才是一種眞正的知遇。楊萬里在賣花攤上看到蘭花，因而吟出：

雪徑偷開淺碧花，冰根亂吐小紅芽。生無桃李春風面，名在山林處士家。政坐國香到朝市，不容霜節老雲霞。江蘺圃蕙非吾耦，付與騷人定等差。（〈三花斛·蘭花〉）〔註61〕

---

〔註59〕《廣群芳譜》，卷44，頁2533。
〔註60〕《廣群芳譜》，卷44，頁2533。
〔註61〕《廣群芳譜》，卷44，頁2540。

這首詩認為蘭花不應老守霜節而埋沒於山林,因此擁有國香的蘭花到了市場,反而能夠遇到騷人墨客這些懂蘭的知遇。甚至於山林裡的樵夫都是蘭花幽香的知遇者,如方岳〈買蘭〉:

> 幾人曾識離騷面,說與蘭花杠自開,卻是樵夫生鼻孔,擔頭帶得入城來。〔註62〕

這首詩表明了蘭花與其等待屈原這種難得的知遇,還不如遇上山裡聞香尋蘭的樵夫來得實際。從中可以看出,宋人不像傳統文人在蘭花寄寓政治「不遇」的哀痛,一方面是宋代的士大夫出仕機會較之前人機會多得多,更重要的是宋代士大夫不再將政治前途當作生命唯一的實現,他們對於政治的得失普遍能夠看淡,因此也就少藉著蘭來抒發自身政治追求的不遂,甚至對於這種自以為有才而不遇的說法產生質疑,如楊萬里〈蘜林五十詠・蘭畹〉提到:

> 健碧繽繽葉,斑紅淺淺芳。幽香空自秘,風肯秘幽香?
>
> 〔註63〕

這首詩認為幽香豈能自秘,風一來蘭的馨香自然流佈,如何可秘?楊萬里從另一種角度否定傳統蘭花孤芳自賞的不遇悲嘆。此外蘭花很重要的特質就是被動、不爭的孤芳特質,不過在蘇轍〈幽蘭花二首〉卻有不一樣的描寫,其詩曰:

> 李徑桃蹊次第開,穠香百和襲人來,春風欲擅秋風巧,催出幽蘭繼落梅。珍重幽蘭開一枝,清香耿耿聽猶疑,定應欲較香高下,故取羣芳競發時。〔註64〕

由於具有蘭花幽靜不爭的特質,因此蘭花通常呈現出一種被動等人發現的消極態度,因而也形塑出不遇的幽怨傳統。但蘇轍詩中的蘭花卻主動與桃李這些群芳競開,顯現出一種主動積極的強者風範,而不再是一種獨自在幽谷中悲嘆不遇的消極態度。可以說在傳統蘭花不遇的意涵中,宋人對於不遇的文人情節有了完全不一樣的闡發。

---

〔註62〕《全宋詩》,卷3194,頁38289。
〔註63〕《廣群芳譜》,卷44,頁2542。
〔註64〕《廣群芳譜》,卷44,頁2544。

　　三者，人格形象多樣化：君子是傳統文化賦予蘭花的人格象徵，不過比德意識強烈的宋人似乎反而不自覺的在迴避這種早已僵固的人格，因而也較之前代呈現出比較多元的人格意象，如蘇軾〈題楊次公春蘭〉：「春蘭如美人，不採羞自獻。」〔註65〕向子諲〈浣溪沙〉：「不將紅粉污高標，空谷佳人宜作伴。」〔註66〕趙以夫〈詠蘭〉：「一朵俄生几案光，尚如逸士氣昂藏。」〔註67〕楊萬里〈蘭花五言〉：「花中小兒女，格外更幽芬。」〔註68〕蘭花是宋代文人窗前、案頭最佳的伴讀者，在文人自得其樂的書齋生活中，蘭花如美人、佳人、逸士、小兒女與文人相伴吟詠的風月。因此蘭花不再只是堅毅守節的精神寄託，在宋代文人的生活中蘭花更具清美馨逸的柔性特質。

　　四者，宋人賦予蘭花儒家之外的價值思想。蘭花自古以來就寄託儒家的德行價值，不過宋代也有少數的詩歌，蘭花意涵中也加入了佛教思想。如蘇轍〈答琳長老寄幽蘭〉：「解脫清香本無染，更因一嗅識真如。」〔註69〕蘇軾〈題次公蕙〉：「幻色雖非實，真香亦竟空。」〔註70〕由於宋人思想呈現出儒、釋、道三家合流的思想特色，因此佛教思想也進入花卉審美的內涵之中，而成為闡述佛教精神境界的物象。

　　從上述四點中可以發現，宋代文人在蘭花的審美上有意識的跳脫傳統蘭花的價值內涵，因此蘭花意象也顯得較為多元而有興味。它不再是文人發牢騷的窮愁之友，宋代文人與蘭花建立起一種富於書齋氣息的審美逸趣，因此在蘭花書寫上打破兩漢以來的刻板模式，也為蘭花注入新的審美趣味。

---

〔註65〕《廣群芳譜》，卷44，頁2532。
〔註66〕《廣群芳譜》，卷44，頁2549。
〔註67〕《全宋詩》，卷3101，頁37020。
〔註68〕《全宋詩》，卷2303，頁26467。
〔註69〕《廣群芳譜》，卷43，頁2544。
〔註70〕《廣群芳譜》，卷32，頁1695。

　　另外由於宋代文人窮理的興趣特別高,因此喜愛考察各種事物的源流及名實,所以宋人開始對於先秦時期所謂的「蘭」有了新的考證,黃庭堅、朱熹、羅願、李綱等人都有相關論述。(南宋)李綱〈幽蘭賦并序〉提到:

> 蘭有兩種:華以春者似蕙,華以秋者似菊。《楚辭》曰:「秋蘭兮青青,綠葉兮紫莖。」又曰:「春蘭兮秋菊,長無絕兮終古。」今世人之所識者,素葩叢本,特春蘭耳。予嘗得一種蘭於亡友蕭子寬家,綠葉紫莖,至秋始華,如《楚辭》之所賦,其華似菊,而色微紫,其香似春蘭而加芳,食之味尤辛甘,可以調芼。曹子建《七啓》於餚饌之妙,言「紫蘭丹椒,施和必節。滋味既殊,遺芳射越。」乃知茲茲蘭可食,其爲秋蘭無疑也。二蘭皆喜生於高山深林、闐寂無人之境,則芬芳郁烈,茂盛而遠聞。移而置於軒庭房屋之間,不過一再歲,華益鮮而香益微。蓋其天性如此,故古人又以幽蘭目之。〔註71〕

李綱明確區分出一種是後世所謂的蘭,乃春天開花的春蘭;另一種則是花似菊而紫、綠葉紫莖,秋日開花的秋蘭,此二者都稱爲幽蘭。不過朱熹卻有完全不同的看法,他在《楚辭辨證》提到:

> 蘭蕙二物,本草言之甚詳,劉次莊云:今沅澧所生花,在春則黃,不若秋紫之芳馥。又黃魯直云:一幹一花而香有餘者,蘭。一幹數花而香不足者,蕙。今按本草所言之蘭,雖未之識,然而云似澤蘭,則今處處有之。蕙則自爲零陵香,尤不難識,其與人家所種,葉類茅而花有兩種,如黃說者,皆不相似。大抵古之所謂香草,必其花葉皆香,而燥濕不變,故可刈而爲佩。若今之所謂蘭蕙,則其花雖香,而葉乃無氣,其香雖美,而質弱易萎,皆非可刈而佩者也。〔註72〕

---

〔註71〕 曾棗莊、劉琳主編:《全宋文》(上海:上海辭書出版社,2006年),
　　　　　卷3681,頁5。
〔註72〕 《廣群芳譜》,卷44,頁2510。

朱熹認爲《楚辭》中的「蘭」，是「蘭草」而非後世的「蘭花」。《楚辭》中的蘭，可分爲三種，蘭草、澤蘭、蕙草，這三種都稱「蘭」的植物，其花葉皆香，故可以佩。而後世蘭花脆弱易萎，皆非可刈而爲佩。〔註73〕宋人對於蘭花的考證也影響了文人的詠蘭詩內涵，（南宋）方回〈題葉蘭坡居士蘭〉：「一花一幹秀春風，此論黃家太史公。若問靈均舊紉佩，零陵香出古湘中。」〔註74〕〈秋日古蘭花十首〉其九：「一幹一花山谷語，今蘭不是古時蘭。」〔註75〕

## 五、元代蘭花的遺民象徵

宋朝亡後，鄭思肖畫蘭無土，用以寄寓亡國的哀思，據《宋遺民錄》記載：「精墨蘭，自更祚後，爲蘭不畫土，根無所憑藉。或問其故，則云：地爲番人奪去，汝猶不知耶？」〔註76〕鄭思肖賦予了失土蘭花亡國守志的意涵，故鄭思肖的題畫詩中，蘭即寓有國殤之意，例如〈題蘭〉：「一國之香，一國之殤。懷彼懷王，於楚有光。」〔註77〕鄭思肖賦予的意涵對於後世蘭花的象徵影響很大，例如（清）沈纕〈題趙承旨畫蘭〉：

可憐王者香零落，憔悴瀟湘第一枝。空向新朝誇畫筆，難

〔註73〕這兩種說法中，以第一種說法最爲後世人們所認同，今人周建忠認爲：「《楚辭》之『幽蘭』應爲中國蘭花的第一次亮相，既言其與眾不同，又言其不被世人所重。由於《琴操》的作者最早還在漢代，那麼孔子稱爲「當爲王者香」的『蘭』，因爲生於「隱谷」之中。是爲『幽蘭』，那麼，我們今天稱『蘭花』爲『王者香』，是完全可以理直氣壯的。『蘭當爲王者香』，既可以看出幽蘭（蘭花）當時受冷落的情況，又能品味到孔子那種觸景生情，同病相憐、生不逢時的內心悲傷。由此可見，孔子所嘆、屈子所佩、曹植所詠，皆爲一物，即『幽蘭』，即現代意義上的蘭科植物『蘭花』。」

〔註74〕《全宋詩》，卷3508，頁41888。

〔註75〕《全宋詩》，卷3500，頁41735。

〔註76〕（明）程敏政：《宋遺民錄》（臺北：廣文書局，民國54年5月），頁328。

〔註77〕（宋）鄭思肖：《鄭思肖集》（上海：上海古籍出版社，1991年），頁289。

為騷客寫愁思。故宮落日悲荊棘，周道秋風怨黍離。何處
託根猶故土，淡煙細雨伴江蘺。〔註78〕

從這首詩中可以看到清人運用蘭無故土可託的意涵，以寄託遺民黍
離之悲的情感。在孔子與屈原之後，蘭花一直沒有新意涵的形成，
也沒有與後世文人產生直接的關係，因此在鄭思肖賦予了蘭花強烈
的遺民象徵之後，蘭花也與鄭思肖形成了新的聯結，如（元）宋無
〈題鄭所南蘭〉：「秋風蘭蕙化為茅，南國淒涼氣已消。祇有所南心
不改，淚泉和墨寫離騷。」〔註79〕甚至連明人假託鄭思肖所作的
《心史》時〔註80〕，都不忘針對蘭與遺民的心志予以編造，例如〈墨
蘭詩〉：

鍾得至清氣，精神欲照人。抱香懷古意，戀國是前身。空
色微開曉，晴光淡弄春。淒涼如怨望，今日有遺民。〔註81〕

從這裡亦足以證明鄭思肖對於後世蘭花意涵的影響力。可以說這時的
蘭花意涵，也從象徵士大夫精神品德的傳統，進一步擴大為士大夫亡
國守貞與國殤的象徵。

總之，由於蘭花始終籠罩在孔子與屈原的影響之下，因而也限制
了蘭花在後世意涵的發展。因此比起其他傳統的花卉，其意涵也顯得
比較單一，而少有變化。是故一直要到南宋滅之後，宋遺民才又賦予
了深刻的國族精神。這樣的意涵大致上還是在蘭花既有的品德意涵上
所作的進一步延伸，因此不是一種全新意涵的創造。

---

〔註78〕徐世昌輯：《清詩匯》（北京：北京出版社，1996 年），卷 185，頁
3064。

〔註79〕（宋）鄭思肖、陳福康校點：《鄭思肖集》（上海：上海古籍出版社，
1991 年），頁 344。

〔註80〕據劉師兆祐考證，《心史》乃明人所偽造，偽造者相當熟悉鄭思肖的
詩文，並據之以偽造相關詩歌，詳見劉兆祐：〈心史作者考辨〉，《東
吳文史學報》第 4 期（民國 71 年 4 月），頁 15～27。

〔註81〕（宋）鄭思肖：《心史》，收於《四庫禁燬書叢刊》集部第 30 冊（北
京：北京出版社，2000 年），頁 17。

## 第二節　菊花意涵的發展與演變

### 一、先秦菊花審美特色

　　菊花原產於中國，自古就是重要的觀賞花卉，並具有藥用及食用的價值，更重要的是它與宗教及民俗都具有密切的關係。也因為如此，菊花早在先秦時期就已經是人們生活當中的重要植物。關於菊花最早的文獻記載出現在《周禮・秋官・蟈氏》：「蟈氏，掌去蛙黽。焚牡蘜，以灰灑之則死。」〔註82〕牡蘜指未開花的菊，焚燒用以除蛙類動物，由此可知菊花很早就具有驅害的作用，而這個驅害的原始功能，很可能就是菊花之所以具有辟邪作用的產生基礎。在《山海經・中山經》提到：「岷山之首，曰女几之山，其上多石涅，其木多杻橿，其草多菊朮〔註83〕。」〔註84〕可見菊花很早就是先民眼中重要的植物資源。另外在《禮記・月令》在「季秋之月」的相關內容中提到「鞠有黃花」〔註85〕這說明了先秦人們很早就把菊花視為秋天的重要徵象。李時珍提到：「按陸佃《埤雅》云：菊本作蘜，從鞠。鞠，窮也。《月令》：九月，菊有黃華，華事至此而窮盡，故謂之蘜。節華之名，亦取其應節候也。」〔註86〕先民很早就通過季節的物象來判定節氣，由於菊花是一年中最後開花的花卉，因此菊花也就成為先民用來標誌秋天的重要物象。菊花雖然與人們的生活關係密切，不過在《詩經》中卻未曾提及，最早描寫到菊花的文學作品是《楚辭》，菊花在《楚辭》中也只出現有三次，如下：

---

〔註82〕（漢）鄭玄注、（唐）孔穎達正義：《周禮注疏》（臺北：藝文印書館，1977 年），頁 558。

〔註83〕電腦缺字，「朮」上有「艹」。

〔註84〕袁珂校注：《山海經校注》（臺北：里仁書局，1982 年），頁 156。

〔註85〕（漢）鄭玄注、（唐）賈公彥疏：《禮記正義》（臺北：藝文印書館，1977 年），卷 17，頁 337。

〔註86〕（明）李時珍：《本草綱目》（北京：人民衛生出版社，1993 年），卷 15，頁 929。

　　　　春蘭兮秋菊，長無絕兮終古。(〈九歌・禮魂〉) 〔註87〕

　　　　朝飲木蘭之墜露兮，夕餐菊之落英。(〈離騷〉) 〔註88〕

　　　　播江離與滋菊兮，願春日以爲糗芳。(〈九章・惜誦〉) 〔註89〕

菊花意象雖然只出現在三處，但卻完全不能忽略它的重要性。原因
在於《楚辭》當中最具有象徵意涵與重要地位的是蘭，而屈原將菊花
與蘭並列，無形中提高了菊的地位，從「春蘭兮秋菊，長無絕兮終
古。」可以看出蘭與菊處在一種平等的地位。《楚辭補注》提到：「春
蘭秋菊，各一時之秀。」〔註90〕又云：「言春祠以蘭，秋祠以菊，爲
芬芳長相繼承，無絕於終古之道。」〔註91〕依照王逸的說法，蘭、菊
分別是春、秋祭祀的重要祭品，巫師在祭祀的儀式中用蘭、菊來象徵
永不止息的芳馨，以祭祀聖潔的神靈，因此蘭與菊在宗教上都具有崇
高的神聖意涵。其次在〈離騷〉中提到了「朝飲木蘭之墜露兮，夕餐
秋菊之落英。《五臣注》提到：『取其香潔以合己之德。』」〔註92〕可
以說飲木蘭之露與餐菊英，意在取蘭、菊的香潔來象徵屈原的高潔心
志。不過在屈原描寫到的眾多香草中，有用於沐浴、配飾及穿戴，但
菊是唯一用以服食的植物，因此菊花所象徵的意義恐怕有更特殊的意
涵，除了芳潔表德的象徵意涵外，菊花恐怕也具有延命抗衰的服食意
涵，其文云：

　　　　忽馳騖以追逐兮，非余心之所急。老冉冉其將至兮，恐脩
　　　　名之不立。朝飲木蘭之墜露兮，夕餐秋菊之落英。苟余情
　　　　其信姱以練要兮，長顑頷亦何傷？〔註93〕

「朝飲木蘭之墜露兮，夕餐秋菊之落英」這兩句話雖然仍有用香草

───────────────

〔註87〕（漢）王逸注、（宋）洪興祖補注：《楚辭章句補注》（臺北：世界書
　　　　局，民國78年11月），頁49。
〔註88〕《楚辭章句補注》，頁7。
〔註89〕《楚辭章句補注》，頁74。
〔註90〕《楚辭章句補注》，頁49。
〔註91〕《楚辭章句補注》，頁49。
〔註92〕《楚辭章句補注》，頁7。
〔註93〕《楚辭章句補注》，頁7。

以表達自我心志高潔的意涵，不過深入去探討卻會發現，它與神仙方術具有密切的關係，故洪興祖《楚辭補注》提到：「屈原悲冉冉之將老，思飡秋菊之落英。輔體延年，莫斯之貴。」〔註94〕另外李豐楙也提到：

> 藉由象徵律而傳達他所吸納的天地清氣、淑氣，是爲求身
> 心內在如一的潔淨，因而採用節食式的飲食法，希冀在經
> 歷身心的嚴格試煉之後，改變身體成爲仙質而以之求仙。
> 〔註95〕

李豐楙認爲這是一種「巫術性的內在服食法」，不過從屈原的生命歷程與價值意識看來，這種服食求仙的意圖並不在〈離騷〉自我表述的價值脈絡裡。事實上這種「飲露餐芳」具有服食延年意涵的語句，主要是針對上句「年老而脩名不立」的焦慮而發，但他隨即又在「飲露餐芳」之後否定了它，而又回歸到他最在意的芳潔內質的追求，而不再傷悲外在形體的枯槁。因此合理的說，「餐菊」應該是屈原使用在當時的文化背景中，所具有的延年、輕身的意涵，來紓發他對年老而功名未成的焦慮感嘆，而不是一種眞正的實踐行動。因此屈原在「餐菊」的意象當中，不僅寄寓著屈原內在心志的芳潔，亦隱喻著服食延年的方術色彩。另外〈九章‧惜誦〉：「播江離與滋菊兮，願春日以爲糗芳。」〔註96〕這裡則提到培植菊花以作爲春日芳香的乾糧〔註97〕，事實上菊花除了作爲藥用之外，亦可以當作菜餚食物，（宋）劉蒙《菊譜》提到：

> 有花葉者，花未必可食，而康風子乃以食菊僊。又《本草》
> 云：以九月取花，久服輕身耐老，此其花異也。花可食者，
> 根葉未必可食，而陸龜蒙云：春苗恣肥，得以採擷，供左

---

〔註94〕《楚辭章句補注》，頁7。
〔註95〕李豐楙：〈服飾與儀禮：離騷的服飾中心說〉，《中國文哲研究集刊》
　　　　第十四期（1999年3月），頁22。
〔註96〕《楚辭章句補注》，頁74。
〔註97〕洪興祖補注：「江離與菊以爲糗糒，取其芳香也。」

右杯按。又《本草》云：以正月取根，此其根葉異也。夫
以一草之微，自本至末，無非可食，有功於人者。加以花
色香態纖妙閑雅，可爲丘壑燕靜之娛。然則古人取其香以
比德，而配之以歲寒之操，夫豈獨然而已哉！〔註98〕

對於古人而言，菊花全身上下都是寶，嫩葉甚至可以當作菜餚、糧食。
晉朝左思〈招隱詩〉提到：「秋菊兼糇糧，幽蘭間重襟。」〔註99〕這
明顯是受《楚辭》的影響，而到了晚唐文人詩中也開始出現將菊苗當
作菜餚的紀實描寫，尤其是宋人特別喜歡描寫，例如：蘇轍〈戲題菊
花〉：「春初種菊助槃蔬，秋晚開花插滿壺。」〔註100〕事實上劉蒙在
《菊譜》中所歸結的菊花特質，在屈原《楚辭》中都已經呈現出來：
一者，比德意涵；二者，輕身延年的服食意涵，雖然《楚辭》當中菊
花服食的意涵仍然相當隱晦，不過在六朝的神仙思想的影響下，反而
成爲六朝菊花的重要意象。三者，作爲菜餚糧食的意涵，主要出現於
喜歡描寫生活事物的宋詩。可以說菊花雖然在《楚辭》中只出現三處，
但對後世文學的影響卻非常深遠。

## 二、六朝菊花審美特色

進入六朝之後，由於朝夕不保的生命憂懼導致服食與神仙思想發
達，因此這個時期人們也對於具有延年與神仙色彩濃厚的花卉特別感
到興趣，例如桃花、荷花。而向來具有延年輕身效果的菊花自然也受
到特別的重視，《神農本草經》曰：「久服利血氣，輕身，耐老延年。」
〔註101〕菊花原本所具有的藥用功能，亦被這時期的人們進一步神化
成各種神仙傳說，例如：

背明國有紫菊，謂之日精，一莖一蔓，延及數畝，味甘，

---

〔註98〕　（宋）劉蒙：《菊譜》（臺北：藝文印書館，1996年），頁1。
〔註99〕　《先秦漢魏晉南北朝詩》，《晉詩》卷7，頁734。
〔註100〕　《廣群芳譜》，卷50，頁2838。
〔註101〕　（魏）吳普等述：《神農本草經》（臺北：藝文印書館，1965年），
　　　　　卷一，頁10。

> 食者至老不饑。(〈拾遺記〉) 〔註102〕

> 賓教令服菊花、地膚、桑上寄生、松子以益氣，嫗亦更壯，
> 復百餘歲。(〈列仙傳〉) 〔註103〕

> 劉生丹法，用白菊汁連樗汁和丹蒸之，服一年，壽五百歲。
> (〈抱朴子〉) 〔註104〕

> 康風子服甘菊花、桐實後得仙。(〈神仙傳〉) 〔註105〕

> 朱孺子，吳末入玉笥山，服菊花乘雲升天。(〈名山記〉)
> 〔註106〕

從原本「至老不饑」到「百餘歲」的延年益氣效果，進一步擴大爲「五
百歲」，最後則完全跳脫肉體的有限性而「得仙」。大體而言，六朝時
期的仙藥，很多都是從原本該物的所具有的醫療效果，逐步被誇大與
神化成爲仙藥，如蓮藕變成仙藥亦是這樣的演變途徑。也由於這個時
期人們不斷在強調這種服食成仙的神效，因此反映在文學的內容上，
就不免充滿長生與神仙色彩，例如：

> 服之者長壽，食之者通神。((晉) 傅玄〈菊花賦〉) 〔註107〕

> 詵詵神仙，徒餐落英。((晉) 嵇含〈菊花銘〉) 〔註108〕

可以看出這些詠讚菊花的文學作品，所強調都是長壽與神仙的神異特
質。除此之外，六朝時期菊花亦具有辟邪消災的作用，《續齊諧記》
提到：

> 汝南桓景從費長房遊學累年，長房謂曰：「九月九日汝家中
> 當有災，宜急去，令家人各作絳囊盛茱萸以繫臂，登高飲
> 菊花酒，此禍可除。」景如言，齊家登山。夕還，見雞犬

---

〔註102〕 《廣群芳譜》，卷48，頁2751。
〔註103〕 《廣群芳譜》，卷48，頁2750。
〔註104〕 《廣群芳譜》，卷51，頁2885。
〔註105〕 《廣群芳譜》，卷48，頁2750。
〔註106〕 《廣群芳譜》，卷48，頁2752。
〔註107〕 《廣群芳譜》，卷49，頁2798。
〔註108〕 《廣群芳譜》，卷49，頁2778。

牛羊一時暴死，長房聞之曰：「此可代也。」今世人九日登
高飲酒、婦人帶茱萸囊，蓋始於此〔註109〕

這個故事說明九月九日登高飲菊花酒的目的是為了消災辟邪，根據
《後漢書‧費長房傳》的記載，可知費長房是東漢時期的方士，因此
故事中登山飲菊花酒，藉以消災辟邪的作法，應該是與方術有著密切
關係。不過在《西京雜記》則提到：

九月九日，佩茱萸、食蓬餌，飲菊苣酒。令人長壽。菊苣
舒時，並採莖葉雜秫米釀之，至來年九月九日始熟就飲焉，
故謂之菊苣酒。〔註110〕

從這段敘述中可以知道，漢代九月九日登高飲菊花酒的主要目的是為
求長壽，但到了《續齊諧記》中卻變成具有消災的辟邪作用。事實上
辟邪與延年都是菊花在傳統民俗文化中的重要意涵，有些論者認為九
月九日登高飲菊花酒，事實上是遠古巫醫登高採藥的原始巫風的殘餘
〔註111〕，在《山海經》中就有巫師登高採藥的相關記載：

大荒之中，有山名曰豐沮玉門，日月所入。有靈山，巫咸、
巫即、巫朌、巫彭、巫姑、巫真、巫禮、巫抵、巫謝、巫
羅十巫，從此升降，百藥爰在。(〈大荒西經〉) 〔註112〕

開明東有巫彭、巫抵、巫陽、巫履、巫凡、巫相，夾窫窳
之尸，皆操不死之藥以距之。(〈海內西經〉) 〔註113〕

巫師上山採百藥或不死之藥，與登高及飲菊花酒有何關係呢？首先必
須釐清的是菊花酒、登高、長壽與巫師之間有何關係，根據《一切經
音義》闡釋「醫」字的原始意涵時提到：

〔註109〕 （梁）吳均：《續齊諧記》（臺北：藝文印書館，1967 年），頁 5。
〔註110〕 （漢）劉歆：《西京雜記》（臺北：藝文印書館，1965 年），卷上，
　　　　　頁 18。
〔註111〕 李珮慈：《采菊：「菊」的原始意象與文學象徵──以屈賦陶詩為主》
　　　　　（花蓮：國立東華大學中國語言學系碩士論文，民國 99 年 6 月），
　　　　　頁 66。
〔註112〕 袁珂校注：《山海經校注》（臺北：里仁書局，1982 年），頁 396。
〔註113〕 袁珂校注：《山海經校注》（臺北：里仁書局，1982 年），頁 301。

又作毉，同於其反。《說文》：治病工也。醫之性，得酒而
使。故字從酉殹聲。古者巫彭初作醫。殹亦病人聲也。酒
所以治病者，藥非酒不散也。〔註114〕

從這段話可以知道，最早的醫療行爲是由巫師所掌管，《論語‧子路》
提到：「人而無恆，不可以作巫醫。」〔註115〕足見巫與醫的關係密
切。巫師登山採藥並製作成藥酒，故菊花酒可能就是一種巫醫藥酒的
形式。所以登高飲菊花酒以求長壽的民俗，很可能就是遠古巫師登高
採不死之藥的原始殘遺。有關菊花辟邪與延年的相關意涵對於六朝
詩歌並沒有什麼影響，不過卻是唐代重陽節題材詩歌中常見的意象，
例如：

兹辰采仙菊，薦壽慶重陽。（解琬〈奉和九月九日登慈恩寺
浮圖應制〉）〔註116〕

菊花辟惡酒，湯餅茱萸香。（李頎〈九月九日劉十八東堂集〉）
〔註117〕

雖然六朝時期的菊花意象受到神仙思想影響很大，不過菊花比德的價
值意涵仍是文人歌詠菊花時重要的內涵。由於受到《楚辭》的影響，
漢魏晉詩中的菊花描寫通常伴隨著「蘭」一起使用，例如：

秀有蘭兮菊有芳，懷佳人兮不能忘。（劉徹〈秋風辭〉）
〔註118〕

秋菊兼餱糧，幽蘭間重襟。（左思〈朝飲詩〉）〔註119〕

由於蘭是《楚辭》中最具象徵意涵的香草，因此在漢魏晉的詩歌當中
的菊花意象，主要是透過「蘭」來吸納《楚辭》的情志書寫，詩人透

---

〔註114〕　（唐）沙門釋元應：《一切經音義》（臺北：新文豐出版社，1980
　　　　　年），卷6，頁197。
〔註115〕　（魏）何晏注、（宋）邢昺疏：《論語注疏解經》（臺北：藝文印書
　　　　　館，1977年），頁119。
〔註116〕　《全唐詩》，卷105，頁1103。
〔註117〕　《全唐詩》，卷132，頁1341。
〔註118〕　《先秦漢魏晉南北朝詩》，《漢詩》卷1，頁94。
〔註119〕　《先秦漢魏晉南北朝詩》，《晉詩》卷7，頁734。

過與《楚辭》類似的蘭菊聯用，就可以從形式及內涵上與屈原不遇的
情志產生聯結，並依此而進入比德於香草的隱喻系統，以形塑出菊花
的芳潔意涵。雖然在漢魏晉詩歌中顯現出，菊花依附於蘭在《楚辭》
中的比興意涵，不過到了晉代的詠物賦時，詠菊的作品卻反而多過於
詠蘭的作品。而從這些詠菊辭賦的內容來看，菊花已經逐漸脫離《楚
辭》香草的比興系統，不但開始出現六朝人喜愛的靈異特質，在比德
的意涵上則強調秋霜不改色的志節，並出現與六朝文人喜愛的松柏意
象一起聯用的現象，例如：

> 先民有作，詠茲秋菊。綠葉黃花，菲菲或或。芳踰蘭惠，
> 茂過松柏，其莖可玩，其葩可服。味之不已，松喬等福。（成
> 公綏〈菊頌〉）〔註120〕

> 靈菊植幽崖，擢穎陵寒飆，春露不染色，秋霜不改條。（袁
> 山松〈詠菊〉）〔註121〕

> 何斯草之特瑋，涉節變而不傷。越松柏之寒茂，超芝英之
> 冬芳。浸三泉而結根，晞九陽而擢莖。（盧諶〈菊花賦〉）
> 〔註122〕

菊花的芬芳超過蘭，秋寒不凋的繁盛茂於松柏，可以說在這個時期文
人對於菊花的喜愛有超越蘭花的趨勢。由於松與菊二者不凋的特質相
似，因此六朝文人也特別喜愛將菊花與松柏並列在一起。另外從《禮
記·月令》中可知，先秦時期菊花已經明確具有秋天的物候象徵，而
陸佃《埤雅》亦提到：「菊本作鞠，從鞠。鞠，窮也。」亦即「菊」的
本義之中，已有窮盡的意涵。不過這個特殊的生物特徵，在先秦時期
並沒有被賦予德性的意涵。直到了六朝時，菊花晚花凌霜的特質，才
進一步從物候的徵象變成德性的象徵意涵。事實上菊花這種晚開的特

---

〔註120〕 《廣群芳譜》，卷49，頁2778。

〔註121〕 丁福保編：《全漢三國晉南北朝詩》（京都：中文出版社，1979年），
頁452。

〔註122〕 （唐）歐陽詢等撰：《藝文類聚》（上海：上海古籍出版社，1982年
1月），卷81，頁1392。

質，分別形成兩種象徵意涵：一者，菊花具有長壽、延年的象徵。由於菊花能夠於草木轉衰之際，翩然開出盛豔的花朵而能展現出豐沛生命力的緣故，因此得以衍生出長壽、延年這類與生命力相關的意涵；二者，成為凌霜抗寒的德性象徵，這可能與六朝人們特別重要松柏不凋的比德意涵有關。因此我們可以看到這兩種根源於晚花特質的不同意涵，同時出現在六朝文人的菊花審美之中，鍾會提到菊有五美：

> 故夫菊有五美焉。圓花高懸，準天極也。純黃不雜，后土
> 色也。早植晚登，君子德也。冒霜吐穎，象勁直也。流中
> 輕體，神仙食也。〔註123〕

鍾會所謂的菊花五美中，前兩項特質以菊花顏色及形態附會於《易經》與五行之說，這與當時盛行的玄理有密切關係；「早植晚登，君子德也」與「冒霜吐穎，象勁直也」則是從菊花晚花凌霜的特質所衍生的德性意涵，明顯是承襲著傳統儒家的比德思想；至於最後一項則是神仙與服食的信仰的表現，體現的是兩漢以來神仙方術的思想影響。事實上這三端，正體現出六朝文人的價值追求與審美觀點，亦可以說明菊花會受到六朝文人喜愛的原因。

　　在六朝文人中，對於菊花意象影響最大的莫過於陶淵明，後世人們只要提到菊花就一定想到陶淵明。事實上陶潛詠菊的作品並不多，只有五則，不過比起前人來說，這已經是使用菊花意象最多的文人，亦足見菊花在陶淵明心中應佔有一定的地位。大致而言菊花在陶淵明作品中的意涵約有三類。第一類是凌霜不凋的比德意涵，例如：

> 芳菊開林耀，青松冠巖列，懷此貞秀姿，卓為霜下傑。(〈和
> 郭主簿〉)〔註124〕

> 三徑就荒，松菊猶存。(〈歸去來辭〉)〔註125〕

菊與松凌霜不凋的特質，投射了陶淵明但求適意的理想堅持，劉蒙

---

〔註123〕（清）嚴可均輯校：《全上古三代秦漢三國六朝文》（北京：中華書局，1958年），《全三國文》，頁1188。

〔註124〕《先秦漢魏晉南北朝詩》，《晉詩》卷16，頁979。

〔註125〕《先秦漢魏晉南北朝詩》，《晉詩》卷16，頁987。

《菊譜》提到：「又松者，天下歲寒堅正之木也，而陶淵明乃以松名配菊，連語而稱之。」〔註126〕第二類則是延年卻老的意涵，如〈九日閒居〉：

> 世短意恒多，斯人樂久生。日月依辰至，舉俗愛其名。露淒喧風息，氣澈天象明。往燕無遺影，來雁有餘聲。酒能袪百慮，菊解制頹齡。如何蓬廬士，空視時運傾。塵爵恥虛罍，寒華徒自榮。斂襟獨閒謠，緬焉起深情。棲遲固多娛，淹留豈無成。〔註127〕

人生苦短的憂生之嘆，往往趨使著人們追求延年長生的生命價值，因此陶淵明在面對這種深切的生命之憂時，不免會有藉酒忘憂，或冀求於延年長生的追求，因此才會說出「酒能袪百慮，菊解制頹齡。」可以說「酒」與「菊」正是陶淵明用以解消生命之憂的具體作法。另外他在〈九日閒居〉的序文亦提到：「余閒居，愛重九之名。秋菊盈園，而持醪靡由，空服九華，寄懷於言。」〔註128〕從這裡可以證明陶淵明的確實是吃菊花。不過這首詩原來是寫重陽佳節有菊無酒的感慨，這裡的菊一方面是重九佳節欣悅的美景，但另一方面又激發出貧士現實困頓的哀淒之情，菊花在這裡並不是「采菊東籬」的閒適，反而呈現出一種傷感的悲嘆。酒與菊原是用以解消生命短暫的時間焦慮，可是生命中更大的焦慮確是「淹留豈無成」，而這種一事無成的時間焦慮，並不是透過「菊」的延年就能解決。因此菊花在這裡尚未體現出隱逸自得的生命自在。第三類則是顯現生活閒逸之樂境，〈飲酒詩〉之五云：

> 結廬在人境，而無車馬喧。問君何能爾，心遠地自偏。採菊東籬下，悠然見南山。山氣日夕佳，飛鳥相與還。此中有真意，欲辨已忘言。〔註129〕

---

〔註126〕　（宋）劉蒙：《菊譜》（臺北：藝文印書館，1996年），頁1。
〔註127〕　《先秦漢魏晉南北朝詩》，《晉詩》卷17，頁990。
〔註128〕　《先秦漢魏晉南北朝詩》，《晉詩》卷17，頁990。
〔註129〕　《先秦漢魏晉南北朝詩》，《晉詩》卷17，頁998。

這首詩充分的表現出陶淵明隱逸生活的閒適自在，形成一種自然與心靈渾然無跡的悠然意境。人與菊，乃至於與大自然的山與鳥，共構成一幅安適自得的諧和景致，因此這裡的菊花已經充分的將這種不慕名利的人格理想與詩人悠然忘我的生命之境吸納於其中，從此菊花的意涵也就與陶淵明的人格象徵，以及隱逸的價值連繫在一起，而成爲後世詠菊作品中的重要意涵。菊花至此亦正式擺脫屈原以來，依附於蘭的次要角色，形成眞正屬於菊花自己的象徵意涵。

## 三、唐代菊花審美特色

　　歸納唐詩中的菊花意象可以發現，重陽節的相關習俗與菊花書寫之間的關係最爲密切。由於重陽是古人相當重視的節日，而菊花酒又是最重要的節慶飲食及應景花卉，因此大部分書寫重陽節的詩歌也就少不了菊花及菊花酒的相關描寫，例如：

　　　　待到重陽日，還來就菊花。（孟浩然〈過故人莊〉）﹝註130﹞

　　　　卻邪茰結佩，獻壽菊傳杯。（崔湜〈慈恩寺九日應制〉）
　　　　﹝註131﹞

　　　　茰依佩裡發，菊向酒邊開。（盧藏用〈九日幸臨渭亭登高應
　　　　制得開字〉）﹝註132﹞

　　　　菊花辟惡酒，湯餅茱茰香。（李頎〈九月九日劉十八東堂集〉）
　　　　﹝註133﹞

　　　　辟惡茱茰囊，延年菊花酒。（郭震〈秋歌〉）﹝註134﹞

從上述的例子中可以發現菊花具有濃厚的民俗色彩，無論是賞菊、飲菊酒都是重陽節最重要的活動。這種根源是源於古代祈求長壽和辟邪的民俗，也使菊花不免也要染上一層仙氣，因而產生「仙菊」這類的

---

﹝註130﹞《全唐詩》，卷160，頁1651。
﹝註131﹞《全唐詩》，卷54，頁663。
﹝註132﹞《全唐詩》，卷93，頁1002。
﹝註133﹞《全唐詩》，卷132，頁1341。
﹝註134﹞《全唐詩》，卷66，頁758。

意象，「仙菊含霜泛」〔註135〕、「玉醴浮仙菊」〔註136〕、「茲辰采仙菊」〔註137〕、「雨歇亭皋仙菊潤」〔註138〕。由於菊花酒是重陽重要的書寫意象，因此詩人也在菊花酒的描寫上多所著墨，例如：「菊醴溢芳樽」〔註139〕、「金杯汎菊英」〔註140〕、「菊蕊薦香醪」〔註141〕、「酒味菊花濃」〔註142〕無論是描寫酒中的浮花，還是酒香花香的濃郁，酒與菊花的關係成爲唐詩中相當常見的意象。而菊花與酒的關係亦表現在陶淵明與酒的關係上，例如：「家貧陶令酒」〔註143〕、「醉收陶令菊」〔註144〕、「黃菊陶潛酒」〔註145〕。由於受到陶淵明書寫菊花的影響，陶淵明就成爲文人書寫菊花時的重要形象，元稹〈菊花〉：

> 秋叢繞舍似陶家，遍繞籬邊日漸斜。
>
> 不是花中偏愛菊，此花開盡更無花。〔註146〕

元稹用菊開似陶家及夕陽的場景，爲自己賦予了採菊東籬的生命情志，並透過菊花之後無花來說明菊花受人珍惜的原因，透露出對於菊花凌霜風骨的喜愛。由於菊花是一種相當普遍的花卉，是一種貼近家園及日常生活的花卉，這種栽種於房舍竹籬裡的菊花，自然容易讓詩人聯想到陶淵明東籬採菊的閑逸之情，是故在吟詠隨處可見的菊花時，自然會以這種看似平常卻又具有高遠之致的陶家風情，來作爲描寫田園菊花的重要意象。因此除了陶淵明的人物意象的「陶令菊」、

---

〔註135〕《全唐詩》，卷93，頁1006。
〔註136〕《全唐詩》，卷93，頁1004。
〔註137〕《全唐詩》，卷105，頁1103。
〔註138〕《全唐詩》，卷142，頁1440。
〔註139〕《全唐詩》，卷104，頁1097。
〔註140〕《全唐詩》，卷104，頁1095。
〔註141〕《全唐詩》，卷70，頁776。
〔註142〕《全唐詩》，卷675，頁7726。
〔註143〕《全唐詩》，卷244，頁2746。
〔註144〕《全唐詩》，卷581，頁6739。
〔註145〕《全唐詩》，卷608，頁7021。
〔註146〕《全唐詩》，卷411，頁4560。

「陶潛菊」外，具有陶淵明相關意涵的「東籬菊」、「籬菊」、「籬下菊」
也都是詩人常用的菊花意象，例如：「陶菊手自種」〔註147〕、「陶令
籬邊菊」〔註148〕、「籬邊老卻陶潛菊」〔註149〕。另外陶淵明在〈歸
去來辭〉中提到：「三徑就荒，松菊猶存。」〔註150〕這種松與菊的聯
用方式亦影響到唐詩，例如「松菊荒三逕」〔註151〕、「松菊莫教荒」
〔註152〕、「松菊寒香三徑晚」〔註153〕，反倒是《楚辭》蘭菊聯用的
情形就少了許多，這說明出陶淵明隱逸的菊花意涵正逐步取代屈原芳
潔不遇的菊花內涵。唐人雖然時常使用陶淵明與菊花的相關意涵，不
過通常也都是用以描寫菊花的田園景致以及與酒有關的內容，詩人很
少透過菊花來表達對於陶淵明人格的欽慕與嚮往，這可能與陶淵明在
唐代還未受到重視有關。

　　唐人的菊花書寫除了重陽習俗以及陶潛東籬的菊花意涵外，唐
代文人在菊花的審美上也有進一步的發展，尤其表現在菊花色香的
描寫，以及與其他自然物象間的相關描寫。在菊花香味的描寫上，濃
郁的菊香自然是詩人不會放過的重要感受，而這種氣息除了菊花本身
的嗅覺感受外，亦會喚起與這種氣味相關的記憶，因此菊香也就時常
伴隨著季節的感受與重陽酒香，如：「雨淋黃菊不成香」〔註154〕、「風
惹菊香無限來」〔註155〕、「銀龍吐酒菊花香」〔註156〕。而在菊花顏
色的描寫上，以黃菊最多，其次是白菊，以及極少數的紫菊。《老學
庵筆記》：「菊花色雖多種，黃者為正，月令他卉皆曰始華，於菊獨曰

---

〔註147〕　《全唐詩》，卷522，頁5974。
〔註148〕　《全唐詩》，卷600，頁6943。
〔註149〕　《全唐詩》，卷227，頁2459。
〔註150〕　《先秦漢魏晉南北朝詩》，《晉詩》卷16，頁987。
〔註151〕　《全唐詩》，卷126，頁1276。
〔註152〕　《全唐詩》，卷441，頁4916。
〔註153〕　《全唐詩》，卷467，頁5313。
〔註154〕　《全唐詩》，卷613，頁7066。
〔註155〕　《全唐詩》，卷774，頁8775。
〔註156〕　《全唐詩》，卷568，頁6584。

菊有黃花，正其驗矣。」〔註157〕從《月令》：「菊有黃華」可知，黃
花自古就是菊花正色，此外這種金碧輝煌的色彩更是符合唐人喜好盛
豔的審美風尚，因此唐詩中描寫黃菊，無不特別加強這種金黃炫目的
視覺感官，例如「蕊坼金英菊，花飄雪片蘆」〔註158〕、「天清白露潔，
菊散黃金叢」〔註159〕、「黛葉輕筠綠，金花笑菊秋」〔註160〕。

到了中唐以後，隨著士大夫階層審美的改變，文人對於白花開始
展現出獨特的審美興趣。此時少見的白菊出現，遂成為文人喜愛吟詠
的對象，當時文人就曾提到對於這種少見白菊的珍視之情，如：

> 所尚雪霜姿，非關落帽期。香飄風外別，影到月中疑。發
> 在林彫後，繁當露冷時。人間稀有此，自古乃無詩。（許棠
> 〈白菊〉）〔註161〕

> 秋天木葉乾，猶有白花殘。舉世稀栽得，豪家卻畫看。片
> 苔相應綠，諸卉獨宜寒。幾度攜佳客，登高欲折難。（張蠙
> 〈白菊〉）〔註162〕

最早詠白菊的當推劉禹錫和白居易，劉禹錫〈和令狐相公玩白菊〉
云：

> 家家菊盡黃，梁國獨如霜。瑩靜真琪樹，分明對玉堂。仙
> 人披雪氅，素女不紅妝。粉蝶來難見，麻衣拂更香。向風
> 搖羽扇，含露滴瓊漿。高豔遮銀井，繁枝覆象牀。桂叢慚
> 並發，梅蕊妒先芳。一入瑤華詠，從茲播樂章。〔註163〕

在「家家菊盡黃」的氾濫情況下，這種不是正色的白菊反而顯得特別
的出塵、玉潔，展現出一種完全不同於流俗的審美情趣。而白居易看
到白菊就顯得感傷許多白居易〈重陽席上賦白菊〉：

---

〔註157〕《廣群芳譜》，卷48，頁2755。
〔註158〕《全唐詩》，卷439，頁4878。
〔註159〕《全唐詩》，卷4，頁46。
〔註160〕《全唐詩》，卷237，頁2645。
〔註161〕《全唐詩》，卷604，頁6982。
〔註162〕《全唐詩》，卷702，頁8074。
〔註163〕《全唐詩》，卷362，頁4090。

> 滿園花菊鬱金黃，中有孤叢色似霜。
>
> 還似今朝歌酒席，白頭翁入少年場。〔註164〕

白菊孤立在熱鬧的黃菊叢中，讓白居易不由得想到自己年老的悲涼
處境。事實上中晚唐文人喜歡白花的原因，在於白花通常遭受世情的
冷落，因此詩人常用它來寄託受冷落的高潔心志，陸龜蒙〈重憶白
菊〉：

> 我憐貞白重寒芳，前後叢生夾小堂。月朵暮開無絕豔，風
>
> 莖時動有奇香。何慚謝雪清才詠，不羨劉梅貴主妝。更憶
>
> 幽窗凝一夢，夜來村落有微霜。〔註165〕

詩人用白菊貞潔芳馨的品行來表徵自我的情志，更用「月」、「雪」、
「霜」等清白之物來烘托白花的素潔清芳，形塑出一種離塵的孤清之
美。這是一種晚唐隱逸詩人，用以標誌自我格調的重要物象。至於紫
菊在唐詩中出現的次數極少，例如：「紫菊馨香覆楚醪」〔註166〕、「雨
勻紫菊叢叢色」〔註167〕、「紫菊亂開連井合」〔註168〕、「紫豔半開籬
菊靜」〔註169〕紫菊通常只作爲一種菊花物象，並不具有特殊的審美
興味與寄託意涵。

　　在菊花形態的審美上，除了針對花瓣的顏色外，花蕊也是文人喜
愛描寫的部份，例如：杜甫〈西閣雨望〉：「菊蕊淒疏放」〔註170〕、
韋安石〈奉和九日幸臨渭亭登高應制得枝字〉：「金風飄菊蕊」〔註171〕
李世民〈置酒坐飛閣〉：「岸菊初含蕊」〔註172〕。古人有云：「惜樹
虛惜枝，看花須看蕊。」花之靈韻嬌態存乎於蕊之情狀，因此唐人在

---

〔註164〕《全唐詩》，卷450，頁5082。
〔註165〕《全唐詩》，卷624，頁7173。
〔註166〕《全唐詩》，卷662，頁7587。
〔註167〕《全唐詩》，卷693，頁7978。
〔註168〕《全唐詩》，卷698，頁8038。
〔註169〕《全唐詩》，卷549，頁6347。
〔註170〕《全唐詩》，卷229，頁2496。
〔註171〕《全唐詩》，卷104，頁1094。
〔註172〕《全唐詩》，卷1，頁12。

菊花細部的描寫上，較之前代有其精緻細膩之處。而在花的風情描寫上，唐人喜歡描寫菊花帶露的嬌美情狀，如「白露團珠菊散金」〔註173〕、「露白菊氤氳」〔註174〕、「露菊含晚英」〔註175〕帶著露水的菊花少去了逼眼的炫耀，因此特別能夠展現出嬌柔的姿態。不過唐人在描寫菊花上也不全然著眼於美麗明豔的風采，「殘菊」也是唐詩常出現的菊花意象，如：

> 紐落藤披架，花殘菊破叢。秋風落葉正堪悲，黃菊殘花欲待誰。蟲聲已盡菊花乾，共立松陰向晚寒。節過重陽菊委塵，江邊病起杖扶身。〔註176〕

一般而言唐人的生命態度比較樂觀進取，在審美上偏愛盛豔明麗的審美風尚，寫殘花凋敗之象多半是中唐以後的情形。不過「殘菊」意象從初唐就已經出現，因此文人書寫「殘菊」的意象，顯然並不是受時代盛衰之情的影響，反而與菊花本身的特質有關。由於菊花開於萬物由盛轉衰之際，加上秋天又特別容易觸發人的哀感，因此無論是正在盛放的菊花，還是已經凋萎的殘菊，都在宣示菊後無花的蕭索即將到來，因此伴隨著殘菊意象的情感意涵，也多半就是一種衰敗病頹的悲感。也因爲菊花帶有濃厚的節慶氣息，是故也總伴隨著歡樂與哀感的複雜情思，而讓人特別善感，所以對於親友與故園的思念亦會特別強烈，例如：

> 菊叢兩開他日淚，孤舟一繫故園心。（杜甫〈秋興八首〉）
> 〔註177〕

> 強欲登高去，無人送酒來。遙憐故園菊，應傍戰場開。（岑參〈行軍九日思長安故園〉）〔註178〕

〔註173〕《全唐詩》，卷279，頁3167。
〔註174〕《全唐詩》，卷279，頁3168。
〔註175〕《全唐詩》，卷354，頁3973。
〔註176〕《全唐詩》，卷1，頁5。
〔註177〕《全唐詩》，卷230，頁2509。
〔註178〕《全唐詩》，卷201，頁2103。

菊花對於遊子他鄉而言，自是觸動思念的物象。凡此都在說明菊花雖然能夠於霜殺時節為人們帶來歡樂的節慶感受，但正因為它是建立在物壯則老的循環之中，因此盛豔的金黃不免要對應出殘菊的蕭颯，因而也勾動人流離衰老的強烈感受而渴望回歸的思鄉之情。

　　唐人在菊花的品德意涵上，明顯不如宋人強調，不過還是有少數的作品提到菊花高潔與凌霜不凋的精神意涵，例如：

> 蕭蕭一畝宮，種菊十餘叢。採摘和芳露，封題寄病翁。熟宜茶鼎裡，餐稱石甌中。香潔將何比，從來味不同。（姚合〈病中辱諫議惠甘菊藥苗，因以詩贈〉）〔註179〕

> 雖被風霜競欲催，皎然顏色不低摧。已疑素手能妝出，又似金錢未染來。香散自宜飄淥酒，葉交仍得蔭蒼苔。尋思閉戶中宵見，應認寒窗雪一堆。（羅隱〈詠白菊〉）〔註180〕

由於中、晚唐文人在生命情感上已不若盛唐文人外向張揚，他們趨於內向而追求精神的獨特性，因此在物象的審美上亦開始注重有精神價值的取向，因此在菊花的審美上，品格價值亦成為文人吟詠菊花時的重要寄託。

　　另外晚唐黃巢在落第之後寫下〈不第後賦菊〉，其詩云：「待到秋來九月八，我花開後百花殺。衝天香陣透長安，滿城盡帶黃金甲。」〔註181〕這首詩沒有透過菊花來表現歸隱或節操的傳統意涵，反而透過菊花秋殺的時節象徵與輝煌奪目的色彩，展現出一種高昂的豪情鬥志。黃巢借菊喻志，展現出菊花威武群芳的英勇氣魄，這是傳統詠菊詩中所未見的新意涵。不過這個意涵後世並不多見，僅朱元璋〈詠菊花〉一詩有相似意涵的運用，其詩云：「百花發時我不發，我若發時都嚇殺。要與西風戰一場，遍身穿就黃金甲。」〔註182〕從這首詩可

〔註179〕《全唐詩》，卷497，頁5641。
〔註180〕《全唐詩》，卷665，頁7620。
〔註181〕《全唐詩》，卷733，頁8384。
〔註182〕全明詩編纂委員會編：《全明詩》（上海：古籍出版社，1994年），卷5，頁48。

以看出平民起義的朱元璋，爲何承襲黃巢〈不第後賦菊〉的菊花意涵，其革命戰鬥的意涵不言而喻，因此這個菊花意涵也就不太可能出現在一般文人的詩歌中，而只是一種個別少見的用法。

## 四、宋代菊花審美特色

由於菊花很早就進入中國文人的審美視野，因此無論是外在的色香欣賞，還是內在比德價值的賦予，在宋代之前都已經得到充分的發展，因此菊花在宋人手中反而顯得比較沒有著力之處。雖然如此，宋人在菊花的審美上還是有一些新的發展：一者，文人對於菊花已經從純粹欣賞進入栽培，詩歌中亦反映出文人對於菊花栽培的心得，甚至於對於菊花生物性知識的探討。二者，菊花審美趨於生活化，詩歌中開始出現宋代民俗活動與文人栽培食用的生活體驗。三者，菊花比德意涵的深化，菊花的品格價值成爲詩歌中常出現的主題內涵。以下即分論之：

一者，由於宋代士大夫淡漠外在事功，而注重生活閒情的追求，因此許多文人都擁有個人的園林。他們普遍對於花卉栽培展現出極大的興趣，因此也直接刺激文人介入菊花栽培技術的寫作，宋徽宗時期劉蒙所撰的《菊譜》成爲世界第一本菊花專著。也因爲文人不僅僅純粹欣賞，因此他們對於菊花栽培的心得或歷程，乃至菊花相關的知識都成爲他們寫作的題材，梅堯臣〈和吳沖卿省中植菊〉「今將移近省中蘭，壅培早與陶潛異，黃土肥濃沃井泉，朱欄屈曲侵堦地。」〔註183〕詩中提到移植、培土、土質、水質等栽培細節，這是前代文人詠菊不曾出現的栽培實錄。另外蘇軾在〈贈朱遜之詩并引〉提到：

> 元祐六年九月，與朱遜之會議於潁，或言洛人善接花，歲出新枝，而菊品尤多，遜之曰，菊當以黃爲正，餘可鄙也，昔叔向聞饞蒐一言，知其爲人，予於遜之亦云。黃花候秋

---

〔註183〕《廣群芳譜》，卷50，頁2818。

節，遠自夏小正，坤裳有正色，鞠衣亦令名，一從人偏勝，遂與天力爭，易姓寓非族，改顏隨所令，新奇既易售，粹駁宜相傾，疾惡逢伯厚，識眞似淵明，君言我所印，世論豈敢評，願君爲霜風，一掃紫與赬。〔註184〕

蘇軾就洛人善於嫁接，創造出各色菊花的現象而借題發揮，從中可以看到文人對於園藝技術已多所注意，並成爲吟詠的題材。此外（南宋）魏慶之《詩人玉屑》亦記載一則當時有名的菊花論戰，其記載曰：

歐公嘉祐中見王荊公詩「黃昏風雨晦園林，殘菊飄零滿地金。」笑曰：百花落盡，獨菊枝上枯耳。因戲曰：「秋英不比春花落，爲報詩人子細看。」荊公聞之曰：是豈不知《楚詞》「夕餐秋菊之落英？」歐陽九不學之過也。〔註185〕

歐陽修針對王安石詩中提到菊花因風雨而花瓣掉滿地的說法提出質疑，因而作了一首詩告訴王安石菊花的花瓣並不會像春花一樣紛紛零落，而要王安石仔細看。可是王安石卻反而嘲笑歐陽修的「不學之過」，豈不見《楚辭》：「夕餐秋菊之落英」。後來（宋）史正志在寫《菊譜》時，亦據這則公案而提出了他的見解，原來菊花有落與不落瓣兩種，史正志因而譏笑二人對於草木都有未能盡識之偏見。從中可知宋人在花卉植物的知識亦多所關注，吟詠花卉時亦必須運用了相關植物的知識。這種將原來的審美活動變成探求物理的辯論，與宋人喜好追求事理的特質有著密切的關係。二者，菊花審美趨於生活化，這點主要表現在許多詩人都寫過親手種菊的生活經驗，此外他們描寫菊花也不是從審美的角度，而是某種生活實錄的描寫，如蘇轍〈戲題菊花〉：

春初種菊助槃蔬，秋晚開花插滿壺，微物不多分地力，終年乃爾任人須，天隨七箸幾時報，彭澤樽罍未遽無，更擬

〔註184〕王文誥、馮應榴輯注：《蘇軾詩集》（臺北：學海出版社，民國80年9月），卷34，頁1795。

〔註185〕（南宋）魏慶之：《詩人玉屑》（臺北：世界書局，民國81年），卷17，頁382。

　　　食根花落後，一依本草太傷渠。〔註186〕

蘇轍寫到的幾乎都是生活的實用性，葉當菜餚、花可賞、甚至連根都
要挖出來食用，宋人喜愛描寫食菊的生活經驗，但他們並不像屈原
「夕餐秋菊之落英」這種充滿象徵意涵的比德寄託，他們多半是一種
真實的生活書寫，表現出宋詩特有的世俗性。另外，由於宋代菊花栽
培技術非常發達，已經進入到盆栽賞玩，民間甚至還會搭建花塔、花
樓等大型的菊花裝置，這種熱鬧的民間遊藝活動亦成為詩人描寫的景
物，例如：

> 東籬秋色照疎蕪，挽結高花不用扶，淨洗西風塵土面，來
> 看金碧萬浮圖。（范成大〈菊樓〉）〔註187〕

> 病眼仇冤一束書，客舍葭荸菊一株，看來看去兩相厭，花
> 意蕭條恰似無，清曉肩輿過花市，陶家全圖移在此，千株
> 萬株都不看，一枝兩枝誰復遺，平地拔起金浮屠，瑞光千
> 尺照碧盧，乃是結成菊花塔，蜜蜂作僧僧作蝶，菊花障子
> 更玲瓏，翡翠六扇排屏風，金錢裝面密如積，金鈿滿地無
> 人識，先生一見雙眼開，故山三徑何獨懷，君不見，內前
> 四時有花賣，和寧門裏花如海。（楊萬里〈買菊〉）〔註188〕

南宋的文人描寫菊花的活動，已經不再局限於重陽佳節飲菊花酒及思
鄉念舊的情感抒發，他們反而喜歡用一種跳脫俗情的態度來寫重陽賞
菊，例如范成大〈重陽後菊花二首〉：

> 寂寞東籬濕露華，依前金靨照泥沙。世情兒女無高韻，只
> 看重陽一日花。

> 過了登高菊尚新，酒徒詩客斷知聞。恰如退士垂車後，勢
> 力交親不到門。〔註189〕

范成大這兩首詩透過人們在重陽前後對待菊花的態度，進一步去寄託

---

〔註186〕　《廣群芳譜》，卷50，頁2838。
〔註187〕　《全宋詩》，卷2263，頁25962。
〔註188〕　《廣群芳譜》，卷50，頁2820。
〔註189〕　《全宋詩》，卷2268，頁26008。

人情冷暖的現實。從中可以看出宋人在菊花的描寫趨於生活化，並能從這種生活的描寫中，去展現他們的情志。

　　三者，比德意涵的深化。由於宋人在花卉審美上最重視比德的意涵，因此詩人在吟詠菊花時亦多半強調菊花的品格意涵。從宋人的詩歌中可以發現他們最常提到的主要是菊花凌寒不凋的志節精神，例如：

> 零落黃金蘂，雖枯不改香，深叢隱孤秀，猶得奉清觴。（梅堯臣〈殘菊〉）〔註190〕

> 土花能白又能紅，晚節由能愛此工，寧可抱香枝上老，不隨黃葉舞秋風。（朱淑貞〈黃花〉）〔註191〕

> 蒲柳如懦夫，望秋已凋黃，菊花如志士，過時有餘香，眷言東籬下，數株弄秋光，粲粲滋夕露，英英傲晨霜，高人寄幽情，采以泛酒觴，投分真耐久，歲晚歸枕囊。（陸游〈晚菊〉）〔註192〕

這種凌寒開花或雖枯猶香的志節精神，主要體現出儒家最看重的價值——「貞」。對於身處國家變亂的文人而言，「貞」的價值意涵就會特別被強調，因此在南渡文人，乃至南宋遺民，普遍可以看到藉由菊花來表現他們的堅貞之情。而在《楚辭》中屈原賦予菊花芳潔的意涵，亦是菊花重要的比德意涵，如：

> 騷人足奇思，香草比君子，況此霜下傑，清芬絕蘭茝，氣稟金行秀，德備黃中美，古來鶴髮翁，餐英飲其水，但恐蓬蔂傷，課童加料理。（蘇洵〈菊〉）〔註193〕

> 楚客方多感，秋風詠江蘺，落英不滿掬，何以慰朝饑。（蘇軾〈和子由記園中草木〉）〔註194〕

---

〔註190〕《廣群芳譜》，卷50，頁2854。
〔註191〕《廣群芳譜》，卷51，頁2867。
〔註192〕《廣群芳譜》，卷49，頁2808。
〔註193〕《廣群芳譜》，卷49，頁2805。
〔註194〕王文誥、馮應榴輯注：《蘇軾詩集》（臺北：學海出版社，民國 80

屈原以蘭菊比配，餐菊之落英，形塑出人格高潔的生命情志，菊花因而具有芳潔的比德意涵，這種精神特徵主要是體現出「清」的品格意涵。可以說在菊花身上，傳統知識份子賦予了「清」與「貞」這兩種儒者最重要的價值意涵。不過屈原以身殉於昏君的生命悲劇，對於傳統陷於仕隱衝突的文人而言，這種處理政治失意的方式並不是他們所願意追隨。因此在陶淵明出現之後，陶淵明歸隱的采菊樂境就成為政治受挫文人最渴望的一種生命價值，因此陶淵明的采菊意象從唐代開始就逐漸取代屈原而成為菊花主要的人格意涵，這種情形到了宋代更是達到了極致。屈原自表心志之「清」，基本上仍是儒家之「清」，而陶淵明之「清」是接近於道家灑脫之「逸」，而這種能夠超越世俗紛擾的清逸之氣，才是宋人真正嚮往的生命價值，這正足以說明宋人不斷抬升陶淵明價值的根本原因。因此陶淵明的人格意象也成為宋人吟詠菊花時的重要內涵，如：

> 還思陶淵明，棄官歸柴桑，東籬獨此物，盈把恨無觴，賴有白衣來，好事遺壺漿，適意各一時，豈乏同舍郎。(梅堯臣〈和劉原甫省中新菊〉) [註195]

> 南山與東籬，我亦學淵明，久落塵網中，叫花花不應。(陳箕窗〈詠菊花〉) [註196]

> 直從陶令酷愛尚，始有我見心眼開，為憐清香與正色，欲齊更惜常徘徊，當攜玉斝就花醉，一飲不辭三百杯。(曾鞏〈菊花〉) [註197]

事實上陶淵明采菊之樂境與宋儒特別崇尚的孔顏樂處，有著非常近似的特質。他們所樂都在於放下政治追求之後，與自然諧和共處的生命之樂。這種完成不必向外界交待，而只是回歸到個人與自然最自在的對待關係，無有利害與競逐，是故陶淵明的形象因而也總是伴隨著歸

---

年9月)，卷5，頁208。

[註195] 《廣群芳譜》，卷49，頁2803。

[註196] 《廣群芳譜》，卷49，頁2809。

[註197] 《廣群芳譜》，卷51，頁2819。

隱這種對於政治追求的放棄，而以飲酒、采菊來實現生命真性的諧和之樂。

　　另外宋人喜愛翻案及表現與眾不同論點的喜好，也反映出他們對於屈原及陶潛菊花的不同態度，如：

> 落英楚纍手，東籬陶令家，兩窮偶寓意，豈必真愛花，不如亭中人，一笑了天涯，采采勿虛度，門前欲高牙。（范成大〈寄題向撫州采菊亭〉）〔註198〕

> 未與騷人當糗糧，況隨流俗作重陽，政緣在野有幽色，肯為無人減妙香，已晚相逢半山碧，便忙也折一枝黃，花應冷笑東籬族，猶向陶翁覓寵光。（楊萬里〈野菊〉）〔註199〕

范成大這首詩認為屈原及陶潛都不是真正愛菊的人，只是被這兩個窮困的人用以寄託心志的物象。而楊萬里則用野菊來嘲諷被屈原與陶潛寵幸的園菊。這兩首詩，一首針對人，一首針對菊，表現出南宋文人在菊花審美上，也有一種刻意要跳脫傳統意象的影響，而創發出新意。不過這也說明了陶淵明在菊花意象的籠罩性，是故劉克莊在籬邊種菊時，他就不想牽連上陶淵明，因此在〈菊〉提到：「羞與春花艷冶同，殷勤培溉待西風，不須牽引淵明比，隨分籬邊要幾叢。」〔註200〕

　　以上三點主要是菊花意象在宋代的主要發展。其中特別能夠表現宋人的詠菊特色，在於栽菊、食菊這些貼近文人生活的紀實描寫，充分顯現出宋詩內容趨於生活化的特色。雖然宋人在審美上喜歡追求清韻的美感，不過在菊花身上卻比較少呈現出這樣的這種清韻的描寫。主要原因可能是受到宋人以黃菊為正色觀念的影響，金黃色者燦爛明麗，比較難以表現脫俗的清逸。而在白菊的描寫上，則較常表現出塵、潔清的菊花意象，如邵雍〈和張二少卿丈白菊〉：「清淡曉凝霜，疎枝

〔註198〕　《全宋詩》，卷2249，頁25818。
〔註199〕　《全宋詩》，卷2275，頁26065。
〔註200〕　《廣群芳譜》，卷51，頁2867。

殷顠商，自知能潔白，誰念獨芬芳，豈爲瓊無艷，還驚雪有香，素英
浮玉液，一色混瑤觴。」〔註201〕

　　總之，從菊花審美的歷程可以發現，它是一個從實用往審美及比
德意涵發展的歷程。先民菊花在菊花價值上主要作爲物候作用、藥
用、及食用功能這三個方面。而在德性意涵上，屈原首先爲菊花賦予
了芳潔的價值意涵，而在六朝時期菊花的凌寒特性亦成爲菊花的德性
價值，並進而與松相互比並。並在陶淵明爲菊花注入了隱逸內涵和剛
貞品格價值之後，菊花主要的文化內涵大致都已經確立下來。唐代在
菊花的審美上主要表現在形色的描寫，而到了中唐以後詠白菊的詩
中，則從進一步從寫形轉變爲寫神。宋代文人則著眼於菊花生活的紀
實描寫與比德意涵的強化。至此菊花無論在比德意涵與審美情趣都已
經發展完成，並成爲一種相當具有中國文化內涵的傳統花卉。

## 第三節　桂花意涵的發展與演變

　　桂是中國相當重要的傳統花卉，不過從現代植物分類學來說，古
代文獻中的「桂」，事實上是包含著樟科的肉桂樹（古名菌桂），以及
木犀科的桂花（古名巖桂）。〔註202〕樟科的肉桂樹，葉及樹皮及嫩枝
都具有香氣，自古就是重要的香料植物。又其可以長成大喬木，因此
可以當作木材使用，《三輔黃圖》提到：「甘泉宮南，有昆明池，中有
靈波殿，以桂爲柱，風來自香。」〔註203〕而從桂樹的實用性也形成
桂舟、桂棟、桂宮這類與桂樹相關的語彙。至於木犀科的桂花，最大
的特徵就是開花時特別馨香，因此自古就是重要的香花植物，不過它
並不具有桂樹的實用性與特殊的藥性，《廣群芳譜》提到：「皮薄而不
辣，不堪入藥，花可入茶、酒，浸鹽蜜，作香茶及面藥澤髮之類。」

〔註201〕　《廣群芳譜》，卷50，頁2828。
〔註202〕潘富俊：《楚辭植物圖鑑》（臺北：貓頭鷹出版社，2002年），頁
　　　　　29。
〔註203〕　《廣群芳譜》，卷40，頁2267。

〔註 204〕而這兩種完全不同的植物，卻擁有相同的名字，其原因在於它們在形態特徵、地理分佈、主要用途上均有一定的相似性，如四季常綠、有香味、在亞熱帶有分佈、有藥用價值等。〔註 205〕由於古人粗略的用「桂」來稱呼這兩種不同的植物，因而到了後世也產生了混淆。大體而言，先秦兩漢六朝文學作品中所提到的桂、桂樹多數是指樟科的桂樹，而非今日所稱的桂花〔註 206〕；至於桂花則是唐代才大量的進入文學寫作之中；到了宋代則完全取代肉桂樹，而形成今日我們所認知的桂花。

　　桂在先秦時期已經受到人們的關注，《山海經‧南山經》提到：「招搖之山，臨于西海之上，多桂。」〔註 207〕《莊子‧人間世》：「桂可食，故伐之，漆可用，故割之。」〔註 208〕從這裡可以知道桂可食、可用，在戰國時期已經是相當重要的植物資源，故《呂氏春秋》才讚賞的說：「物之美者，招搖之桂。」〔註 209〕足見在先秦時期人們心中桂已經具有美好的象徵意涵。是故在《楚辭》的〈離騷〉、〈九歌〉、〈遠遊〉諸篇中，桂都具有芳潔美好的意涵，如〈湘君〉：「美要眇兮宜修，沛吾乘兮桂舟。」〔註 210〕洪興祖《楚辭補注》提到：「舟用桂者，取香潔之義。」這裡的桂，當指肉桂這種喬木，由於木質具有香氣，因此成為《九歌》中用以當作神靈載具。又如〈東皇太一〉：「奠桂酒兮椒漿」，王逸《楚辭章句》提到：「桂酒，切桂置酒中也。」可知桂酒

---

〔註 204〕《廣群芳譜》，卷 40，頁 2265。
〔註 205〕段一凡、王賢榮：〈從“圭”到“桂”：月中“桂”新考〉，《南京林業大學學報──人文社會科學版》第 2 期（2011 年），頁 39。
〔註 206〕黃麗娜：《中國文學中的桂花意象研究》（南京：南京師範大學文學院碩士論文，2006 年），頁 6。
〔註 207〕（晉）郭璞傳、（清）郝懿行箋疏：《山海經》（臺北：漢京文化，1983 年），頁 5。
〔註 208〕（戰國）莊子、（清）王先謙集解：《莊子集解》（臺北：世界書局，2006 年 8 月），頁 43。
〔註 209〕《廣群芳譜》，卷 40，頁 2265。
〔註 210〕（漢）王逸注、（宋）洪興祖補注：《楚辭章句補注》（臺北：世界書局，民國 78 年 11 月），頁 36。

的材料是桂的木質部位，因此仍是木材具有馨香的樟科肉桂，而不是
木犀科桂花的花朵。另外桂樹經多不凋的特性，也成爲比德的重要象
徵，如〈遠遊〉：「麗桂樹之冬榮。」〔註 211〕屈原賦予了桂樹冬榮不
凋與芳潔這兩種重要的德行意涵，奠定了桂在後世文人心目中的價
值。雖然在原始的巫術信仰中，桂原具有降神、祭神的宗教作用，不
過在屈賦當中，桂已經被重新賦予了芳潔與貞德的人格意涵，是故桂
的意涵，在屈原手上已經初步的將它從實用的功能性與巫術用途轉化
成爲品格的象徵。

　　到了漢代，「桂」在文學中的意涵有了新的發展。淮南小山〈招
隱士〉：「桂樹叢生兮山之幽，偃寒連蜷兮枝相繚，……攀援桂枝兮聊
淹留，虎豹鬥兮熊羆咆，禽獸駭兮亡其曹，王孫兮歸來，山中兮不可
以久留。」〔註 212〕本篇內容主要是描寫山中的艱苦險惡，勸告所招
的隱士歸來。內容中所提到的「桂樹」有美好人才的象徵，「桂樹叢
生兮」王逸注曰：「桂樹芬香以興屈服之忠良也。」〔註 213〕「山之幽」
王逸注曰：「遠去朝庭而隱藏也。」〔註 214〕「攀援桂枝兮聊淹留」王
逸注曰：「佩託香木誓同志也。」〔註 215〕這裡桂樹的象徵是承襲自屈
原芳潔及同類相聚的桂樹意涵。由於賦中桂林成爲這些遠朝廷而隱
藏的賢士淹留之地，因而在後世亦成爲隱士幽處的象徵，如鄭世翼
〈巫山高〉：「別有幽棲客，淹留攀桂情。」〔註 216〕盧照鄰〈過東山
谷口〉：「桃源迷處所，桂樹可淹留。」〔註 217〕《異物志》提到：「桂
之灌生，必粹其族。柯葉不渝，冬夏常綠。」〔註 218〕這裡提到桂樹

---

〔註 211〕　《楚辭章句補注》，頁 99。
〔註 212〕　《楚辭章句補注》，頁 141。
〔註 213〕　《楚辭章句補注》，頁 141～142。
〔註 214〕　《楚辭章句補注》，頁 141。
〔註 215〕　《楚辭章句補注》，頁 142。
〔註 216〕　《全唐詩》，卷 38，頁 503。
〔註 217〕　《全唐詩》，卷 42，頁 529。
〔註 218〕　（唐）歐陽詢等撰《藝文類聚》（上海：上海古籍出版社，1982 年
　　　　　　9 月），卷 89，頁 1537。

生長的兩個重要特性，一者桂樹常青冬天不凋，因此具有凌霜的品格意涵，如東方朔〈七諫〉：「登巒山而遠望兮，好桂樹之冬榮。」〔註219〕（梁）范雲詠桂詩曰：「南中有八樹，繁華無四時。不識風霜苦，安知零落期。」〔註220〕二者，桂樹生長時會排斥其他雜樹，而形成純粹的桂樹群落，故云：「桂樹叢生兮山之幽」，洪興祖補注曰：「郭璞云：桂白花叢生山峰，冬常青，間無雜木。」〔註221〕因此桂林也形成了這些優異人才同類相聚合的象徵，《晉書・郤詵傳》中提到：「武帝于東堂會送，問詵曰：卿自以爲何如？詵對曰：臣舉賢良對策，爲天下第一，猶桂林之一枝，崑山之片玉。」〔註222〕郤詵基於自謙，故用「桂林之一枝」來說明自己只是群才之一，這裡「桂林」正是用了人才聚合之地的象徵意涵。也正是桂樹具有不與雜樹共生的芳潔美質，以及凌霜的品格意涵，因此桂自屈原開始就寓含品格的價值意涵。而這種品格的象徵意涵，也讓桂與具有德行意涵的松樹開始比附聯用，如（南朝）張正見〈白頭吟〉：「平生懷直道。松桂比眞風。」〔註223〕桂在六朝雖然已經逐漸強化桂的價值意涵，但畢竟還是比不過它的神仙意涵。因此兩漢至六朝期間，桂樹最主要意涵多半仍與神仙服食思想有關。《說文解字》提到：「桂，江南木，百藥之長。」〔註224〕可見桂樹在當時人們的眼中是相當特別的重要藥材，因此「桂」也開始由實際的醫療效果，而被方士擴大成爲仙藥，進而成爲服食求仙者眼中的上藥。於是各種有關於服食桂樹而成仙的故事也因應而生，如（東晉）干寶《搜神記》：「彭祖者，殷時大夫也。姓錢，名鏗。帝顓頊之孫，陸終氏之中子。歷夏而至商末，號七百歲。

---

〔註219〕　《廣群芳譜》，卷40，頁2283。
〔註220〕　《先秦漢魏晉南北朝詩》，《梁詩》卷2，頁1551。
〔註221〕　《楚辭章句補注》，頁141。
〔註222〕　（唐）房玄齡等人合著《晉書》（臺北：臺灣商務印書館，民國89年，百衲本二十四史），頁5326。
〔註223〕　《先秦漢魏晉南北朝詩》，《陳詩》卷2，頁2474。
〔註224〕　（東漢）許慎撰、（清）段玉裁注：《說文解字注》（臺北：黎明文化出版，1993年10版），頁242。

常食桂芝。」〔註225〕另外與神仙思想密切相關的月桂樹神話也在漢代形成，《淮南子》提到：「月中有桂樹」〔註226〕。由於月亮虧而能復盈，因此在神話中的月亮常具有不死的象徵意涵，《淮南子·覽冥訓》提到：「羿請不死藥於西王母，姮娥竊以奔月。」〔註227〕也由於月與不死藥之間具有密切的關聯，因此「百藥之長」的桂，在方士逐漸擴大它的療效而成為仙藥之後，因而也與具有永生象徵的月亮關聯在一起。唐代《酉陽雜俎·天咫》：「舊言月中有桂，有蟾蜍。故異書言，月桂高五丈，下有一人，常斫之，樹創隨合。人姓吳名剛，西河人，學仙有過，謫令伐樹。」〔註228〕「常斫之，樹創隨合。」這不正是月中桂樹不死象徵的隱喻。月中桂樹雖然在漢代才正式記載在典籍中，不過桂樹早在先秦時期就與宗教及巫術密切相關，因此月中桂的神話應該也不是漢代人們憑空的想像，而是有其歷史的淵源。月中桂的神話在後世也逐漸成為桂樹的重要意涵，如吳均〈詠燈詩〉：「桂樹月中生」〔註229〕沈約〈登台望秋月〉：「桂宮裊裊落桂枝」〔註230〕。大體而言，先秦到六朝期間，人們所提到的「桂」多半都是樟科的肉桂，至於後世所認知的桂花則只有少數幾首，例如曹植〈桂之樹行〉：

> 桂之樹，桂之樹，桂生一何麗佳！揚朱華而翠葉，流芳布天涯。上有棲鸞，下有蟠螭。桂之樹，得道之眞人，咸來會講仙，教爾服食日精。要道甚省不煩，淡泊、無爲、自然。乘蹻萬里之外，去留隨意所欲存。高高上際於眾外，

〔註225〕　（東晉）干寶：《搜神記》（臺北：藝文印書館，1965 年），卷 1，頁 1。

〔註226〕　（宋）李昉：《太平御覽》（上海：上海書店，1985 年《四部叢刊》），卷 957，頁 5。

〔註227〕　（漢）劉安、劉文典等點校：《淮南鴻烈集解》（臺北：文史哲出版社），頁 217。

〔註228〕　（唐）段成式：《酉陽雜俎》（北京：中華書局，1981 年），卷 1，頁 9。

〔註229〕　《先秦漢魏晉南北朝詩》，《梁詩》卷 11，頁 1750。

〔註230〕　《先秦漢魏晉南北朝詩》，《梁詩》卷 7，頁 1663。

下下乃窮極地天。〔註231〕

詩中提到「揚朱華而翠葉，流芳布天涯」顯示它具有濃郁的花香，以及紅色的花。木犀科桂花最重要的特徵就是花香，且有紅色品種的丹桂。而樟科的肉桂，花香不若桂花濃郁且花爲白或黃綠色，因此可以推測曹植所詠的極可能就是木犀科的桂花。〔註232〕雖然曹植所提到的是桂花，但它的意涵上仍與肉桂樹所寓有的神仙意涵完全相同，顯示出人們將二者都歸之於「桂」。因此詩中藉桂花所引發的聯想，也就充滿道教神仙的想像。又如（齊）王融〈臨高台〉：「井蓮當夏吐，窗桂逐秋開。花飛低不入，鳥散遠時來。」〔註233〕肉桂是夏天開花，而這裡提到秋天開花，可知詩人所詠的是桂花。從這裡可以發現，兩漢之前人們所提到桂，基本上都是樟科的肉桂，人們主要是基於其實際的生活功能與宗教功用；而到了六朝時期，桂花這種灌木雖然不能當作木材，亦不具藥效，但卻極適合當作庭園欣賞的花卉，因此比起生長於深山的肉桂樹，自然較容易接觸到，故也開始成爲人們吟詠的對象，而這樣的趨勢到了唐代也就愈加明顯。

　　到了唐代，木犀科的桂花已經成爲人們廣泛栽植與喜愛的花卉，並開始成爲「桂」這個名稱實際所指涉對象。桂花的花香以及秋日開花的特性，已經成爲唐詩中相當常見的描寫，如：李世民〈度秋〉：「桂白發幽巖，菊黃開灞涘。運流方可歎，含毫屬微理。」〔註234〕李隆基〈巡省途次上黨舊宮賦〉：「小山秋桂馥，長阪舊蘭叢。」〔註235〕李治〈九月九日〉：「砌蘭虧半影，巖桂發全香。滿蓋荷凋翠，圓花菊散黃。」〔註236〕在唐人的生活中，木犀科的桂花已經取代了夏天開

---

〔註231〕《先秦漢魏晉南北朝詩》，《魏詩》卷6，頁483。

〔註232〕黃麗娜：《中國文學中的桂花意象研究》（南京：南京師範大學文學院碩士論文，2006年），頁6。

〔註233〕《先秦漢魏晉南北朝詩》，《齊詩》，頁1389。

〔註234〕《全唐詩》，卷1，頁9。

〔註235〕《全唐詩》，卷3，頁40。

〔註236〕《全唐詩》，卷2，頁22。

花的肉桂樹，因此桂的秋花象徵在初唐時期已經得到確立，並與秋菊聯用而成爲秋日重要的物象。由於木犀科桂花不具藥效，加上其幽香與秋寒開花的特性，因此也讓「桂」的意涵從兩漢以來所寓有的神仙意涵，進一步往品德價值發展，如王績〈古意〉：「桂樹何蒼蒼，秋來花更芳。自言歲寒性，不知露與霜。幽人重其德，徙植臨前堂。」〔註237〕孟郊〈審交〉：「君子芳桂性，春榮冬更繁。」〔註238〕這時桂花的比德意涵，再度聯繫上了屈原原本所賦予「桂」的芳潔品德，確立了桂花在唐宋時期的品格地位。由於桂花的品格意涵得到確立，因此桂與松的聯用也成爲相當常見的意象，如韓愈〈孟生詩〉：「誰憐松桂性，競愛桃李陰。」〔註239〕鄭薰〈贈鞏疇〉：「密雪松桂寒，書窗導餘清。」〔註240〕裴夷直〈遣意〉：「梧桐墜露悲先朽，松桂凌霜倚後枯。」〔註241〕

不過我們也可以發現，當桂花取代了先秦至六朝的肉桂樹之後，唐人用以比德的桂樹特性，也開始被悄悄的置換了。此時桂花的花香取代了肉桂的木香，而秋冬開花的凌寒特質也取代葉的常青不凋。雖然桂花逐漸取代肉桂而成爲「桂」的實質指涉對象，但是唐代之前所累積在樟科肉桂樹的意涵卻沒有消失，反而都被後來出現的桂花所繼承。因此原本漢代〈招隱士〉中的桂樹意涵，也成爲唐人喜愛使用的隱逸象徵，如羊士諤〈在郡三年今秋見白髮聊以書事〉：「日日山城守，淹留嚴桂叢。」〔註242〕又如漢代月中桂樹的傳說，在唐代也逐漸用桂花來替代，如李賀〈李夫人歌〉：「翩聯桂花墜秋月，孤鸞驚啼商絲發。」〔註243〕白居易〈東城桂〉：「遙知天上桂花孤，試問嫦娥更要

〔註237〕《全唐詩》，卷37，頁478。
〔註238〕《全唐詩》，卷373，頁4189。
〔註239〕《全唐詩》，卷340，頁3819。
〔註240〕《全唐詩》，卷547，頁6317。
〔註241〕《全唐詩》，卷513，頁5863。
〔註242〕《全唐詩》，卷332，頁3703。
〔註243〕《全唐詩》，卷29，頁420。

無。」〔註244〕李商隱〈月夕〉:「兔寒蟾冷桂花白,此夜姮娥應斷腸。」〔註245〕呂巖〈七言〉:「姮娥月桂花先吐,王母仙桃子漸成。」〔註246〕除此之外,熱愛追求功名的唐人,也採用(晉)郤詵的「猶桂林之一枝,崑山之片玉。」〔註247〕的典故,因此「桂」亦成爲文人用來喻指登科及第的象徵,如:李商隱〈贈孫綺新及第〉「長樂遙聽上苑鐘,綠衣稱慶桂香濃。」〔註248〕總之,由於桂花在唐朝時已經相當普遍,因此詩人所見的「桂」通常是桂花,是故在唐代詩歌中的桂意象,明顯呈現出從桂樹過渡到桂花的趨勢,而在唐代之前所形成的桂樹意涵,也由桂花所繼襲下來。

　　到了宋代,桂花在北宋早期並沒有獲得太大的重視,一直要到北宋後期才開始獲得文人的重視,北宋晚期的曾幾〈巖桂〉提到:「可憐遭遇晚,妙語欠蘇黃。」〔註249〕而在北宋的文人中,李清照首先表達出對於桂花的強烈喜愛,他在〈鷓鴣天〉提到:

> 暗淡輕黃體性柔。情疏跡遠只香留。何須淺碧深紅色,自是花中第一流!梅定妒,菊應羞。畫欄開處冠中秋。騷人可煞無情思,何事當年不見收。

在李清照眼中,桂花平淡的形色,雖不豔麗卻馨香襲遠,具有群芳所不及的逸韻。不論是氣韻出塵的梅花,還是清逸高格的菊花,都無法與之相較,可謂花中第一流。不過桂花眞正廣泛的成爲文人喜愛的花卉,卻要到南宋時期。這時桂花不甚起眼的小花,在文人眼中竟也「豔」了起來,如(南宋)楊萬里〈木犀二絕句〉其一:「只道秋花豔未強,此花僅更有商量。」〔註250〕足見南宋文人對於它的喜愛之

---

〔註244〕　《全唐詩》,卷447,頁5023。

〔註245〕　《全唐詩》,卷539,頁6179。

〔註246〕　《全唐詩》,卷857,頁9683。

〔註247〕　(唐)房玄齡等人合著《晉書》(臺北:臺灣商務印書館,民國89年,百納本二十四史),頁5326。

〔註248〕　《全唐詩》,卷540,頁6195。

〔註249〕　《全宋詩》,卷1655,頁18534。

〔註250〕　《全宋詩》,卷2275,頁26064。

情。由於桂花本是生長於南方的花卉，因此南渡之後，桂花得到了地域上的優勢，因而也成為文士相當喜愛吟詠的花卉。大體而言，北宋時期桂花的人格意涵主要還是停留在隱者之花，例如曾幾〈叢桂〉：「行攀叢桂枝，坐息叢桂影。王孫胡不歸，歲晏雪霜冷。」〔註251〕而在宋室南渡初期，隱君子的意涵仍然相當濃厚，例如李綱〈興宗志宏見和嚴桂長篇再賦前韻〉：「四時不改碧玉葉，滿庭自擢青銅柯。森然眾木共培植，無異野鶴群雞鵝。秋來隱圃風露冷，噴花看蕊尤婆娑。圃中自有隱君子，心與世遠恬無波。對花度此九秋色。」〔註252〕詩中將桂花比喻成野鶴，並將之稱為隱君子，顯然桂花的隱逸意涵在南宋初期還是很濃厚。不過在受到南宋理學強烈的道德意識所影響下，桂花君子的人格意涵也被逐漸強化起來。由於桂花的隱逸意涵並不符合儒家君臣的倫理價值，因此隱逸的意涵也被儒家比德觀給改變了，（南宋）楊長儒〈桂芳堂記〉提到：

> 木若白玉，質之淑也。葉若金粟，花之英也。葉追璧瑤，
> 非智之巧乎？薌塞清宵，非聖之清乎？曰淑焉，曰英焉，
> 曰巧焉，曰清焉，士者反躬，不當爾耶？既樹之必攀之，
> 既手之必身之，故曰君子於桂，比操焉。〔註253〕

從這段文字中可以看到，南宋文人從德行的角度賦予了桂花各種的價值內涵。另外（南宋）包恢於〈桂林說〉更是將桂花的德行意涵發揮的相當深刻，其文曰：

> 蓋萬物莫不盛開於春，而衰謝於秋。獨桂乃當衰謝之時之
> 而為盛開之日，上焉如二南，變盡魯叟，乃筆春秋。七國
> 戰處，鄒軻方談仁義。其次如伯夷在商季，眾濁而獨清。
> 屈原當楚亂，眾佞而獨忠。誰實為知花之貴者哉！戒以白
> 露中以嚴霜而其色黃中具香，高清有霜露不能瘁，若威武

---

〔註251〕《全宋詩》，卷165，頁18577。
〔註252〕《全宋詩》，卷1550，頁17605。
〔註253〕曾棗莊、劉琳主編：《全宋文》（上海：上海辭書出版社，2006年），卷6764，頁60。

> 不能奪者。秋方悲憂而此則堅正自得，秋方蕭條而此則幽
> 獨自媚，不以炎變涼而異，不以燠變寒而沮，不求聞而香
> 自遠，不求憐而人自愛，乃花中之特立獨行者，固不願與
> 春花之富貴者爭妍而競麗也。而人能卓然自立於衰亂之
> 俗，悠然自樂於山林之中，不悲賤貧、不貪富貴、不怨失
> 時、不悔晚逢、不惡淡泊、不戀紛華，惟知上師孔孟，下
> 反夷原，以遺芳於萬世者，乃人中之桂也。〔註254〕

包恢從秋天霜寒之際開花的獨特而論桂花的君子品格，並將之比附
孟子、屈原、伯夷這些能於亂濁之世而獨清的偉大人格。透過桂花凌
霜、幽香、素潔等植物特性，投射了南宋文人強烈的道德意涵，形塑
出桂花幽獨自守、馨德感人、不畏強暴的堅貞品格，確立了桂花君子
的人格形象。不過桂花凌寒的價值，大體上還是延襲《楚辭》以來肉
桂樹經冬不凋的特性，只是將之變成木犀桂花秋天開花的特性。事實
上南宋文人特別強調的，反而是桂花花香的比德意涵。由於木犀桂花
富於幽香，因此其花香的品格意涵也得到南宋文人的充分發揮，（南
宋）王十朋〈天香亭記〉將桂花之香比附到士大夫的名節操守之芳，
其文曰：

> 若夫學士大夫所謂香者則不然。以不負居職，以不欺事君，
> 以清白正直立身，姓名不污於干進之書，足跡不至權貴之
> 門，進退以道，窮達知命，節貫歲寒而流芳，後世斯可謂
> 香。科第之香，孰如名節之香。〔註255〕

折桂的功名之喻是桂的世俗意涵，而王十朋則將之提升到士大夫的
名節之香。事實上自古以來馨香就是文人用以比德的花卉特質，而桂
花馨香清逸而不濃妖的氣味，正符合宋人在審美上特別喜歡的「清」
與「芬」，（宋）王邁《清芬堂記》提到：「吾嘗比德于君子焉。清者，

---

〔註254〕 （宋）包恢：《敝帚稿略》，景印文淵閣《四庫全書》第1178冊（臺
　　　　 北：台灣商務印書館），卷7，頁1178～777。

〔註255〕 （宋）王十朋：《梅溪集》，景印摛藻堂《四庫全書》第395冊（臺
　　　　 北：世界書局，1988年），後集卷26，頁395～548。

君子立身之本也；芬者，君子揚名之效也。芬生於清，身驗於名。」
〔註256〕「清」象徵君子之德，而「芬」則象徵德馨所產生的影響力。
總之，宋代桂花的品格意涵，主要是透過凌寒與馨香兩個特質來形
塑，因此反映在南宋文學裡的桂花意象，也不外強調這兩個面向所形
成的價值意涵，例如：衛宗武〈賡南塘桂〉：「秋花俄從天上至，人間
有香誰敢誇。纍纍金粟疊爲蕊，風韻別自成一家。葱葱綠玉不改色，
歲寒氣節何以加。滋榮豈但壓眾植，纖巧直可凌春花。一枝纔折聞四
表，芬敷發達其無涯。」〔註257〕也由於桂花君子人格意涵的確立，
因此也開始與梅、菊、蘭、蕙這些具有明確人格意涵的花卉並舉，而
躋身於君子花的行列，例如：劉學箕〈木犀花賦并序〉：「木犀爲花，
高雅出類，馨香而不淫，清揚而不媚，有隱君子之德，媲之籬菊、江
梅雖不同調而同其情。」〔註258〕甚至與它們稱兄道弟，如劉學箕〈木
犀花賦〉：「散十里之清芬，揚郁烈而不媚茲，蓋與菊英分齊驅，並梅
花於伯季者。」〔註259〕向子諲〈滿庭芳〉：「天賦風流，友梅兄蕙，
輿桃奴李。」〔註260〕總之，桂的象徵意涵從屈原賦予芳潔的人格意
涵開始，歷經兩漢的神仙、隱逸，以及晉、唐的功名之喻，及至宋代
才又回歸到比德的君子意涵。

　　不過宋人雖然強化了桂的比德意涵，但與桂原本所富有的神仙色
彩並沒有全然的消褪，（宋）曾瑞伯以巖桂爲仙友，（宋）張淑敏以桂
爲仙客，正說明與神仙思想相關的意涵，在宋代仍然相當受到重視。
因此在詩歌中，也就時常出現相關的題材內容，例如：
　　　　夢騎白鳳上青空，徑度銀河入月宮。身在廣寒香世界，覺

〔註256〕　（宋）王邁：〈清芬堂記〉，景印文淵閣《四庫全書》第 1178 冊（臺
　　　　　北：台灣商務印書館），頁 1178～511。
〔註257〕　（宋）衛宗武：《秋聲集》（臺北：藝文印書館，出版年未載），卷2，
　　　　　頁 18。
〔註258〕　（宋）劉學箕：《方是閒居士小稿》（臺北：臺灣商務印書館，出版
　　　　　年未載），卷下，頁 1。
〔註259〕　《方是閒居士小稿》，卷下，頁 2。
〔註260〕　《全宋詞》，冊 2，頁 1178。

來簾外木犀風。(楊萬里〈凝露堂木犀〉)〔註261〕

花本生月窟，何事來樊籠。疑似姮娥懶，睡起鬢蓬鬆。一
枝欲斜插，誤落秋山中。(吳芾〈和許守宮桂〉)〔註262〕

比德雖然能夠強化花卉的價值意識，卻不免生硬無趣，因此月中桂
的神話反而能夠渲染出一種特別的情韻氛圍。也因爲受到月的情致
氛圍的影響，因此桂花在宋人眼中也就成爲一種充滿逸韻的脫俗花
卉，如吳芾〈和陳元予巖桂〉：「萬枝瑣碎屑黃金，幾樹陰森纂攢碧
玉。天然風韻月中來，頗鄙人間桃李俗。」〔註263〕桂花受到月中桂
神話的影響之後，也就多了許多的美感想像，因而也就形成一種桃李
所不能及的清逸之氣。而這種清韻脫俗的美感，正是宋人喜愛它的重
要因素。

在桂花自然特質的審美上，宋人特別重視桂花的花香，因此描
寫桂花時也多針對這個特徵加以描寫，例如：曾幾〈巖桂兩首〉：「雖
非傾國色，要是惱人香。」〔註264〕衛宗武〈賡南塘桂〉：「秋花俄從
天上至，人間有香誰敢誇。」〔註265〕華岳〈巖桂〉：「月中有女曾分
種，世上無花敢鬪香。」〔註266〕鄧志宏〈岩桂〉：「清風一日來天闕，
世上龍涎不敢香。」〔註267〕朱淑眞〈菩薩蠻〉：「也無梅柳新標格，
也無桃李妖嬈色，一味惱人香，羣花爭敢當。」〔註268〕馨香的特質
是桂花最受到宋人賞識的地方，而被譽之爲天香，甚至於讓梅蘭菊都
顯得失色，辛棄疾〈和郭逢道韻〉：「莫爲梅花廢詩句，細思丹桂是天

〔註261〕　《廣群芳譜》，卷40，頁2309。
〔註262〕　(宋)吳芾：《湖山集》，收於《叢書集成續編》第128冊（臺北：
　　　　　　新文豐出版社，1989年），頁19。
〔註263〕　(宋)吳芾：《湖山集》，收於《叢書集成續編》第128冊（臺北：
　　　　　　新文豐出版社，1989年），頁19。
〔註264〕　《全宋詩》，卷1655，頁18534。
〔註265〕　(宋)衛宗武：《秋聲集》（臺北：藝文印書館，出版年未載），卷2，
　　　　　　頁18。
〔註266〕　《全宋詩》，卷2883，頁34399。
〔註267〕　《全宋詩》，頁2310。
〔註268〕　《全宋詞》，冊2，頁1407。

香。」〔註269〕向子諲〈滿庭芳〉:「使高如蘭菊,也讓芬芳。」〔註270〕
至於不甚顯目的花色、花形,也受到南宋文人的關注,他們特別喜歡
將花比喻成「金粟」,例如楊萬里〈子上弟折贈木犀數枝走筆謝之〉:
「一粒粟中香萬斛,君看一梢幾金粟。」向子諲〈滿庭芳〉:「金粟綴
花繁,黃菊周旋避舍。」〔註271〕衛宗武〈賡南塘桂〉:「纍纍金粟疊
爲蕊,風韻別自成一家。」〔註272〕並再由金粟而聯想到「金粟如
來」,如楊萬里〈題王晉輔桂堂〉:「諸天別有金色界,金粟如來眞奇
怪。」〔註273〕程公許〈桂花〉:「金粟如來元一點,橫陳妙供儘從渠。」
〔註274〕黃從龍〈覓桂花〉:「金粟如來佛,拈花微笑時。」〔註275〕另
外「黃金屑」也常拿來形容桂花的形色,如吳芾〈和陳元予巖桂〉:「萬
枝瑣碎屑黃金」〔註276〕。雖然桂花形色不嬌艷而缺乏女性意味,不
過桂花的金黃色彩也形成一些與女子相關的聯想,如「智瓊嬌額塗
黃,爲誰種作秋風蕊。」〔註277〕「疑是蕊宮仙子,新妝就,嬌額塗
黃。」〔註278〕《中國歷代婦女妝飾》提到所謂「額黃」,就是南北朝
時期婦女受塗金佛像的影響,而將額頭塗黃,是一種婦女的化妝方
式。〔註279〕此外金色的桂花,也形成「金屋藏嬌」的聯想,如「擬
喚阿嬌來小隱,金屋底,亂香飛。」〔註280〕由於桂花花朵小不引人

〔註269〕《全宋詩》,卷2581,頁30005。
〔註270〕《全宋詞》,冊2,頁952。
〔註271〕《全宋詞》,冊2,頁952。
〔註272〕(宋)衛宗武:《秋聲集》(臺北:藝文印書館,出版年未載),卷2,
　　　　頁18。
〔註273〕《全宋詩》,卷2316,頁26658。
〔註274〕《全宋詩》,卷2994,頁35633。
〔註275〕《全宋詩》,卷3176,頁38126。
〔註276〕(宋)吳芾:《湖山集》,收於《叢書集成續編》第128冊(臺北:
　　　　新文豐出版社,1989年),頁19。
〔註277〕《全宋詞》,冊2,頁1178。
〔註278〕《全宋詞》,冊2,頁952。
〔註279〕周汛、高春明:《中國歷代婦女妝飾》(上海:書林出版社,1997年
　　　　10月),頁132。
〔註280〕《全宋詞》,冊4,頁2905。

注目，並隱藏在綠葉之中，因此與「金屋藏嬌」的典故形成一種類似性的巧妙趣味。除了花色受到南宋文人的關注外，桂花小小的四個花瓣也被文人注意到，如（南宋）楊萬里〈木犀二絕句〉其二：「吹殘六出猶餘四」〔註281〕衛宗武〈賞桂〉：「單萼葳蕤花四出」〔註282〕史繩祖〈嚴桂〉：「四出花中異」〔註283〕桂花的花瓣數甚至也被拿來大作文章，《學齋呫嗶》提到：「花中惟嚴桂四齣，余謂土之生物，其數皆五，故草木花皆五，惟桂乃月中之木，居西方地，四乃西方金之成數，故花四齣而金色，且開於秋雲，此桂之在離騷以喻君也。」〔註284〕從這裡也可以看到，宋人在花木的欣賞上，不只有從比德的角度來欣賞花卉，他們在花卉的美感想像上，以及花卉物理的探討上，都有其相當獨特的看待方式。南宋文人除了對於桂花的花、葉、種子等特徵感到興趣外，不同品種的桂花樣貌與開花季節，宋代文人都有進一步的觀察與描寫，如楊簡〈丹桂〉：「世眼紛紛單與黃，廣寒宮裏亦如常。目前不作兩般見，筆下方騰萬丈光。且莫錙銖深淺色，也休斤兩淡濃香。靈根已入詩人手，不許嫦娥擅此芳。」〔註285〕這裡所描寫的就是紅色品種的丹桂。由於宋代時期桂花已經完全取代樟科的肉桂，加上南渡後桂花更成為隨處可見的花卉，因此南宋人可以有更多接觸的機會，因而也有較多細緻的觀察與描寫。

大體而言，桂在傳統花卉中是一個意涵相當多元的花卉意象。從神仙到世俗的功名，乃至於隱逸及品德意涵，全都一舉囊括。除了女性意涵較為薄弱外，幾乎傳統花卉所寓有的意涵都有了，從這裡亦可以看出桂在傳統文化中的地位。而桂的意涵到了南宋也已經完成，而在南宋之後的文人，對於桂花並沒有顯現出特別強烈的喜愛之情，因

---

〔註281〕《全宋詩》，卷2275，頁26064。
〔註282〕（宋）衛宗武：《秋聲集》（臺北：藝文印書館，出版年未載），卷1，頁24。
〔註283〕《全宋詩》，卷3179，頁38153。
〔註284〕《廣群芳譜》，卷40，頁2269。
〔註285〕《全宋詩》，卷2589，頁30086。

此在南宋之後，文人對於桂花的審美興趣也呈現出衰退的現象。

## 第四節　牡丹意涵的發展與演變

### 一、唐代牡丹的審美發展與變遷

　　牡丹是中國傳統花卉中被公認爲最豔麗的花卉，但這種原產自中國的花卉，在唐朝之前的記載卻少之又少，不僅未曾出現在先秦兩漢，甚至連對於美有特別自覺的六朝文人，也未曾注意到牡丹美麗的身影，《酉陽雜俎》提到：「牡丹前史中無說處，惟《謝康樂集》中，言竹間水際多牡丹。」〔註 286〕這是描述唐朝之前有關牡丹與文學的唯一記錄。事實上最早記載牡丹的反而是藥典，《神農本草經》提到：「牡丹，味辛，寒，無毒。功用，主寒熱、中風、瘈瘲、驚癇邪氣、除癥堅、瘀血留舍腸胃、安五臟、療癰瘡。」〔註 287〕由此可知人們對於牡丹最早的認識主要是在於醫藥的價值，而非觀賞價值。歐陽修在《洛陽牡丹記》提到：

> 牡丹初不載文字，唯以藥載《本草》，然於花中不爲高第。
> 大抵丹延已西及褒斜道中尤多，與荊棘無異，土人皆取以
> 爲薪。〔註 288〕

這段文字說明牡丹主要的用途是藥用或當作柴薪，這種只注意牡丹現實功用，而完全忽略牡丹美麗特質的現象，確實會讓人無法相信這是隋唐之前人們對待牡丹的態度。這種讓人無法理解的奇怪現象，確實是中國花卉裡的一大公案？造成這種現象的原因，筆者根據相關說法加以推測，其原因可能有以下三種因素：一者由於牡丹與芍藥長得非常類似，因此牡丹可能長期都依附在芍藥的物名當中，鄭樵《通

---

〔註 286〕　（唐）段成式：《酉陽雜俎》（北京：中華書局，1981 年），頁 185。
〔註 287〕　（魏）吳普撰、（清）孫星衍、孫馮合輯：《神農本草經》（上海：上海商務印書館，1939 年 12 月），頁 75。
〔註 288〕　（清）金忠淳、嚴一萍選輯：《百部叢書集成》（臺北：藝文印書館，民國 54 年），頁 5。

志》云：

> 古今言木芍藥是牡丹，崔豹《古今注》云：芍藥有兩種，
> 有草芍藥，有木芍藥……牡丹初無名，故依芍藥以爲名。
> 亦如木芙蓉之依芙蓉以爲名也。牡丹晚出，唐始有聞，貴
> 游趨競，遂使芍藥爲落譜衰宗。〔註289〕

由於古人分類並不嚴謹，只要形態長得類似就歸爲一類，如荷花（芙
蓉）與拒霜花（木芙蓉），只因花外觀長得有些像，就將水生的荷花
稱爲水芙蓉，而將灌木的拒霜花稱成爲木芙蓉〔註290〕。（南宋）岳舒
祥〈平皋木芙蓉千株爛然雲錦醉行其中如遊芙蓉城也作歌紀之〉提
到：「牡丹一名木芍藥，拒霜也號木芙蓉。好花名盡多重疊，不取枝
同取貌同。」〔註291〕由於牡丹與芍藥的花形極類似，因此當時比較
不受重視的牡丹，極可能長期依附在芍藥的類別中，因此牡丹之名不
見於多數的典籍。二者，從審美演變的歷程來看，古人對於花卉的注
意，最早多半集中於它的實用功能。由於芍藥的藥用功能遠高於牡
丹，因此從先秦以來就倍受重視，（南宋）施樞〈芍藥〉：「采根若可
蘇民病，始信無經載牡丹。」〔註292〕到了魏晉雖然開始對美有了自
覺，但當時的文人喜歡的花卉，除了美麗之外，更看重的卻是服食延
年的作用，因此沒有延年神效與神仙傳說的牡丹，自然不會受到魏晉
文人的注意。到了南朝雖然已經可以從純粹美感的態度來欣賞花卉，
但南朝偏安於江南，因此生長於北方的牡丹，與南朝宮庭文人的生活
場域沒有接觸，因此錯失了被發掘的機會。至於《酉陽雜俎》提到：

---

〔註289〕　（宋）鄭樵：《通志》（臺北：上海書局，1985年），〈昆蟲草木略第
　　　　　一〉，頁789。

〔註290〕　又如海棠包含有四種不同的種類：西府海棠、垂絲海棠、木瓜海棠
　　　　　和貼梗海棠。其中西府海棠與垂絲海棠在今日分類屬薔薇科蘋果
　　　　　屬；木瓜海棠和貼梗海棠則屬薔薇科木瓜屬，這種將不同種類的花
　　　　　卉，只因某些性狀長得像就被劃歸成同類，這種情形在桂花、蘭花
　　　　　都有這種現象，因此這種分類粗疏的現象在傳統花卉中是一個相當
　　　　　普遍的現象。

〔註291〕　《全宋詩》，卷3436，頁40908。

〔註292〕　《全宋詩》，卷3282，頁39103。

「《謝康樂集》中，言竹間水際多牡丹。」但在謝靈運現存的作品中，並沒有發現相關的文字內容，且牡丹的分布主要在長江以北，白居易曾說：「歸到江南無此花。」〔註293〕可以證明江南當時並沒有牡丹，因此這個說法相當可疑，並不足爲信。三者，後世牡丹之所以豔美是皇家貴族運用大量資金進行長期的育種結果，牡丹所謂「魏紫」、「姚黃」這些冠上姓氏的品名，大多是該姓權貴人家所擁有或培育出來獨一無二的新種。因此野生牡丹在花色與花形上，與後世的栽培品種差異非常大，李時珍《本草綱目》：「牡丹惟取紅白單瓣入藥，其千葉異品，皆人巧所致，氣不味不純，不可用。」〔註294〕可見可以入藥的原生種，不僅是單瓣且顏色單調，根本無法與人們刻意培育的觀賞品種相比。因此不能以後世美豔的牡丹形象，去質疑唐朝以前人們的審美眼光。但不管眞相爲何，可以確定的是在隋朝之前，人們對於牡丹並沒有產生多大的審美關注。牡丹眞正成爲人們重視的觀賞花卉則是要到唐代才開始，舒元輿〈牡丹賦並序〉提到：

> 天后之鄉，西河也，精舍下有牡丹，其花特異，天后歎上
> 苑之有缺，因命移植焉，由此京國牡丹日月寖盛。〔註295〕

多數的資料顯示出，牡丹的顯貴與武則天有著密切的關係。由於牡丹正好出現在唐王朝如日中天之際，因此富麗盛豔的牡丹從此也就與唐王朝畫上了等號。牡丹物色之美所象徵的富貴榮華與雍容大器，充分體現出大唐盛世的精神風貌。於是牡丹與雍容華貴的楊貴妃，及風流狂放的李白聯袂登上大唐盛世的舞台，展現了前所未有的璀璨文化。開元中唐玄宗與楊貴妃遊賞牡丹，招來李白賦詩助興，李白以牡丹喻楊玉環，寫下了千古名作《清平調》三章〔註296〕：

---

〔註293〕 《全唐詩》，卷436，頁4830。
〔註294〕 （明）李時珍：《本草綱目》（北京：人民衛生出版社，1993年），卷14，頁853。
〔註295〕 《廣群芳譜》，卷33，頁1907。
〔註296〕 《楊妃外傳》：「開元中，禁中初重木芍藥，即今牡丹也，得數本紅、紫、淺紅、通白者。上因移植於興慶池東沉香亭前，會花方繁開，上乘照夜白，妃以步輦從，詔梨園弟子，李龜年手捧檀板，押眾樂

> 雲想衣裳花想容，春風拂檻露華濃。若非群玉山頭見，會
> 向瑤台月下逢。一枝紅豔露凝香，雲雨巫山枉斷腸。借問
> 漢宮誰得似，可憐飛燕倚新妝。名花傾國兩相歡，常得君
> 王帶笑看。解釋春風無限恨，沉香亭北倚闌杆。〔註297〕

李白借花喻人，牡丹因而與楊貴妃彼此輝映在一起，正所謂「名花傾國兩相歡」。只是有趣的是她們不僅美麗相互輝映，甚至連歷史的命運也從此交纏在一起。他們共同呈現了大唐的富麗，亦共同背負唐王朝衰敗的負面批判。自從唐玄宗創立了「賞名花，對妃子」的審美情趣後，美人也成為與牡丹關係密切的意象，例如羅隱〈牡丹〉：「日晚更將何所似，太真無力憑闌干。」〔註298〕殷文圭〈趙侍郎看紅白牡丹因寄楊狀頭贊圖〉：「翦裁偏得東風意，淡薄似矜西子妝。」〔註299〕牡丹在開元時期猶局限於宮廷，至貞元元和之際才逐漸擴展至士庶，這時一般文人也才有真正接觸牡丹的機會，因此一直要到中唐時期，詠牡丹的創作才進入到鼎盛的時期。李肇《唐國史補》：

> 長安貴遊尚牡丹三十餘年，每春暮，車馬若狂，以不耽玩
> 為恥，執今吾鋪觀圍外寺觀種以求利，一本有直數萬者。
> 〔註300〕

中晚唐人們玩賞牡丹已經形成一種集體瘋狂的感官追求與金錢遊戲，牡丹的美麗甚至讓那些富豪情願捨棄財富，只為追求這種賞心悅目的花卉，徐夤所謂「能狂綺陌千金子，也惑朱門萬戶侯。」〔註301〕更有豪貴為了牡丹而散盡家財，所謂「王侯家為牡丹貧。」〔註302〕

---

前將欲歌。上曰，賞名花，對妃子，焉用舊樂辭為，遂命龜年持金花箋，宣賜翰林學士李白，進清平調辭三章。」見《佩文齋索引本廣群芳譜》，頁1863。

〔註297〕《全唐詩》，卷164，頁1703。

〔註298〕《全唐詩》，卷665，頁7611。

〔註299〕《全唐詩》，卷707，頁8136。

〔註300〕（唐）李肇撰、（清）張海鵬輯刊，嚴一萍選輯：《唐國史補》（臺北：藝文印書館，1966年），頁16。

〔註301〕《全唐詩》，卷708，頁8150。

〔註302〕《全唐詩》，卷300，頁3415。

不僅權貴如此，就連士人也都流連在這種美好的物色當中，所謂「詩
書滿架塵埃撲，盡日無人略舉頭。」〔註303〕士人連最重要的讀書本
分都荒廢了，正說明牡丹讓人癡迷失心的瘋狂情形，因此王叡也不得
發出「牡丹妖豔亂人心，一國如狂不惜金。」〔註304〕的感嘆。這種
不斷瘋狂追求牡丹的娛目感官，也讓牡丹的價值不斷水漲船高，王建
〈同于汝錫賞白牡丹〉提到：「價數千金貴，形相兩眼疼。」〔註305〕
柳渾〈牡丹〉：「近來無奈牡丹何，數十千錢買一顆。」〔註306〕。事
實上這種奢華的風氣早在盛唐就已經開始，《開元天寶遺事》記載了
楊國忠如何窮奢極侈的栽培皇帝所賜牡丹：

> 國忠又用沉香爲閣，檀香爲欄，以麝香、乳香篩土和爲泥
> 壁飾。每於春時木芍藥盛開之際，聚賓友於此閣上賞花焉。
> 〔註307〕

這種對待牡丹的方式，早就已經不是真正在栽培花木，而是伴隨著地
位與金錢的炫耀。因此中唐這種瘋狂追求牡丹所象徵的身分與富貴，
正所謂上有所好下必甚焉的具體寫照。也因爲要炫奇，追求更稀有、
特別的品種，因此也讓那些擁有改良牡丹品種的園丁，頓時成了傳奇
的人物，柳宗元在《龍城錄》提到：

> 洛人宋單父，字仲孺。善吟詩，亦能種藝術，凡牡丹變易
> 千種，紅白鬬色，人亦不能知其術。上皇召至驪山，植花
> 萬本，色樣各不同。賜金千餘兩，內人皆呼爲花師，亦幻
> 世之絕藝也。〔註308〕

唐人在牡丹身上投入大量的心血與資金，才造就這種牡丹花的空前
盛。牡丹花不僅形貌雍容華貴，就連在栽培上也是需要極大的財力與

---

〔註303〕　《全唐詩》，卷708，頁8150。
〔註304〕　《全唐詩》，卷505，頁5743。
〔註305〕　《全唐詩》，卷299，頁3399。
〔註306〕　《全唐詩》，卷196，頁2014。
〔註307〕　（五代）王仁裕撰、（明）顧元慶輯刊、嚴一萍選輯：《開元天寶遺
事》（臺北：藝文印書館，1966年），頁17。
〔註308〕　《廣群芳譜》，卷32，頁1862。

極高的栽培技術，因此譽之爲富貴花可謂名副其實。事實上若沒有唐
代這種富庶與安定的社會基礎，牡丹的美也不可能如此的盛豔，這或
許就是牡丹無法興盛於六朝這種戰亂不安的重要因素之一。

　　自從牡丹出現後，傳統的花卉也就相形失色，所有的眼光都只集
中在牡丹身上，這種超越尋常物色之美的花卉讓徐凝不由得說出：
「何人不愛牡丹花，占斷城中好物華。疑是洛川神女作，千嬌萬態破
朝霞。」〔註309〕這種有如神女下凡的出塵之美，更讓劉禹錫讚賞的
說出：「庭前芍藥妖無格，池上芙蕖淨少情。唯有牡丹眞國色，花開
時節動京城。」〔註310〕就連芍藥、荷花這些被人們推崇的美麗花卉，
都無法與牡丹爭豔，更別提其他的花卉，正所謂：「莫將紅粉比穠華，
紅粉那堪比此花。」〔註311〕也正是牡丹已經徹底的超越一般花卉予
人的感官覺受，因此詩人無不極力的想要描寫出這種色香出眾的絕世
之美，而其中以中唐李正封的「國色朝酣酒，天香夜染衣」〔註312〕
成爲形容牡丹色香最傳神的名句，牡丹「國色天香」的尊號從此亦得
以確立。由於牡丹所體現正是唐人喜愛富麗的審美風尚，因此一般詩
人在描寫牡丹時，亦多呈現出這種華豔的審美特質，故在設色上特別
顯得炫目輝煌，例如：

　　牡丹芳，牡丹芳，黃金蕊綻紅玉房。千片赤英霞爛爛，百
　　枝絳點燈煌煌。（白居易〈美天子憂農也〉）〔註313〕

　　嫩蕊包金粉，重葩結繡囊。（韓琮〈牡丹〉）〔註314〕

　　水漾晴紅壓疊波，曉來金粉覆庭莎。（溫庭筠〈牡丹〉）
　　〔註315〕

---

〔註309〕《全唐詩》，卷474，頁5382。
〔註310〕《全唐詩》，卷365，頁4119。
〔註311〕《全唐詩》，卷886，頁10015。
〔註312〕《廣群芳譜》，卷32，頁1864。
〔註313〕《全唐詩》，卷427，頁4703。
〔註314〕《全唐詩》，卷565，頁6548。
〔註315〕《全唐詩》，卷583，頁6760。

金蕊霞英疊彩香，初疑少女出蘭房（周繇〈看牡丹贈段成式〉）〔註316〕

而在牡丹顏色上，多數的詩人最常吟詠的是討喜的紅色，以及與具有尊貴身份象徵的紫色牡丹。《歷代社會風俗事物考》提到：「《隋唐嘉話》：『舊官人所服，惟黃紫二色，貞觀中始令三品以上服紫，五品以上朱，六品七品綠，八品九品青。』」〔註317〕由於牡丹具有濃郁的富貴象徵，因此在某種程度上花色所寓含的身份與階層的象徵，進而影響人們對於花色的喜好。紅、紫牡丹之所以受到喜愛，除了符合唐人穠麗的審美風尚外，其所象徵的身分地位亦是相當的重要因素，是故白居易在〈白牡丹〉提到：「君看入時者，紫豔與紅英。」〔註318〕正說明紅與紫是當時人們最喜愛的花色，而多數的詩歌亦顯示出這種描寫的取向，例如：

深紫濃香三百朵，明朝為我一時開。（翁承贊〈擢探花使〉）〔註319〕

紅紫二色間深淺，向背萬態隨低昂。（白居易〈牡丹芳·美天子憂農也〉）〔註320〕

為愛紅芳滿砌階，教人扇上畫將來。（羅隱〈扇上畫牡丹〉）〔註321〕

也因為紅牡丹是文人最常描寫的花色，因此在物象的比喻上特別喜歡使用「霞」來形容牡丹的色彩，例如：

歸霞帔拖蜀帳昏，嫣紅落粉罷承恩。（李賀〈牡丹種曲〉）〔註322〕

---

〔註316〕《全唐詩》，卷635，頁7293。

〔註317〕尚秉和：《歷代社會風俗事物考》（臺北：台灣商務印書館，1971年），頁68。

〔註318〕《全唐詩》，卷424，頁4662。

〔註319〕《全唐詩》，卷703，頁8091。

〔註320〕《全唐詩》，卷427，頁4703。

〔註321〕《全唐詩》，卷663，頁7601。

〔註322〕《全唐詩》，卷392，頁4419。

香勝燒蘭紅勝霞，城中最數令公家。（白居易〈看惲家牡丹花戲贈李二十〉）〔註323〕

琉璃地上開紅豔，碧落天頭散曉霞。（陳標〈僧院牡丹〉）〔註324〕

相較於受歡迎的紅、紫牡丹，素淡的白牡丹就顯得備受冷落，所謂：「牡丹一朵值千金，將謂從來色最深。」〔註325〕不過從中唐開始卻反而出現相當多以吟詠白牡丹爲題的詩歌。這種現象主要是受到中唐時期文人意識抬頭的影響，文人開始喜愛素潔的白花，以表現出不同於流俗的獨特品味，因此有關白牡丹的詩歌亦多表現出這種濃厚的士大夫審美特色，例如：

長安豪貴惜春殘，爭賞先開紫牡丹。別有玉杯承露冷，無人起就月中看。（裴潾〈白牡丹〉）〔註326〕

曉日花初吐，春寒白未凝。月光裁不得，蘇合點難勝。（王建〈同于汝錫賞白牡丹〉）〔註327〕

月魄照來空見影，露華凝後更多香。天生潔白宜清淨，何必殷紅映洞房。（吳融〈僧舍白牡丹二首〉）〔註328〕

美人如白牡丹花，半日只舞得一曲。樂不樂，足不足，爭教他愛山青水綠。（貫休〈富貴曲二首〉）〔註329〕

穀雨洗纖素，裁爲白牡丹。異香開玉合，輕粉泥銀盤。曉貯露華溼，宵傾月魄寒。家人淡妝罷，無語倚朱欄。（王貞白〈白牡丹〉）〔註330〕

從這些吟詠白牡丹的詩歌中，可是發現文人刻意去發掘白牡丹的素淨

---

〔註323〕《全唐詩》，卷436，頁4830。
〔註324〕《全唐詩》，卷508，頁5771。
〔註325〕《全唐詩》，卷479，頁5452。
〔註326〕《全唐詩》，卷507，頁5766。
〔註327〕《全唐詩》，卷299，頁3399。
〔註328〕《全唐詩》，卷686，頁7887。
〔註329〕《全唐詩》，卷826，頁9306。
〔註330〕《全唐詩》，卷701，頁8062。

之美，而這種審美取向，明顯是與一般人對於豔麗牡丹的喜愛有所不同。可以說它刻意避開穠豔牡丹之所以吸引人的主要特點，反而去形塑一種素淨不染，一點煙火氣息都沒有的潔清氣質。事實上牡丹之所以吸引人正是它展現出極至的世俗之美，可是文人在白牡丹的審美當中，卻反而極力的想要去除這些媚惑人心的塵俗味。甚至刻意用「月」這個富於高潔又出塵意涵的意象，來烘托出白牡丹幽冷清美的絕塵氣質。這種與世俗喜愛穠麗相反的審美風尚，顯現出中唐文人正逐漸萌發出一種獨特的文人意識，他們渴望在思想與情感上確立自我獨特的生命價值觀，進而能夠超越這種被外在現實掣肘的困窘。不過從另一方面來說，這種脫塵離俗的美好形象亦顯示出這是文人在現實的不得意中所投射出來的美好想像。因此文人雖然自我形塑成離塵脫俗的白牡丹，但一落到他們最不想面對的現實時，卻也不得不感嘆白牡丹不被世俗重視的哀傷，白居易這首〈白牡丹〉傳神的表達出這種文人現實上困窘的面向，其詩云：

> 白花冷澹無人愛，亦占芳名道牡丹。應似東宮白贊善，被
> 人還喚作朝官。〔註331〕

這首詩是白居易的自喻，借白牡丹不受重視的處境，來寄託雖身處官場，卻只是個無所作為的贊善小官。因此白牡丹正道出這些文人在現實上的無奈處境。

由於牡丹的美好與美麗，它反而成為一面映照現實的鏡子。人們在讚歎牡丹美麗的同時，不免也要映照出自己的困頓以及國家社會的問題。中唐文人不僅透過牡丹來感嘆自身的處境，更從這種富貴美麗的背後，看到社會醜陋貧窮的一面，因此詩人亦透過牡丹花的奢華現象，去凸顯出現實社會的貧窮問題，以諷刺這種瘋狂競逐牡丹的社會怪象，例如白居易〈買花〉：

> 帝城春欲暮，喧喧車馬度。共道牡丹時，相隨買花去。貴
> 賤無常價，酬直看花數。灼灼百朵紅，戔戔五束素。上張

---

〔註331〕《全唐詩》，卷438，頁4868。

> 幄幕庇，旁織笆籬護。水灑複泥封，移來色如故。家家習
> 爲俗，人人迷不悟。有一田舍翁，偶來買花處。低頭獨長
> 歎，此歎無人喻。一叢深色花，十戶中人賦！〔註332〕

這首詩主要是透過牡丹來諷喻時弊。安史之亂後唐代國勢已經大不
如前，但貴族的豪奢卻有過之而無不及。他們爲了牡丹不惜花費大
量的金錢與照料的工夫，卻不知社會底層的農家貧困的眞實面貌。
因此透過「田舍翁」這個社會底層的人物，來揭示出這種社會強烈的
矛盾現象。事實上這裡的牡丹花多少是帶有楊貴妃的隱喻，牡丹花
與楊貴妃共同迷惑了有唐一代的君民，讓唐王朝不斷的走向衰敗的
途徑，正是文人心中所謂紅顏禍水。因此詩人在描寫牡丹時也就不
免要用「妖」、「狂」、「亂」這些惑亂人心的負面字眼，例如王叡〈牡
丹〉：

> 牡丹妖豔亂人心，一國如狂不惜金。曷若東園桃與李，果
> 成無語自成陰。〔註333〕

王叡痛斥牡丹惑亂人心，遠不如桃李這種質樸實在，自能感召人心的
謙和品性。另外王建在〈斜路行〉中提到：「世間娶容非娶婦，中庭
牡丹勝松樹。」〔註334〕具有品格象徵的松樹竟然輸給徒有容貌的牡
丹，詩人用這種牡丹勝松樹的價值取向，來諷刺世人重視外表勝於內
在品德的價值偏差。從中可知中唐以後牡丹雖然受到舉國瘋狂的熱
愛，但士大夫卻對這種將人心導向重視外表與豪奢習氣的牡丹，提出
充滿貶抑的批判。此外也有些文人針對這種瘋狂的牡丹亂象，是用一
種比較有趣的嘲笑態度來看，如柳渾〈牡丹〉：

> 近來無奈牡丹何，數十千錢買一顆。今朝始得分明見，也
> 共戎葵不校多。〔註335〕

詩人用一種很不以爲然的態度，說出原本價高千金的牡丹，姿色也只

---

〔註332〕《全唐詩》，卷425，頁4676。
〔註333〕《全唐詩》，卷505，頁5743。
〔註334〕《全唐詩》，卷298，頁3388。
〔註335〕《全唐詩》，卷196，頁2014。

不過與民家常栽種輕賤蜀葵類似而已，詩人故意將兩種貴賤天差地別的花卉拿來等同看待，明顯是用來諷刺這種瘋狂的社會現象。不過到了晚唐，牡丹和蜀葵之間的價值還真的所差無幾，《酉陽雜俎》提到：「元和初猶少，今與戎葵角多少矣。」〔註336〕

除了從正向去描寫牡丹的美麗姿色與從負面去批判牡丹惑亂人心的亂象外，中唐詩人也開始去描寫對於牡丹的衰敗與憐惜之情。李澤厚在《美的歷程》提到中唐文人心態的轉變，他提到：

> 就美學的風格而言，它們也確乎與盛唐不同。這裡沒有李白、張旭那種天馬行空式的飛逸飄動，甚至也缺乏杜甫、顏真卿那種忠摯剛健的骨力氣勢，他們不乏瀟灑風流，卻總開始染上一層薄薄的孤冷、感傷和憂鬱這是初盛唐所沒有的。〔註337〕

美好總不免讓人想到衰敗，亦讓人更貪執美好。面對盛唐璀璨的盛世風采，中唐文人更感受到眼下現實的衰敗之情，於是他們把奔馳外向的心拉回到眼下，不再嚮往天山邊塞的偉大夢想，只想靜靜的賞著那所剩不多的殘紅落英，於是白居易在〈惜牡丹花二首〉吟著：

> 惆悵階前紅牡丹，晚來唯有兩枝殘。明朝風起應吹盡，夜惜衰紅把火看。〔註338〕

即使只是殘花，仍要貪執的把它看盡，而這正反映出美麗的盛景已經不復存在了。有趣的是牡丹花竟與唐王朝的盛衰顯現出一致性的共同命運，中唐仍有盛唐餘留下來的殘花可賞，而在晚唐將盡的國勢中，更如殘花落盡。此時人心莫不籠罩在一股衰頹之中，於是人們投射在牡丹身上的更是這種盛衰無常之感，杜荀鶴〈中山臨上人院觀牡丹寄諸從事〉：

> 閒來吟繞牡丹叢，花艷人生事略同。半雨半風三月內，多

---

〔註336〕 （唐）段成式：《酉陽雜俎》（北京：中華書局，1981 年），頁 185。
〔註337〕 李澤厚：《美的歷程》（臺北：三民書局，1996 年 9 月初版），頁 167。
〔註338〕 《全唐詩》，卷 437，頁 4847。

愁多病百年中。開當景何妨好，落向僧家即是空。一境別
無唯此有，忍教醒坐對支公。〔註339〕

詩人將花的開落視作為人生盛衰的具體寫照，牡丹的美已經不是激勵
起人們更熱烈的擁抱現實的美好，晚唐文人看到的更是花落的哀淒之
情。於是這種轉瞬即變的美好，讓詩人更深切的對這種美好感到哀
傷，王貞白〈看天王院牡丹〉：「前年帝里探春時，寺寺名花我盡知。
今日長安已灰燼，忍隨南國對芳枝。」〔註340〕就在人們懷念過往的
美好光景與憑弔滿地的殘英落花時，也開始有少數的詩人似乎也拋下
對於牡丹美好的貪戀，而開始試著接受另一種花卉的不同風情了，唐
末朝士〈睹野花思京師舊遊〉：

曾過街西看牡丹，牡丹纔謝便心闌。如今變作村園眼，鼓
子花開也喜歡。〔註341〕

這首詩似乎具有某種預示的意義，它預告了唐王朝牡丹的沒落，而正
在山野裡漫地生長的粗賤果樹——梅花，將在未來的時代中，逐步取
代它至高無上的地位。

## 二、宋代牡丹審美的發展

宋王朝建立後社會逐漸安定，牡丹這種太平盛世之花又開始興
盛。宋人培育的牡丹品種更多，栽培技術更加發達，對於牡丹的熱愛，
實不遜於唐人。蘇軾《牡丹記序》曾提到：「蓋此花見重於世三百餘
年，窮妖極麗以擅天下之觀美，而近歲尤復變態百出，務為新奇，以
追逐時好者，不可勝紀，此草木之智巧便佞者也。」〔註342〕由於北
宋人們對於追求牡丹新奇品種的風氣仍然很盛，因此許多文人還因此
撰寫了一些牡丹的相關專著，例如歐陽修的《洛陽牡丹記》、周師厚

---

〔註339〕《全唐詩》，卷692，頁7962。
〔註340〕《全唐詩》，卷885，頁10007。
〔註341〕《全唐詩》，卷784，頁8849。
〔註342〕（宋）蘇軾：《蘇東坡全集》（臺北：世界書局，1989年10月），卷
　　　　24，頁308。

的《鄞江周氏洛陽牡丹記》與《洛陽花木記》、張峋的《洛陽花譜》。
從這些書目當中可以知道，洛陽牡丹已經取代了唐代長安的地位，洛
陽成為北宋時期的牡丹栽培中心，歐陽修在《洛陽牡丹記》記載了當
時牡丹各式品種與栽培風氣之盛，更提到：

> 是洛陽者，果天下之第一也。洛陽亦有黃芍藥、緋桃、瑞
> 蓮、千葉李、紅郁李之類，皆不減它出者，而洛陽人不甚
> 惜，謂之果子花，曰某花某花，至牡丹則不名，直曰花。
> 其意謂天下真花獨牡丹，其名之著不假曰牡丹而可知也。
> 其愛重之如此。〔註343〕

北宋歐陽修時期，牡丹花仍是一般民眾最喜歡的花卉，洛陽人謂牡丹
為真花，其餘只是果子花，足見時人對於那種可以作為果樹的花木並
不重視。在歐陽修寫下《洛陽牡丹記》時，屬於果子花的梅花，這時
還是隱士之花，還沒有得到宋人普遍的重視，而獨愛梅花的隱士林逋
已經過世四十年，依舊默默無聞。不過林逋也在歐陽修的發掘下，林
逋與梅花才在北宋後期，逐漸產生影響。不過整體而言，終北宋之世
牡丹的地位還是沒有其他花卉可以挑戰，在唐代奠定了「國色天香」
的尊號之後，到了北宋又被賦予了「花王」的至尊地位，王禹偁〈牡
丹〉：「豔絕百花慇，花中合面南。」〔註344〕邵雍〈牡丹吟〉：「牡丹
花品冠羣芳，況是其間更有王。」〔註345〕可以說在北宋人們的眼中，
牡丹擁有一種群芳所無法比擬的尊貴。邵雍〈洛陽春吟〉提到：

> 洛陽人慣見奇葩，桃李花開未當花。須是牡丹花盛發，滿
> 城方始樂無涯。桃李花開人不窺，花時須是牡丹詩。牡丹
> 花發酒增價，夜半遊人猶未歸。〔註346〕

從詩中可知，北宋人只將牡丹花視作花，其餘花卉都不足觀，而它更

---

〔註343〕 （宋）歐陽修：《洛陽牡丹記》，收於嚴一萍選輯：《百部叢書集成》
（臺北：藝文印書館，民國54年），頁1。
〔註344〕 《廣群芳譜》，卷34，頁1963。
〔註345〕 《全宋詩》，卷377，頁4636。
〔註346〕 《全宋詩》，卷379，頁4666。

是文人遊賞吟詠的唯一對象，從中可以發現北宋文人喜愛牡丹的態度，實不亞於唐人。

宋室南渡後，牡丹的栽培中心轉移到四川的天彭。陸游曾到四川當官，因此也撰寫了《天彭牡丹譜》，他在文中提到當時的牡丹盛況與心中的感觸：

> 天彭號小西京，以其俗好花，有京洛之遺風，大家至千本。花時，自太守而下，徃徃即花盛處，張飲帝幕，車馬歌吹相屬，最盛於清明寒食時，在寒食前者謂之火前花，其開稍大，火後花則易落。……嗟乎，天彭之花，要不可望洛中，而其盛已如此，使異時復兩京，王公將相築園亭以相誇，尚余幸得與觀焉，其動心盪目，又宜何如也。〔註347〕

陸游在描寫天彭的牡丹盛況時，不免要想到陷落在金人的洛陽，因此他在〈夢至洛中觀牡丹繁麗溢目覺而有賦〉云：「老去已忘天下事，夢中猶看洛陽花。」〔註348〕〈初到蜀州寄成都諸友〉云：「萬里不通京洛夢，一春最負牡丹時。」〔註349〕牡丹花在陸游心中正象徵著魂牽夢縈的故國江山，故透過牡丹來表達強烈的故國之思。他在〈賞小園牡丹有感〉提到：

> 洛陽牡丹面徑尺，鄜畤牡丹高丈餘。世間尤物有如此，恨我總角東吳居。俗人用意苦侷促，目所未見所謂無。周漢故鄉亦豈遠，安得尺箠驅群胡。〔註350〕

陸游在贊美牡丹的美麗之際，內心湧現的卻是「但悲不見九州同」的國仇家恨，可以說牡丹在他們心中，不僅不是賞心悅目，反而是一種最深切傷痛。也由於文人處身於這種國家的變局中，南宋文人特別強化了「貞」的價值意涵，加上受到南宋理學興盛的影響，花木比德成

---

〔註347〕《廣群芳譜》，卷32，頁1898。

〔註348〕（宋）陸游：《陸放翁全集》（臺北：世界書局，民國79年11月），《劍南詩稿》卷27，頁446。

〔註349〕《全宋詩》，卷2156，頁24321。

〔註350〕（宋）陸游：《陸放翁全集》（臺北：世界書局，1990年11月），卷82，頁1112。

爲南宋文人審美的主要標準，因此向來以豔麗的外表取勝的牡丹，就逐漸被具有堅貞德行的梅花所取代，劉克莊〈梅花一首〉：「造化生尤物，居然冠群芳。東家傳粉白，西域返魂香。真可堬芍藥，未妨妃海棠。平生恨歐九，極口說姚黃。」〔註351〕從這首詩中可以看出，南宋文人對於梅花的喜愛已經超過牡丹。由於牡丹長久都是以外在的形色取勝，而在象徵意涵上通常也只是世俗的富貴象徵，因此在喜歡比德的南宋文人眼中的價值自然比不過梅花。也因爲如此一些南宋文人也開始強化牡丹的比德價值，《事物紀原》提到：

> 武后詔遊後苑，百花俱開，牡丹獨遲，遂貶於洛陽，故洛陽牡丹冠天下。是不特芳姿豔質足壓羣葩，而勁骨剛心尤高出萬卉，安得以富貴一語概之。〔註352〕

這是一個廣爲流傳的牡丹傳說，文人借它來表現牡丹抵抗威權的精神格調，賦予它「勁骨剛心」的剛毅精神。另外丘璿《牡丹榮辱志》中提到：

> 花卉番撫於天地之間，莫踰牡丹。其貌正心荏，莖節帶蕊，聳抑撿曠，有剛克柔態，遠而視之，疑美丈夫女子，儼衣冠當其前也。苟非鍾純淑清粹氣，何以備全德於三月內。
>
> 〔註353〕

丘璿認爲牡丹之姿剛柔兼備，有君子全德之美。這種刻意要去強調牡丹剛健的審美，尤其反映在南宋文人的作品上，范成大〈園丁折花七品各賦一絕〉其三云：

> 豐肌弱骨自喜，醉暈粧光總宜。獨立風前雨裡，嫣然不要人持。〔註354〕

---

〔註351〕《全宋詩》，卷3056，頁36453。

〔註352〕（宋）高承：《事物紀原》（臺北：臺灣商務印書館，出版年未著），卷10，頁76。

〔註353〕（宋）丘璿：《牡丹榮辱志》（臺北：藝文印書館，民國54年），頁1。

〔註354〕（宋）范成大：《范石湖集》（香港：中華書局，1974年12月），卷23，頁330。

雍容華貴的牡丹總讓人聯想到「侍兒扶起嬌無力」，但范成大卻強調
獨立風雨、不要人持的堅勁。除此之外，亦有用宋人通常用來形容梅
花精神的「標格」來描寫牡丹，如金朋說：〈牡丹吟〉：

> 嬌姿豔質號花王，魏砌姚階羨紫黃。更有一株何處種，天
> 然標格出扶桑。〔註355〕

文人透過對比於豔麗的扶桑，以凸出牡丹豔麗之外的「標格」。不過
上述這些說法大體只是少數特殊的說法，並未成為牡丹重要的意涵。
其原因在於牡丹之所以為牡丹，正在於它的雍容華貴，所謂「姚黃魏
后富貴姿」〔註356〕也由於牡丹蘊含了人們對於現實價值的追求與夢
想，故「勁骨剛心」、「標格」這類的精神意涵，本來就與牡丹的特質
相違背。那麼既然無法改變客體的形象，最後也就只好提升主體觀者
的境界，林希逸〈牡丹〉：「富貴本何心，莫以色見我。」〔註357〕這
種提升牡丹比德價值的作為，並試圖消滅牡丹豔麗形象的作為，正說
明牡丹在南宋花卉審美價值中那種格格不入的處境。不過南宋人終究
也沒有全然抹煞牡丹在整個宋代文化之中的地位與價值，即使栽種牡
丹的風土條件比不上中原合宜，但南宋人們還是想盡辦法要恢復洛陽
牡丹的盛況，畢竟牡丹也曾是帝國最輝煌的象徵，具有無可取代的的
尊崇地位。因此整體而言宋文人吟詠牡丹的風氣相當興盛，有花王之
稱的姚黃是宋人相當喜歡吟詠的牡丹品種，如（南宋）虞儔〈姚黃牡
丹〉：「紅紫爭先有底忙，姚黃晚出最芬芳。玉色蒸栗難同色，露是薔
薇更染香。翠幄密遮春去路，黃雲低映曉來粧。十分喜氣眉間見，快
瀉鵝兒醉洛陽。」〔註358〕而宋人眼中的白牡丹也不再是白居易眼中
備受冷落的牡丹。宋人喜歡白花的審美特色，也反映在白牡丹身上，
例如（南宋）葉茵〈白牡丹〉：「洛陽分種入侯家，魏紫姚黃謾自誇。

---

〔註355〕　《全宋詩》，卷 12734，頁 32201。
〔註356〕　《全宋詩》，卷 2605，頁 30276。
〔註357〕　《全宋詩》，卷 3188，頁 37243。
〔註358〕　《全宋詩》，卷 2464，頁 28558。

素質不爲顏色污，看來清得似梅花。」〔註359〕白牡丹沒有魏紫姚黃的世味，而有宋人所偏愛的素雅，故能將之與梅之清相比擬。

　　總之，從牡丹審美的發展中可以發現，牡丹最初是從皇家貴族中興起，與權貴宴飲遊賞的文化活動密不可分，因此牡丹是富於貴族享樂色彩的花卉象徵。此外，牡丹所需的栽培技術與資金，遠非一般花木所能相比。因此牡丹的興盛是伴隨著強大經濟活動而興起，這與唐宋逐漸興起的都市經濟具有密切的關係。可以說牡丹文化是一種徹底體現貴族宴遊與都市經濟的享樂文化。相反的梅花原本只是果樹，它是從一般民眾的生活物資當中，逐漸成爲士大夫審美情趣的花卉，最後才成爲十足文人價值的象徵花卉，而它所體現的是士大夫自制內省的精神價值。因此牡丹與梅花正顯現著貴族與士大夫兩種完全不同的審美價值，亦體現著唐代與宋代的文化差異。僅管它們之間的差異是如此之大，但卻也分別體現出不同的文化與心理面向，正如朱翌所說的：「姚黃富貴江梅妙，俱是花中第一流。」〔註360〕因此牡丹與梅花雖然在表面上彼此對立，但在深層的文化與人心的價值上，卻也能夠彼此互補，正如精神與物質一樣，缺少任何一方都會顯得不圓滿。清朝在西元1903年，將牡丹定爲國花，緊接著中華民國也在1929年時將梅花定爲國花〔註361〕，牡丹與梅花先後成爲國花，正足以說明這兩種花卉確實是最能代表中華民族的文化象徵。

## 結　論

　　蘭在先秦時期具有崇高無比的文化地位，而「蘭」之所以形成這種崇高地位的原因，與「蘭」早期作爲圖騰以及與生殖、辟邪的巫術密切相關，而後才成爲貴族重要的身份象徵與佩飾之物。到了先秦儒家則又進一步將這種原本根源於巫俗的「蘭」，進一步用理性賦予了

---

〔註359〕《全宋詩》，卷2466，頁28612。
〔註360〕《全宋詩》，卷1866，頁20876。
〔註361〕程杰：《梅文化論叢》（北京：中華書局，2007年5月），頁1。

比德的精神意涵，因而形塑出孔子與蘭的文化意涵。再加上屈原用強烈的人格特質賦予了蘭花芳潔的人格象徵，從此蘭花成爲文人用以表徵自我價值的重要花卉。不過由於蘭的意涵受到孔子與屈原強大的籠罩，因此也阻礙了蘭花意涵在後世的發展，形成長期停滯的狀態，直到宋代的遺民才又賦予了新意。

菊花最初是從實用的功能而被先民所注意，它在先秦時期的實用價值表現在秋天物候的象徵、藥用功能以及食用功能三個方面。而菊花眞正進入到文學的寫作之中則是從屈原開始，雖然菊花在《楚辭》中只出現三次，但是由於菊與《楚辭》中人格象徵最強烈的「蘭」一起出現，因此菊花也具有芳潔的人格意涵。到了六朝，由於神仙服食的信仰興盛，菊花延年的藥效讓它再度受到人們的重視，寫作的熱潮甚至於有超越蘭花的趨勢。加上六朝的戰亂，人們對於凌霜抗暴的精神特別重視，因此原本作爲秋天物候象徵的特性也發展成爲德行價值，並開始與松聯用成爲不凋的精神象徵。而菊花最重要的發展高峰，則是在陶淵明爲菊花注入了隱逸與剛貞的品格內涵後，自此詠菊的內容就再也離不開陶淵明了，而菊花的審美內涵大致上也發展完成。

桂具有相當重要的實用價值，因此早在先秦就受到人們的關注。不過唐代之前的桂主要是肉桂樹，到了唐代木犀桂花逐漸取代桂樹，而在宋代文學中出現的桂，就已經完成是桂花。因此中國文化當中桂意象的內涵，其實是由兩種完全不同的植物，先後積累所形成。而桂在中國花卉意象中，也是意涵相當多元的花卉，從神仙到世間的功名，乃至於隱逸及品德意涵，通通一舉囊括，亦足見桂在傳統文化中受到喜愛的程度。

至於牡丹則是中國本土花卉中，很晚才進入審美視野的花卉之一，不過從它被人們發現的那一刻起，就以一種王者的姿態稱霸花壇，沒有一種花卉能夠與之媲美，唐代人們對於它的喜愛達到瘋狂的狀態，更創造出前所未有的花卉盛況，甚至連喜歡素雅，且比德思想

濃厚的宋人也都難掩對於它的喜愛，而尊稱牡丹為花王，其他花卉甚至只能作臣、為僕、當侍妾的分。事實上牡丹極致的感官姿色，正投射出中國文人對於世俗價值的想像之情，因此即使它充滿膚淺的感官色彩，而沒什麼精神意涵，但也顯少有文人眞正深惡痛絕的批判過它，比起因豔麗而被批評為小人、妓女的桃花，二者的待遇眞是天差地別。

　　總之，蘭花幽貞、菊花隱逸、牡丹華貴、桂的仙氣，四者其實都各投射出文人某種面向的心理價值。蘭花投射的是儒家「貞」的節操精神，菊則展現出了道家超然灑脫的「清」，牡丹則顯現出文人對於「功」的價值追求，至於桂則投射出「仙」的渴望。如果說蘭、菊是傳統文化中「內聖」的投射，那麼牡丹就是「外王」的功業實現，而桂則是對於永恆生命的追求，而這四種花卉正象徵著傳統文人對於生命價值的理想與追求。

# 第八章　花卉意涵的形成與演變

　　由於花卉能夠讓人產生強烈的吸引力與心理感受，因此人們在花卉中所投射的情感與想像也特別豐富。也因為如此，花卉一直都是古今中外詩歌中相當重要的意象。葉嘉瑩提到：「至於花之所以能成為感人之物中最重要的一種，第一個極淺明的原因，當然是因為花的顏色、香氣、姿態，都具有吸引人之力。人自花所得的意象既最鮮明，所以由花觸發的聯想也最豐。此外還有一個重要的原因，我以為則是因為花所予人的生命感最深切也最完整。」〔註1〕由於人們在炫麗的花朵之中，感受到一種強烈的生命情感，因此許多花卉的意象就從這種美麗的欣悅之情中產生，於是我們在《詩經》中可以看到人們透過花卉去表達女子的美麗與愛情的渴望。文人則在花的馨香美好之中，投射了德行的美好價值，因而形成了以花卉作為比興寄託的傳統。植物意象的形成，通常是人們將主觀的情感與思想，投射到植物的花色、形態、構造、生長特性、季節變化等植物特質的「象」，所形成的一種蘊含人類情思的文學意象。由於花卉投射了人們主觀的意，因此隨著時代價值與審美風尚的變化，人們在花卉意象中所投射的內

---

〔註1〕葉嘉瑩：《迦陵論詩叢稿》（石家莊：河北教育出版社，1997年），頁63。

容，也就會產生變化。因此本章就著眼於花卉意象的形成與變化過程
作出探討，其中一至七節分別探討花卉意象形成的因素，而第八節則
探討花卉意涵發展的特性。

## 第一節　花卉意象中男女意涵之形成

　　花卉予人最重要的感受，莫過於它美麗的花色，因此花卉的形色
自古就成爲美麗的一種表徵。從《詩經》開始，人們就著眼於花色與
女色之間的相似性，因此形成了花卉的女性意涵，例如：

　　　有女同車，顏如舜華，將翱將翔，佩玉瓊琚，彼美孟姜，
　　　洵美且都。有女同行，顏如舜英，將翱將翔，佩玉將將，
　　　彼美孟姜，德音不忘。(《詩經・鄭風・有女同車》) 〔註2〕

〈有女同車〉這首詩中，「舜華」、「舜英」皆是同物，乃今日之木槿
花。詩中主要是描寫新婚者讚美其新婦的美麗，作者用豔麗的木槿花
來形容孟姜容顏的妍麗。由於木槿花朝開夕落與女子美麗而短暫的特
質非常類似，因此用來比喻女子的容顏是再恰當不過了，《劉氏菊譜》
提到：「草木之有花，浮冶而易壞，凡天下輕脆難久之物者，皆以花
比之。」〔註3〕此外花開結實，亦可以象徵美麗女子從個人家庭進入
婚姻生子的下一個階段過程，因此這類以花喻女子的詩歌，通常也多
是在描寫女子婚嫁時的情境。例如〈桃夭〉就是一首用開花到結實的
過程來比喻女子的生命歷程，其詩云：

　　　桃之夭夭，灼灼其華。之子于歸，宜其室家。桃之夭夭，
　　　有蕡其實。之子于歸，宜其家室。桃之夭夭，其葉蓁蓁。
　　　之子于歸，宜其家人。〔註4〕

這首詩對於後世文學影響很大，清姚際恒《詩經通論》云：「桃花色

---

〔註2〕　（漢）毛公傳、鄭玄箋、（唐）孔穎達疏：《毛詩正義》（臺北：藝文
　　　　印書館，1977 年），頁 170。
〔註3〕　（宋）劉蒙：《菊譜》（臺北：藝文印書館，1996 年），頁 1。
〔註4〕　（漢）毛公傳、鄭玄箋、（唐）孔穎達疏：《毛詩正義》（臺北：藝文
　　　　印書館，1977 年），頁 36。

最豔，故以取喻女子，開千古辭賦之祖。」〔註5〕這種以色喻色的方式，確立了女子與花卉之間的關聯性，從此無論是描寫女子還是花卉，二者總是彼此相互形容，故范德機在《木天禁語》提到：「詠婦人者，必借花爲喻；詠花者，必借婦人爲比。」〔註6〕顏崑陽更進一步提到這種比喻形成的內在關係，其曰：

> 我們何以將花與美人比並來看，當然是人、物二者之間，有其類似的體或質。通常，將二種藝術客體，藉主觀的想像類比在一起，不外源於二者間外在聲色樣態的近似，或內在精神特質的想像。〔註7〕

大體而言，先秦時期花卉主要還是用來當作形容女子的物象，因此花卉本身並不是審美的主體。到了南朝，花卉普遍成爲文人審美的物象之後，熱衷於女性書寫的宮廷文人，在描寫花卉時也開始用女子的姿容、情態來形容花卉，例如：簡文帝〈初桃〉：「若映窗前柳，懸疑紅粉妝」〔註8〕的描寫，是以女人的盛妝來形容桃花的姿色。到了後來甚至亦將花卉具象化爲某個特定的女子，例如：

李白《清平調》三首，

> 雲想衣裳花想容，春風拂檻露華濃。若非群玉山頭見，會向瑤台月下逢。

> 一枝紅豔露凝香，雲雨巫山枉斷腸。借問漢宮誰得似，可憐飛燕倚新妝。

> 名花傾國兩相歡，常得君王帶笑看。解釋春風無限恨，沉香亭北倚闌干。〔註9〕

---

〔註5〕（清）姚際恒：《詩經通論》（臺北：廣文書局，1988年10月三版），卷一，頁25。

〔註6〕（元）范德機：《木天禁語》，《百部叢書集成》學海類編第十三函（臺北：藝文印書館，民國54年），頁9。

〔註7〕顏崑陽：〈淺談宋詞中三個梅花意象——美人姿態、隱者風標、貞士情操〉，《明道文藝》第64期（1981年7月），頁91。

〔註8〕《先秦漢魏晉南北朝詩》，《梁詩》卷2，頁2225。

〔註9〕《全唐詩》，卷164，頁1703。

楊貴妃與牡丹在詩人眼中幾乎就是彼此美麗的化身。此外文人不僅僅喜歡用歷史著名的美女來比喻花卉，神女仙姝亦是文人愛用的比喻，尤其是中唐以後，詩人在形塑幽冷出塵的花卉形象時，特別喜歡運用，如：唐彥謙〈梅〉：「玉人下瑤臺，香風動輕素。畫角弄江城，鳴璫月中墜。」﹝註10﹞事實上文人老早就已經根據花色的特質，而分別將花比喻爲美女或神女這兩種不同的形象，如（隋）辛德源〈芙蓉花〉：「洛神挺凝素，文君拂豔紅。」﹝註11﹞作者用神女的形象形容出塵白蓮，而用人世美女來形容豔麗的紅蓮。因此花的顏色亦會影響文人對於不同女性特質的聯想。由於歷史上的美人通常強調在他傾國動人的特色上，因此多用以形容豔麗的花色；而神女仙姝則在營造一種清絕出塵的美感，通常用以形容素雅的白花，特別喜歡白花的宋人，更是喜歡用莊子所提到「肌膚若冰雪」的姑射神女來形容素花，例如：王安石〈次韻徐仲元詠梅二首〉：「肌冰綽約如姑射，膚雪參差是太眞。」﹝註12﹞這種以女子的情態來形容花的模式，在描寫上也越來越細膩，如蘇軾〈寓居定惠院之東雜花滿山有海棠一株土人不知貴也〉，其詩云：

> 自然富貴出天姿，不待金盤薦華屋。朱唇得酒暈生臉，翠袖卷紗紅映肉。林深霧暗曉光遲，日暖風輕春睡足。雨中有淚亦凄愴，月下無人更清淑。﹝註13﹞

如果沒有看整首詩，而只就上述的詩句來看，幾乎讓人以爲蘇軾是在描寫女子，尤其是「朱唇得酒暈生臉，翠袖卷紗紅映肉」這一聯，描寫美人紅暈生臉的醉色，以及翠衣與膚色相襯的情狀。這種非常細膩的視覺描摹，雖然可以讓海棠的形象顯得鮮活，但卻也讓人有一種醉翁之意不在酒的感覺。由於詠女性的題材往往會讓人覺得低俗，如南

---

﹝註10﹞ 《全唐詩》，卷671，頁7665。
﹝註11﹞ 《先秦漢魏晉南北朝詩》，《隋詩》卷2，頁2650。
﹝註12﹞ 《全宋詩》，卷557，頁6628。
﹝註13﹞ （宋）蘇軾：《蘇東坡全集》（臺北：河洛圖書出版社，1975年9月），頁169。

朝宮體即招人非議，因此透過詠花這層間隔，彷彿寫花，又似寫人，儘管描寫得繪形繪色，亦能化除色欲的非議。

　　花卉的形色除了用以形容神女仙姝與世間絕色美女外，在唐代甚至於也用於隱喻出家的女冠，例如：

> 野欄秋景晚，疏散兩三枝。嫩碧淺輕態，幽香閒澹姿。露傾金盞小，風引道冠攲。獨立悄無語，清愁人詎知。（崔涯〈黃蜀葵〉）〔註14〕

> 嬌黃新嫩欲題詩，盡日含毫有所思。記得玉人初病起，道家妝束厭禳時（薛能〈黃蜀葵〉）〔註15〕

黃蜀葵所產生的女冠聯想，主要是黃蜀葵的花形及顏色非常像是道冠。由於中晚時期人們對於女冠生活與情感具有極大的好奇心，因此文人透過黃蜀葵的形色而投射出對於女道士的想像。〔註16〕

　　事實上這種花與女性的關係乃是從男性的觀點而將花與女性當作為審美對象，這種比擬實源於男性的視覺快感。此種傳統男性賞美心態，一直要到李清照從女性的情感去切入，才有了另一種不同的觀照角度，如〈醉花陰〉名句：「莫道不銷魂，簾捲西風，人比黃花瘦」〔註17〕除了形象化地書寫相思之苦，即景寫菊又反襯出女詞人不同凡響的高標逸韻，淡雅如菊的情懷。是故李清照開始，才真正擺脫傳統男性的觀物賞美心態。張淑香提到：

> 雖然男性基於自身情色慾望的幻想在文學中首創了花與女性的結緣，但李清照卻是第一位在文學傳統中真正實現具體化花與女性的關係，並且擺脫男子閨音的邏輯，創造女性現身說法的花文本的女性作家。〔註18〕

---

〔註14〕《全唐詩》，卷505，頁5740。
〔註15〕《全唐詩》，卷561，頁6515。
〔註16〕李豐楙：《憂與遊》（臺北：學生書局，1996年3月），頁372。
〔註17〕《全宋詞》，冊2，頁929。
〔註18〕張淑香：〈典範、挪移、越界──李清照詞的「雙音言談」〉，《廖蔚卿教授八十壽慶論文集》（臺北：里仁書局，2003年2月），頁58～59。

可以說在李清照以女性身份去切入花卉的審美之後，這時花卉意象才獲得了真正屬於女性自身的寓託關係，而不再流於這種建立於形色基礎的表淺手法。不過在傳統文學中，李清照並不足以改變這種態勢。因此傳統詩詞中花與女性的關聯其影響力不只根深柢固，亦廣泛影響了小說，如《鏡花緣》、《聊齋誌異》等作品中都可以看到這種影響，到了《紅樓夢》甚至用花來隱喻女子的性格與命運。每一位金釵各自對應某種花卉的特質，以表現出每位金釵獨特的人格特質，而成為所謂「人花一體」的表述方式。〔註19〕而這種表現方式，已經從傳統詩詞中以花類比女子容顏盛衰的手法，進一步將各種花卉的特質予以人格化而成為特定女性的人格內涵，因此《紅樓夢》「人花一體」的隱喻方式，可說是將傳統以花喻女子的手法發揮到了極致。

　　大體而言，從花卉的女性意涵的發展脈絡來看，可以發現一個有趣的現象，一開始對「花色——女色」的形容是正向的，但隨著時代的發展則越來越負面，以桃花為例，一開始是宜室宜家、德色兼備的女子，但經過千百年來的演變，卻成了讓國家覆亡的禍水、娼婦、妖婦與小人，從這當中也可以看到傳統男性對艷麗美婦所交織著的輕賤、貶抑與恐懼的複雜心理。這自然可歸因於男性的賞美心態，只側重女子外在表象之美，而無視女子內在的才德性情；另一方面自然也是傳統中失落了深層生命價值的女性「以色事人」的悲哀。以〈桃夭〉為例，先民當初以桃花作為德色雙全的完美女性象徵，形塑了一個足以擔當整個家族興旺的完美女人。從一開始新嫁娘如桃花當然是美麗的，但她並不會停留在花的美麗階段，她還必須邁向結果——象徵生兒育女的階段，她還必須主持家務照顧一家老小，而到最後她還會來到連果都結不出來的更年期，但整個家族卻因為她而欣欣向榮。像這樣一首涵蓋女子生命歷程的賀婚詞，是令人感動的，也是深富啟示的，它一方面歌頌了青春的美麗，但生命卻並不停留在美麗當中，而

---

〔註19〕歐麗娟：〈《紅樓夢》中的「石榴花」——賈元春新論〉，《臺大文史哲學報》第六十期（2004年5月），頁118。

就算美麗消退了也不可悲，因為那早已化作更深的內蘊與能力，這與後世之對美麗的頑強執著，惟恐美麗消逝之擔驚受怕的心理是何等的天壤之別。到了後世，我們明顯可以感受到，這一條脈絡的描寫已喪失「德」的義涵，越來越著眼在「色」的層面，以致到了南朝，在詠物之風的席捲之下，花卉與女色自然成為提供男性視覺快感之意淫賞玩的對象，更進一步還演變成了肉慾的象徵，因此富於女性意涵的桃花地位也就越來越低。而同樣富於女性特質的蓮花，卻因為周敦頤賦予了君子的意涵，而被南宋文人硬是將它從女性形象變成男性，以免讓「色」污衊了「德」。

　　雖然花卉豔麗的形色幾乎已經與女性畫上等號，不過也少數則是與美男子的意象關聯在一起，如：黃庭堅〈觀主簿家酴醾〉：

> 肌膚冰雪薰沉水，百草千花莫比芳。露濕何郎試湯餅，日烘荀令炷爐香。風流徹骨成春酒，夢寐宜人入枕囊。輸與能詩王主簿，瑤臺影裏據胡牀。〔註20〕

「何郎試湯餅」的典故源於《世說新語・容止》：「何平叔美姿儀，面至白。魏明帝疑其傅粉；正夏月，與熱湯餅。既噉，大汗出，以朱衣自拭，色轉皎然。」〔註21〕因此這首詩是以美男子皎然的臉色來形容酴醾花。這種以美男形容花的用法，到了南宋時期就成為常見的用法，如徐鹿卿〈月香亭主人送似牡丹座客作芍藥品題〉：「玉容當配水仙王，壓盡群花不敢香。畫困未甦酬宿雨，也遺湯餅試何郎。」〔註22〕趙蕃〈杜鵑花〉：「冰肌玉骨擅無雙，不與山花鬪豔妝。欲染啼紅冤杜宇，急如傅粉伴何郎。」〔註23〕這種戲謔的形容甚至沿用到了南宋人最崇尚的梅花，如史彌寧〈和叔振曉上梅坡小亭〉：「巡簷詩袖漲寒香，日炙南枝法曉霜。淨洗宮妝轉明潔，恰如湯餅試何郎。」

---

〔註20〕《廣群芳譜》，卷42，頁2389。
〔註21〕（南朝）劉義慶、徐震堮校箋：《世說新語校箋》（臺北：文史哲出版社，1989年），頁333。
〔註22〕《全宋詩》，卷3093，頁36948。
〔註23〕《全宋詩》，卷3087，頁36823。

〔註24〕此外南宋詩人楊萬里受到黃庭堅的啓發之後，亦根據《新唐書・列傳三十四》唐代美男子張昌宗的記載，形成南宋文人詠蓮時常見的「蓮花似六郎」典故，例如釋善月〈白蓮花〉：「爭敷處子六郎花。」〔註25〕此外傳統用以形容美人的桃李，亦被用來形容美男子潘岳，例如敖陶孫〈和姜堯章桂花裙字韵〉：「潘郎桃李姿。」〔註26〕這種從花的形色來與美男子比附的情形通常是基於趣味。南宋文人眞正有意識的將傳統花卉中以女性特質爲主的花卉審美，轉變成爲剛性的男性人格形象，通常是針對那些具有強調比德價值的花卉，如：蘇泂〈和越宮管看梅〉：「花中兒女紛紛是，唯有梅花是丈夫。」〔註27〕梅花之所以從女性往男性形象變化的主要因素，就在於宋人認爲精神品格的特質是剛健不屈，因此女子的特質不足以支撐起這樣的德性，是故梅花必須由女性變成男性形象。所以以花比附女子的傳統，也在南宋文人的比德價值中，予以否定。這也形成宋人在賦予這些具比德價值花卉的倫理關係時，通常是用兄弟之類的男性關係來比附，例如宋孝宗〈雪裏山茶圖〉：「羞把紅顏媚兒女，梅兄知我歲寒情。」〔註28〕方岳〈山樊〉：「只有江梅合是兄，水僊終似虢夫人。」〔註29〕梅花在宋詩中通常都被稱爲兄，而被宋人鄙視的桃花則被稱爲姊，例如喻良能〈次韻馬駒父晚菊五絕〉：「芳菲不擬親桃姊，瀟灑端宜齒石兄。」〔註30〕整體而言，無論是「女子與花」，還是「男子與花」的脈絡，絕大多數的詩文都還是出於男性士人的筆下。當中無可避免存在著封建社會底下男尊女卑的價值觀，與對女性片面刻版的印象，因此才會把某類價值以男性尊之，某類輕賤的特性以女性稱之。但在多數的時

---

〔註24〕《全宋詩》，卷3026，頁36060。
〔註25〕《全宋詩》，卷2660，頁31183。
〔註26〕《全宋詩》，卷2711，頁31894。
〔註27〕《全宋詩》，卷2850，頁33979。
〔註28〕《全宋詩》，卷2337，頁26870。
〔註29〕《全宋詩》，卷3193，頁38282。
〔註30〕《全宋詩》，卷2355，頁27045。

候，由於士人建功立業的價值觀，君臣關係的倫常被類比爲男女之間的情愛互動，這時求賞的士人頓時之間又成爲了被動的女性角色，因此文人在抒發不遇時，往往也就會用花所寓涵的女性形象來表達，如劉長卿〈晚桃〉：「四月深澗底，桃花方欲然。寧知地勢下，遂使春風偏。此意頗堪惜，無言誰爲傳。過時君未賞，空媚幽林前。」〔註31〕事實上這與閨怨詩寫作的心理模式是相當類似的，如曹植筆下的〈七哀詩〉：「願隨西南風，長逝入君懷，君懷良不開，賤妾當何依？」〔註32〕身爲男性的士子之所以對閨中女子的心態有如此深刻的揣摩，實得自這種政治倫理君臣對應下的處境使然。換句話說，這種閨怨的情感模式，實是出自於一種有求於賞者、附屬的、沒有自主性存在下的一種柔弱心態，因此花卉的女性意涵除了由花卉表面形色所產生的關聯外，由於花卉等待人欣賞的被動角色與傳統女子的處境極類似，因此也形成文人透過花卉以表達「君不賞」的棄婦意涵，藉以抒發不遇的愁悶。總之，花卉中的女性意涵形成的因素主要有二，一個是從花與女性之間形色的相似性所形成，另一個則是從花與女性待賞、依附的處境所產生的隱喻。而花卉中男性意涵的形成方式，主要是受到比德價值觀的影響，少數則是基於趣味而以美男子與花的形色相比附所形成。

## 第二節　比德與花卉象徵意涵之形成

中國文學中的花卉意象，其源頭大致是根源於《詩經》與《楚辭》。《詩經》主要著眼於花色與女色之間的相似性，形成了花卉的女性意涵。而《楚辭》則從花卉的特質與內涵去比附人的人格特質，形成了香草比興的言志傳統。對於傳統文人而言，他們對於花卉的審美，通常不是基於美感的感官覺受，而是透過花卉意象中的比德價

---

〔註31〕《全唐詩》，卷148，頁1521。

〔註32〕（梁）昭明太子編、李善注：《文選》（臺北：藝文印書館，民國92年3月），卷23，頁336。

值，去抒發自我在現實中的際遇與生命情感，因此我們可以發現南朝之前，詩歌中的花卉意象大抵都是《楚辭》中的意涵，無論是所用的意象，乃至表達的情感大致都與《楚辭》沒有多大的差異。可以說中國詩歌中多數的花卉意象都與比德脫不了關係。所謂的比德就是把自然界中的事物，以它們形貌或特質，去比附、暗喻人的品德、道德等倫理價值，進而把自然界的「物」予與人格化、道德化，使它們具有品德及道德人格的象徵意涵，進而能夠涵養人的道德人格。

從歷代的詩文中可以發現，植物本身的生長特性、開花時間、色香特質、特殊結構等特徵，都是文人用以比德的重要依據。就生長特性而言，抗寒耐冷的特性是最常被人們拿來比附君子的德行，《論語·子罕》提到：「歲寒然後知松柏之後凋也。」〔註33〕可以說樹木不凋常青的特質，是遠較於花木凌寒開花的特性較早被注意到，菊花耐霜的特質是到六朝才被重視，而梅花犯寒開花則到晚唐才稍有著墨。這與花卉本身脆弱而無堅勁的特質具有密切的關係，因此在南朝文人眼中的梅花，基本上還是一副隨風零落的女性弱質形象。劉蒙在《菊譜》提到：

> 草木之有花，浮冶而易壞，凡天下輕脆難久之物者，皆以
> 花比之，宜非正人、達士、堅操、篤行之所好也。〔註34〕

從這段話可以知道，由於花卉本身較爲脆弱易落，在本質上與剛毅的人格特質並不能相契，故李白提到：「開花必早落，桃李不如松。」〔註35〕所以花卉剛毅的比德特質，是到六朝才開始出現。不過無論是常青不凋的樹木，還是犯寒開花的花卉，由於這種異於其他植物的特性，特別能夠章顯君子剛毅的品格精神，因此也成爲文人取象立意的重要特質。這些具有凌寒抗暴意涵的花木，包括松、柏、梅、竹、菊、

---

〔註33〕（魏）何晏注、（宋）邢昺疏：《論語注疏》（臺北：藝文印書館，1977年），頁81。

〔註34〕（宋）劉蒙：《菊譜》（臺北：藝文印書館，1996年），頁1。

〔註35〕《全唐詩》，卷162，頁1686。

桂等，相關詩作如：

> 雪霜知勁質，今古占嘉名。斷砌盤根遠，疏林偃蓋清。鶴棲何代色，僧老四時聲。鬱鬱心彌久，煙高萬井生。（（唐）陸肱〈松〉）〔註36〕

> 靈菊植幽崖，擢穎陵寒飆，春露不染色，秋霜不改條。（（晉）袁山松〈詠菊〉）〔註37〕

> 梅花不肯傍春光，自向深冬著豔陽。龍笛遠吹胡地月，燕釵初試漢宮妝。風雖強暴翻添思，雪欲侵凌更助香。應笑暫時桃李樹，盜天和氣作年芳。（（唐）韓偓〈梅花〉）〔註38〕

> 秋花俄從天上至，人間有香誰敢誇。纍纍金粟疊爲蕊，風韻別自成一家。蒽蒽綠玉不改色，歲寒氣節何以加。滋榮豈但壓眾植，纖巧直可凌春花。一枝纔折聞四表，芬敷發達其無涯。（（宋）衛宗武〈廣南塘桂〉）〔註39〕

文人通常在這些耐寒花木身上賦予凌寒不變的剛心勁質與抗暴不屈的君子品格，另外花卉的馨香也是人們常用以比德的重要特質。先秦儒家用以比德的植物特質主要有兩個，一個是歲寒不凋的特質，主要是用樹木來表徵。另一個則是用香草、花卉的馨香來象徵君子芳潔的德行，李白〈於五松山贈南陵常贊府〉提到：「爲草當作蘭，爲木當作松。蘭秋香風遠，松寒不改容。」〔註40〕這首詩很明確的掌握到這兩種花木的比德特質。事實上用馨香來表德，應該是從崇神的馨香演變而來。由於香氣容易讓人有神聖與超凡的感受，因此無論是周人祭祀時燃燒的香氣，還是楚國以馨香花草祭神，都是透過香氣來降神或獻祭，以達到人神溝通的目的。而在《尚書・周書・君陳》提到：「我

---

〔註36〕《全唐詩》，卷566，頁6554。

〔註37〕丁福保編：《全漢三國晉南北朝詩》（京都：中文出版社，1979年），頁452。

〔註38〕《全唐詩》，卷680，頁7792。

〔註39〕（宋）衛宗武：《秋聲集》（臺北：藝文印書館，出版年未載），卷2，頁18。

〔註40〕《全唐詩》，卷171，頁1760。

聞曰：至治馨香，感於神明。黍稷非馨，明德惟馨。」〔註41〕這裡已
經用「馨」來比喻「德」，甚至認為德馨感召神明的效用，更勝於祭
祀焚燒黍稷之香，可見德行用馨香來作為表徵的方式，早已存在於先
秦的文化之中。也因為香氣特別具有神聖崇高的知覺感受，自然也就
被拿來表徵士大夫的崇高價值，因此先秦人們才會用花、草植物的馨
香來作為表德的象徵。故儒家的蘭，以及《楚辭》中的蘭、菊、桂、
江蘺等，都是因為馨香的特質而具有德行的象徵，范成大《石湖菊譜》
提到：「菊於君子之道誠有臭味哉！」〔註42〕正說明花卉的香氣與德
行人格意涵之間的關係。另外劉辰翁《薌林記》提到：「香者，天之
輕清氣也，故其美也，常徹於視聽之表。」〔註43〕正說明香氣雖不具
形質，但對於人的影響卻是遠遠超過視聽這些感官知覺，因此用馨香
正可以表現德行這種薰染人心的無形力量。另外王邁《清芬堂記》亦
提到：

> 吾嘗比德于君子焉。清者，君子立身之本也；芬者，君子
> 揚名之效也。芬生於清，身驗於名。〔註44〕

這裡點出了以「香」喻「德」的另一個原因，亦即「香」的飄散與「名」
之傳播，具有某種類似的特質。傳統士大夫對於求利普遍呈現出鄙視
的態度，但對於名似乎就比較肯定，孔子就曾提到：「君子疾沒世而
名不稱焉。」〔註45〕因此以香喻德不僅可以表達德行美好的質地，亦
可以表現君子德名遠揚的價值肯定。是故在後世文人的詩文中，花卉
的馨香也就成為花卉比德的重要特質，例如：

---

〔註41〕（漢）孔安國傳、（唐）孔穎達正義：《尚書正義》（臺北：藝文印書
館，1977 年），頁 274。

〔註42〕（宋）范成大：《石湖菊譜》（臺北：藝文印書館，民國 54 年），頁 1。

〔註43〕（宋）劉辰翁：《須溪集》，《叢書集成續編》集部 107 冊（上海：上
海書局，1994 年），卷 5，頁 100。

〔註44〕（宋）王邁：〈清芬堂記〉，景印文淵閣《四庫全書》第 1178 冊，頁
1178～511。

〔註45〕（魏）何晏注、（宋）邢昺疏：《論語注疏》（臺北：藝文印書館，1977
年），頁 140。

> 翹翹嘉卉，獨成國香，在深林以挺秀，向無人而見芳，幽
> 之可居，達萌芽於陰壑，時不可失，吐芬香於春陽，所以
> 紫翹十步，名轉九畹。(陳有章〈幽蘭賦〉)〔註46〕

> 驛外斷橋邊，寂寞開無主。已是黃昏燭自愁，更著風和雨。
> 無意若爭春，一任群芳妒，零落成泥碾作塵，只有香如故。
> (陸游〈卜算子・詠梅〉)〔註47〕

> 蒲柳如懦夫，望秋已凋黃，菊花如志士，過時有餘香，眷
> 言東籬下，數株弄秋光，粲粲滋夕露，英英傲晨霜，高人
> 寄幽情，采以泛酒觴，投分真耐久，歲晚歸枕囊。(陸游〈晚
> 菊〉)〔註48〕

花的馨香除了寓有君子之德的清質美善之外，到了南宋文人更是賦予花香一種不因外在而有所改異的精神價值，這時花香不僅不是媚惑誘人的脂粉香，亦非幽淡的清質氣息，它更具有一種君子的貞毅之氣。

　　至於花色比德，則是遠遠晚於香氣。先秦時期花卉的比德通常取喻於香氣，並未對於花朵本身賦予價值意涵。到了六朝，花色才開始被為文人賦予了價值。不過這時人們主要是賦予五行與五色的相關概念，反映著當時崇尚玄理的學術風氣，如鍾會：「故夫菊有五美焉。圓花高懸，準天極也。純黃不雜，后土色也。」〔註49〕至於將花色廣泛用於比德，主要是從中唐開始，而盛於宋代。文人用於比德的花色通常是白花，主要用以象徵人格的高潔，例如：

> 我憐貞白重寒芳，前後叢生夾小堂。月朵暮開無絕豔，風
> 莖時動有奇香。何慚謝雪清才詠，不羨劉梅貴主妝。更憶
> 幽窗凝一夢，夜來村落有微霜。(陸龜蒙〈重憶白菊〉)
> 〔註50〕

〔註46〕《廣群芳譜》，卷44，頁2521。

〔註47〕《全宋詞》，冊3，頁1586。

〔註48〕《廣群芳譜》，卷49，頁2808。

〔註49〕(清) 嚴可均輯校：《全上古三代秦漢三國六朝文》(北京：中華書局，1958年)，《全三國文》，頁1188。

〔註50〕《全唐詩》，卷624，頁7173。

月魄照來空見影，露華凝後更多香。天生潔白宜清淨，何
必般紅映洞房。（吳融〈僧舍白牡丹二首〉）〔註51〕

中、晚唐詩歌中的白花，雖然常寓有高潔的人格意涵，不過由於多半
是文人的自喻，因此也顯得比較含蓄。加上唐詩的抒情傳統是「情」
多於「理」，故在書寫上多半偏重於呈現白花幽冷的情韻美感。而到
了比德思想濃厚的宋人，他們更喜歡白花，（南宋）陳造〈次梔子花
韻〉提到：「世間俗眼便紅紫」〔註52〕可以說紅與紫這些豔麗的顏色
在宋代已經變成了俗氣的象徵。即使受到宋人的鄙視的桃花，只要是
白桃花，其評價也跟著完全不同，例如（南宋）王十朋〈千葉白桃〉：
「豈有天桃豔，淡然群卉中。全身是清白，那肯媚春風。」〔註53〕從
中亦足見宋人對於白花的喜愛程度。再加上白花多半都具有濃厚的香
氣，因此更符合以香喻德的傳統，北宋何薳《春渚紀聞》：「歷屬花
品，白而香者十花八九也。」〔註54〕是故白花與清香就成為宋詩中常
見的比德內涵，如：「不為雪摧緣正色，忽隨風至是真香。」〔註55〕
宋人除了對賦予白花比德意涵外，對於黃花也特別重視，同樣也被賦
予了比德意涵，蘇洵〈菊花〉：「況此霜下傑，清芬絕蘭茞，氣稟金行
秀，德備黃中美。」〔註56〕曾丰〈譚賀州勉賦水仙花〉：「柔黃軟白交
相混，色一歸于正與中。」〔註57〕袁燮〈譚賀州勉賦水仙花〉：「黃裳
得中正，無心羨丹臛。」〔註58〕黃花的比德意涵主要是根據於《易
經·文言傳》：「君子黃中通理，正位居體，美在其中。」〔註59〕這種

〔註51〕 《全唐詩》，卷 686，頁 7887。

〔註52〕 《全宋詩》，卷 2636，頁 28189。

〔註53〕 《全宋詩》，卷 2020，頁 22640。

〔註54〕 （宋）何薳：《春渚紀聞》（北京：中華書局，1985 年），卷 7，頁 84。

〔註55〕 《全宋詩》，第 8 冊，頁 5225。

〔註56〕 《全宋詩》，卷 352，頁 4374。

〔註57〕 《全宋詩》，卷 2609，頁 30324。

〔註58〕 《全宋詩》，卷 2646，頁 30998。

〔註59〕 （魏）王弼、（晉）韓康伯注、（唐）孔穎達正義：《周易正義》（臺
北：藝文印書館，1977 年），頁 21。

黃花的比德意涵亦影響了後世黃色花卉的審美，例如（明）妙應〈黃葵〉：「黃中本通理，靜退合天道。所懷秉明德，非獨顏色好。」〔註60〕此外宋人在花色的審美上，還有所謂「正色」的觀念，如王十朋〈千葉黃梅〉：「菊以黃爲正，梅惟白最佳。」〔註61〕危積「梅以白爲正，菊以黃爲正。」〔註62〕宋人認爲特定的花卉應以特定顏色爲最佳的審美觀，此稱爲正色。不過這個觀念後來也逐漸變成具有比德的價值意涵，許及之〈再用韻〉提到：「正士如正色，恥與俗競妍。」〔註63〕可以說正色已經具有一種與俗情不同的德行價值，而成爲文人歌詠的比德意涵，例如韓維〈詠千葉梅〉：「南園卉木遍春光，獨愛瓊葩掩眾芳。不爲雪摧緣正色，忽隨風至是眞香。」〔註64〕蔡戡〈紅菊〉：「爲愛東籬九日黃，孤標正色占秋光。如何卻被臙脂污，也學人間時世妝。」〔註65〕

除此之外，花卉開花的季節也是影響它是否進入比德行列的重要因素，由於君子的人格特質中，最重要的就是要隨時保持士大夫的精神格調，因此他們對於趨炎附勢的行徑特別感到不恥，是故幽獨守貞的價值就成爲君子最重要的品格，於是花卉開花的季節也被對應到士人的人格價值中。（南宋）包恢〈桂林說〉提到：

> 蓋萬物莫不盛開於春，而衰謝於秋。獨桂乃當衰謝之時之而爲盛開之日，上焉如二南，變盡魯叟，乃筆春秋。七國戰處，鄒軻方談仁義。其次如伯夷在商季，眾濁而獨清。屈原當楚亂，眾佞而獨忠。誰實爲知花之貴者哉！戒以白露，中以嚴霜，而其色黃中具香，高清有霜露不能瘁，若威武不能奪者。秋方悲憂，而此則堅正自得，秋方蕭條，

---

〔註60〕《全明詩》，卷30，頁683。
〔註61〕《全宋詩》，卷2020，頁22641。
〔註62〕《全宋詩》，卷2733，頁32196。
〔註63〕《全宋詩》，卷2443，頁28285。
〔註64〕《全宋詩》，卷425，頁5225。
〔註65〕《全宋詩》，卷2588，頁30076。

> 而此則幽獨自媚，不以炎變涼而異，不以燠變寒而沮，不
> 求聞而香自遠，不求憐而人自愛，乃花中之特立獨行者，
> 固不願與春花之富貴者，爭妍而競麗也。〔註66〕

秋天開花的花卉原本就比春花來得少，因此也被賦予幽獨的品行，而
秋日又是百花凋零的時節，因此能夠於霜寒之際開花，就具有一種堅
貞不屈的品格價值，因而也被比附於孟子、屈原、伯夷這些能於亂濁
之世而獨清的偉大人格。而春天氣候溫和是多數花卉的開花季節，是
故這種在春天盛開的花卉通常就會被賦予趨炎附勢的小人形象，例
如李白〈贈韋侍御黃裳二首〉：

> 桃李賣陽豔，路人行且迷。春光掃地盡，碧葉成黃泥。願
> 君學長松，慎勿作桃李。受屈不改心，然後知君子。〔註67〕

這首就是以春桃豔麗惑人的短暫風光，來隱喻小人的譁眾取寵的行
徑。不過只要能夠避開爭奇鬥艷的熱鬧場面，那些顏色不甚出色卻馨
香襲人的春花還是可以獲得崇高的德行價值，如蘭花、梅花。至於那
些避開熱鬧春天的花卉，由於氣候較爲嚴苛，因此也就會被賦予剛毅
的德行價值，詠夏花如：

> 暴之烈日無改色，生于濁水不染污。疑如嬌媚弱女子，乃
> 似剛正奇丈夫。有色無香或無食，三種俱全爲第一。實裡
> 中懷獨苦心，富貴花非君子匹。（包恢〈蓮花〉）〔註68〕

> 蘭葉春以榮，桂華秋露滋。何如炎炎天，挺此冰雪姿。松
> 柏有至性，豈必歲寒時。（黃朝薦〈詠梔子花〉）〔註69〕

這兩首詩描寫夏花的詩，都在強調它們對抗酷炎的剛毅之性，雖然與
傳統強調抗冷的價值精神有所不同，但都是從花卉於嚴酷時節開花的
稀少性而立說。不過這種說法在後世卻少因襲採用，顯見夏花抗炎的

---

〔註66〕 （宋）包恢：《敝帚稿略》，景印文淵閣《四庫全書》第 1178 冊（臺
北：台灣商務印書館），卷 7，頁 1178～777。
〔註67〕 《全唐詩》，卷 168，頁 1734。
〔註68〕 （宋）包恢：《敝帚稿略》，景印文淵閣《四庫全書》第 1178 冊（臺
北：台灣商務印書館），卷 8，頁 1178～798。
〔註69〕 《廣群芳譜》，卷 38，頁 2192。

形象，明顯比不過凌寒開花來得深刻。至於秋花被文人用以比德的情形就比較常見，如：

> 蒲柳如懦夫，望秋已凋黃，菊花如志士，過時有餘香，眷言東籬下，數株弄秋光，粲粲滋夕露，英英傲晨霜，高人寄幽情，采以泛酒觴，投分真耐久，歲晚歸枕囊。（陸游〈晚菊〉）〔註70〕

> 桂樹何蒼蒼，秋來花更芳。自言歲寒性，不知露與霜。幽人重其德，徙植臨前堂。（王績〈古意六首〉）〔註71〕

> 千林掃作一番黃，只有芙蓉獨自芳，喚作拒霜知未稱，細思是最宜霜。（蘇軾〈和述古拒霜花〉）〔註72〕

除了傳統最重視的菊花外，從中唐之後其他秋花亦逐漸受到文人的關注，如拒霜花（木芙蓉）在中唐之前可謂名不見經傳，黃滔為此而替它抱屈，〈木芙蓉〉云：「誰憐不及黃花菊，只遇陶潛便得名。」〔註73〕到了宋人則更進一步闡發它拒霜的德行價值。此外桂花的德行價值也逐漸被強調出來，在漢代〈招隱士〉中以桂樹象徵隱士幽處之義，而唐人則強調折桂的功名象徵。到了宋人就特別強調「君子於桂，比操焉。」〔註74〕的價值特性。可以說宋代文人在花卉比德得意涵上，季節的特性也是重要的取意來源。雖然花卉凌寒開花的特性常被文人賦予君子的品德，但也有少數例外，如〈九懷〉所提到款冬花，其曰：「悲哉于嗟，心內切蹉。款冬而生兮，凋彼葉柯。瓦礫進寶兮，捐棄隋和。鉛刀屬御兮，頓棄太阿。」〔註75〕款冬花苞著於冰下，開花時破冰而出，在萬物凋零之際，而能獨榮。不過這樣

---

〔註70〕《廣群芳譜》，卷49，頁2808。

〔註71〕《全唐詩》，卷37，頁478。

〔註72〕《廣群芳譜》，卷39，頁2256。

〔註73〕《全唐詩》，卷706，頁8130。

〔註74〕（宋）楊東山：〈桂芳堂記〉，王廷震《古文集成前集》卷9，景印文淵閣《四庫全書》第1359冊，頁1359～73。

〔註75〕（清）嚴可均輯校：《全上古三代秦漢三國六朝文》（北京：中華書局，1958年），《全晉文》卷51，頁1753。

的開花特性並沒有獲得青睞，反而變成小人，（宋）羅願《爾雅翼》
提到：

> 《楚辭》曰「款冬而生兮，凋彼葉柯。」萬物麗於土而款
> 冬獨生於凍下，百草榮於春，而款冬獨容於雪中，以況附
> 陰背陽爲小人之類。至傅玄作〈款冬賦〉，稱其華豔春暉，
> 既麗且殊，以堅冰爲膏壤，吸霜雪以自濡，則又賞其稟精
> 淳粹，不變於寒暑爲可貴，所取義各異也。〔註76〕

《楚辭》對於款冬這種不同於自然物性的特質，並沒有投射出凌寒獨
花的君子，相反的對於這種違反一般物性的特質，反而賦予了附陰背
陽的小人意涵。不過從這種角度來賦予小人意涵的方式相當少見，亦
不符合傳統比德的方式，因此到了（晉）傅玄〈款冬賦〉又重新以凌
寒冬花的特質，賦予了堅毅的品格，其賦云：

> 惟茲奇卉，款冬而生。原厥物之載育，稟淳粹之至精。用
> 能託體固陰，利此堅貞。惡朱紫之相奪，患居眾之易傾。
> 在萬物之並作，固韜華而弗逞。逮皆死以枯槁，獨保質而
> 全形。華豔春暉，既麗且殊。以堅冰爲膏壤，吸霜雪以自
> 濡。非天然之眞貴，何能彌寒暑而不渝。〔註77〕

傅玄的〈款冬賦〉就完全是以冬花凌寒的貞毅品格來看待。從這裡也
可以發現，花卉凌寒的特質，通常都可以獲得文人正面價值的讚揚，
即使像款冬花原本被賦予了負面的意涵，但後來還是會被文人予以修
正。除了花朵本身可用於比德外，少數生理構造較特殊的花卉，這些
部位也會被拿來比附德行的價值，如蓮花的莖、藕、節、蓮子都被賦
予了人格的價值，例如：

> 外直中通心獨苦，擬諸君子待如何？（趙方〈荷沼〉）
> 〔註78〕

---

〔註76〕 （宋）羅願：《爾雅翼》（上海：上海商務出版社，1936年），卷4，
頁5。
〔註77〕 （清）嚴可均：《全上古三代秦漢三國六朝文》（北京：中華書局，
1987年3月），《全晉文》卷51，頁1753。
〔註78〕 《全宋詩》，卷2669，頁31355。

> 淤泥胎玲瓏，多節竅渾沌。（鄭清之〈東湖送藕茸芷〉）〔註79〕

> 蓮房新栽袖中攜，剖寄青青子數枚。若識心頭最清淨，莫嫌根腳本污泥。（龍輔〈蓮子寄外〉）〔註80〕

> 雪藕屬堅節，一念室以通。（岳珂〈歸自鄂雙蓮生偶作再寄紫微〉）〔註81〕

不過像蓮花這樣全身上下都拿來比德的花卉並不多，後世人們對於花卉的關注主要還是集中在花朵的特質上。

　　至於與君子相反的小人意涵，也是相當重要的花卉意涵，它通常伴隨著具君子意涵的花卉一起出現，以襯托君子的人格特質。由於小人只求短暫的利益，無恆定的價值理想，因此短暫而美麗的花卉就被文人冠上小人的形象，如孟郊〈審交〉：

> 君子芳桂性，春榮冬更繁。小人槿花心，朝在夕不存。

〔註82〕

桂花雖小但馨香悠遠持久，而豔麗的槿花朝開夕落，與小人旦暮無常的心性非常類似，只能炫惑人一時，故成了詩人眼中的小人。此外小人巧言令色，又善於趨炎附勢，因此豔麗又開於熱鬧繽紛的春花，最容易成為人們賦予小人形象的花卉，如桃、李。

> 無賴夭桃面，平明露井東。春風爲開日，卻擬笑春風。（李商隱〈嘲桃〉）〔註83〕

> 太華生長松，亭亭凌霜雪。天與百尺高，豈爲微飆折。桃李賣陽豔，路人行且迷。春光掃地盡，碧葉成黃泥。願君學長松，愼勿作桃李。受屈不改心，然後知君子。（李白〈贈韋侍御黃裳二首〉）〔註84〕

---

〔註79〕《全宋詩》，卷2904，頁34611。

〔註80〕《全宋詩》，卷3780，頁45622。

〔註81〕《全宋詩》，卷2966，頁35341。

〔註82〕《全唐詩》，卷373，頁4189。

〔註83〕《全唐詩》，卷541，頁6226。

〔註84〕《全唐詩》，卷168，頁1734。

家鉉翁〈牡丹評詩并引〉提到：「比德于色，花之羞也。」〔註85〕因此穠豔美麗的花卉對於在現實上失意的文人而言，就是一副張揚得意的樣子，劉蒙《菊譜》提到：「妍卉繁花爲小人，而松竹蘭菊爲君子，安有君子而以態爲悦乎？」〔註86〕正說明那些具有君子象徵的花卉通常在花色上並不出色。而（清）張潮《幽夢影》亦提到：「凡花色之嬌媚者，多不甚香；瓣之千層者，多不結實。」〔註87〕對於文人而言，香是德行的象徵，而果實則是功業利人的表現，美麗嬌媚的花，既乏香又不結實，因此更加符合了小人以色惑人的行徑。另外小人柔弱沒有風骨，因此需要依附喬木的藤蔓就成爲典型的小人形象，例如白居易〈紫藤〉：

> 藤花紫蒙茸，藤葉青扶疏。誰謂好顏色，而爲害有餘。下如蛇屈盤，上若繩縈紆。可憐中間樹，束縛成枯株。柔蔓不自勝，嫋嫋掛空虛。豈知纏樹木，千夫力不如。先柔後爲害，有似諛佞徒。附著君權勢，君迷不肯誅。又如妖婦人，綢繆蠱其夫。奇邪壞人室，夫惑不能除。寄言邦與家，所慎在其初。毫末不早辨，滋蔓信難圖。願以藤爲戒，銘之於座隅。〔註88〕

詩中的紫藤具有美麗的顏色，又能纏繞樹木致死，自是具備小人的樣貌與行徑。不過有趣的是，藤蔓或柔弱的攀附植物若作爲愛情的象徵時，反而卻有恩愛纏綿的意涵，例如：

> 君爲女蘿草，妾作兔絲花。輕條不自引，爲逐春風斜。百丈託遠松，纏綿成一家。誰言會面易，各在青山崖。女蘿發馨香，兔絲斷人腸。枝枝相糾結，葉葉競飄揚。生子不知根，因誰共芬芳。中巢雙翡翠，上宿紫鴛鴦。若識二草

〔註85〕（宋）家鉉翁：《則堂集》（臺北：藝文印書館，未標出版年），卷5，頁10。

〔註86〕（宋）劉蒙：《菊譜》（臺北：藝文印書館，1996年），頁1。

〔註87〕（清）張潮：《幽夢影》（臺北：文津出版社，1991年11月），頁29。

〔註88〕《全唐詩》，卷424，頁4664。

心，海潮亦可量。(李白〈古意〉) 〔註89〕

總之在比德的價值中，文人將在政治場域的人事現象，全都用花卉來隱喻，因此在意象上，總不外是君子與小人的價值對比，以表達自我清高自守的品格。是故用以形塑君子人格意象的花卉，通常不具有豔麗的花色，卻馨香襲人。除了這些特點外，更需具備強勁的生命力，以呈現不凡的風骨。而用以形塑小人意象的花卉，主要是豔麗的春花。豔麗的花朵用來象徵小人諂媚的嘴臉，而在百花盛開的春季開花，則隱喻趨炎附勢的小人行徑。這種將仕途受挫的因由，歸之於君子堅貞自持，而將春風得意的人比喻成小人得志，說穿了不過是一種失志自憐的心態反映，因此到了宋代文人，就自覺的拋棄這種酸味十足的不遇書寫，而純粹從道德價值的角度，而論花卉的比德價值。

## 第三節　花卉傳情意涵的形成

花卉自古就是傳達情意的重要媒介，人們透過花卉的贈送、佩帶來表達男女之間的愛慕之情，〈詩經·鄭風·溱洧〉提到：

> 溱與洧，方渙渙兮。士與女，方秉蕳兮。女曰觀乎？士曰既且。且往觀乎，洧之外，洵訏且樂。維士與女，伊其相謔，贈之以勺藥。 〔註90〕

從秉蘭與贈勺藥的習俗中，可以知道花卉在先秦時期已經具有示愛與傳達情意的作用。尤其「蘭」在初民的信仰中具有「服媚」 〔註91〕 的巫術作用，(英) 馬林諾夫斯基從南太平洋島民的研究中發現：「巫術可以富于媚力、觸發愛情；巫術可以使伉儷情侶感情疏遠；巫術可以產生和增加個人美。」 〔註92〕 因此這種秉蘭的習俗，很可能就是這種

---

〔註89〕《全唐詩》，卷167，頁1728。

〔註90〕 (漢) 毛公傳、鄭玄箋、(唐) 孔穎達疏：《毛詩正義》(臺北：藝文印書館，1977年)，頁182。

〔註91〕 (春秋) 左丘明撰、(晉) 杜預注、(唐) 孔穎達正義：《春秋左傳正義》(臺北：藝文印書館，1977年)，頁368。

〔註92〕 (英) 馬林諾夫斯基著、高鵬，金爽編譯：《野蠻人的性生活》(北

原始巫術的殘留。是故這些用以傳情的植物，原本可能都與巫術密切相關，而後才逐漸變成一種傳達男女情感的象徵。葛蘭言提到，由於「蘭」的芳香之氣能招來神性，於是成為香草儀式中的招魂要物，同時男子也將採蘭贈物做為愛情信物的象徵，其中當然也伴有祈願生育力的可能。〔註93〕而從《楚辭》中我們可以發現香草植物在祭神與男女愛情之間的微妙關係，尤其在〈九歌〉中香草與人神之間的戀愛更是具有密切的關係。康正果在《風騷與艷情》中提到：

> 屈原借用香草來求神、祈福，與情人間用它來求愛，此時
> 的相思交通之處，即在於不論求神或求愛，其基本精神都
> 必須心誠志潔。〔註94〕

這段話說明了巫師祈求降神與男女情感之間的類此關係，以及香草如何從原本降神的巫術用品，變成傳達男女情感的物象。而屈原正是透過這種愛情的關係來隱喻君臣之間的對待關係，如《九章·思美人》：「因芙蓉而為媒兮，憚褰裳而濡足。」〔註95〕這種渴望透過採摘芙蓉來傳達情意，卻又害怕受傷的心情，與愛情中的男女關係幾乎是如出一轍。因而也形成日後文人用「采摘遺人」來表達渴望君王垂青的心理，如：

> 佳人能畫眉，妝罷出簾帷。照水空自愛，折花將遺誰。春
> 情多艷逸，春意倍相思。愁心極楊柳，一種亂如絲。（孟浩
> 然〈春意〉）〔註96〕

另外用花卉傳達男女情感，除了可能是受到原始文化或巫術的影響外，可能也與古代社會中的男女分工的生活方式有關，聞一多在《詩經新義》提到：「原始社會之求致食糧，每因兩性體質之所宜，分工

---

京：團結出版社，1989年），頁246。
〔註93〕 （法）葛蘭言（Marcel Granet），趙丙祥、張宏明譯：《古代中國的節慶與歌謠》（桂林：廣西大學出版社，2005年），頁136～169。
〔註94〕 康正果：《風騷與艷情》（臺北：雲龍叢刊，1988年），頁75。
〔註95〕 （漢）王逸注、（宋）洪興祖補注：《楚辭章句補注》（臺北：世界書局，民國78年11月），頁21。
〔註96〕 《全唐詩》，卷160，頁1656。

合作,男任狩獵,女任采集,故蔬果之屬相延為女子所有。」〔註97〕
由於女性在生活的分工中多從事採集植物的工作,無形中植物與女子
之間就產生了密切的關係,因此植物意象也就與女子的情感、婚嫁、
生產等意涵密切相關,是故在《詩經》中與婚戀相關的詩篇中,用以
起興的植物亦常與女子或愛情有關,陳炳良從《詩經》中「采花草」
的形式當中,發現採摘活動除了表現戀愛、婚姻外,〈采蘩〉、〈采蘋〉
的內容亦反映出中國古代增殖禮儀中男女交合的象徵性行為。〔註98〕
是故這種采摘的意象,也成為後世詩歌中,用以表達愛情與思念的意
象,如《古詩十九首》中的〈涉江採芙蓉〉:

> 涉江采芙蓉,蘭澤多芳草。采之欲遺誰,所思在遠道。
> 還顧望舊鄉,長路漫浩浩。同心而離居,憂傷以終老。

〔註99〕

由於花卉具備濃厚的女性意味,因此也間接讓它具有情愛的象徵。南
朝劉義慶《幽冥錄》中記載著劉晨、阮肇入天臺山採藥遇女仙的愛情
故事,即是取意於花與女子的情愛象徵,並在唐宋詩歌中形成了愛情
的桃源意象,例如湘妃廟〈與崔渥冥會雜詩〉:「桃花流水兩堪傷,洞
山煙波月漸長。莫道仙家無別恨,至今垂淚憶劉郎。」〔註100〕。而
在後世的語彙中,如「桃花運」這類的語辭,亦說明了花與愛情之間
的密切關係。

也由於花卉具有傳達男女情感的象徵,因此人們也特別喜歡透
過花卉名稱的諧音方式,來傳達內心愛情渴慕,例如〈詩經・摽有
梅〉:「摽有梅,其實七兮。求我庶士,迨其吉兮。摽有梅,其實三兮。
求我庶士,迨其今兮。摽有梅,頃筐塈之。求我庶士,迨其謂之。」

---

〔註97〕聞一多:《聞一多全集》(北京:三聯書店,1982 年),頁 88。
〔註98〕陳炳良:《神話・禮儀・文學》(臺北:聯經出版社,1986 年),頁
　　　　97。
〔註99〕逯欽立輯校:《先秦漢魏晉南北朝詩》(北京:中華書局,1983 年),
　　　　漢詩卷 12,頁 330。
〔註100〕《全唐詩》,卷 864,頁 9774。

〔註 101〕這首詩是描寫懷春思嫁的少女，用梅子成熟的情形來表達渴求愛人的熱切想望，而使用「梅」這個意象除了取其熟落之快以喻青春的短暫外，王靜芝指出「梅」與「媒」同音，而梅落亦有花開結實之義。〔註 102〕黃永武亦指出，「梅」又寫作「某」、「楳」，而「媒」也從「某」得聲，〈摽有梅〉中的「梅」正是取梅字雙關媒人，但梅與媒這個雙關的用法，後世並沒有繼續使用。〔註 103〕不過在南朝民歌中，運用諧音雙關的花卉意象以表達愛情，卻相當普遍，例如〈讀曲歌〉：「必得蓮子時，流離經辛苦。」〔註 104〕以「蓮」雙關「憐」；〈子夜夏歌〉：「色同心復同，藕異心無異。」〔註 105〕以「藕」雙關「偶」；〈子夜歌〉：「霧露隱芙蓉，見蓮不分明。」〔註 106〕以「芙蓉」雙關「夫容」等。

花卉除了表達男女之間的情感外，亦用以表達朋友之間的思念之情。《荊州記》提到：

> 陸凱與范曄相善，自江南寄梅一枝詣長安與曄，并贈詩曰：「折花奉驛使，寄與隴頭人。江南無所有，聊贈一枝春。」〔註 107〕

劉向《說苑》已經提到南方贈梅的習俗，不過並無法確知所贈為花或果，而《荊州記》則明確提到贈花，並用以傳達朋友之間的情誼。

---

〔註101〕（漢）毛公傳、鄭玄箋、（唐）孔穎達疏：《毛詩正義》（臺北：藝文印書館，1977 年），頁 63。

〔註102〕王靜芝：《詩經通譯》（臺北：輔仁大學文學院，1968 年 7 月），頁 69。

〔註103〕黃永武：《中國詩學──思想篇》（臺北：巨流圖書出版社，1991 年 5 月），頁 7。

〔註104〕王運熙、王國安評注：《漢魏六朝樂府詩評注》（山東：齊魯書社，2003 年 3 月），頁 158。

〔註105〕逯欽立輯校：《先秦漢魏晉南北朝詩》（北京：中華書局，1983 年），梁詩卷 1，頁 1517。

〔註106〕王運熙、王國安評注《漢魏六朝樂府詩評注》（山東：齊魯書社，2003 年 3 月），頁 142。

〔註107〕（宋）李昉：《太平御覽》（上海：上海書店，1985 年《四部叢刊》），卷 957，頁 3。

這種折花贈遠的意象，大致是從東晉之後才開始出現在詩歌之中
〔註108〕，如南朝樂府民歌〈西州曲〉：「憶梅下西州，折梅寄江北。」
這種傳達友情的方式，一開始所贈的主要是象徵春季的梅花，後來才
逐漸擴展成一般的花卉，如崔國輔〈杭州北郭戴氏荷池送侯愉〉：

> 秋近萬物肅，況當臨水時。折花贈歸客，離緒斷荷絲。誰
> 謂江國永，故人感在茲。道存過北郭，情極望東薗。喬木
> 故園意，鳴蟬窮巷悲。扁舟竟何待，中路每遲遲。〔註109〕

可以說無論是傳達男女之間的愛情，還是表達朋友之間的思念之情，
花卉可以說是人們最喜愛的物象。不過就事實上而言，花卉本身相當
脆弱，幾乎不可能真正的致遠傳情，因此這種折寄的情感，或許可以
理解成，當文人見到美好事物時而興發起一種想要與內心最在意的人
同賞共樂的心理渴望。

　　除了透過采摘與折寄來表達情意之外，人們亦會在花卉特殊的
形狀或構造上賦予愛情的意涵，例如梔子花「同心」的意涵就是從花
的構造而來，俞香順提到梔子花「同心」意涵的形成因素約有三端：
一者梔子花由六片花瓣環繞花心，形成「同心」的樣貌。二者梔子花
以"複瓣"型為常見，古人稱之為"重台"，而多層花瓣共一花心，亦是
「同心」的取象，如皮日休〈木蘭後池三詠・重台蓮花〉中「兩重元
是一重心」〔註110〕。三者，梔子「同心」與「結」子有關，如施肩
吾〈雜古詞五首〉的「不如山梔子，卻解結同心〔註111〕。」〔註112〕
而這種「同心」的意涵，主要是用以傳達愛情，如羅虯〈比紅兒詩〉：
「梔子同心裛露垂，折來深恐沒人知。」〔註113〕但亦用以傳遞友情，

---

〔註108〕　程杰：《中國梅花審美文化研究》（四川：巴蜀書社，2008 年 8 月），
　　　　　頁 26。
〔註109〕　《全唐詩》，卷 119，頁 1202。
〔註110〕　《全唐詩》，卷 615，頁 7095。
〔註111〕　《全唐詩》，卷 494，頁 5588。
〔註112〕　俞香順、周茜：〈中國梔子審美文化探析〉，《北京林業大學學報：
　　　　　社會科學版》（2010 年第 1 期），頁 6～12。
〔註113〕　《全唐詩》，卷 666，頁 7631。

如韓翃〈送王少府歸杭州〉:「葛花滿把能消酒,梔子同心好贈人。」
〔註114〕又如荷花一莖著二花的並蒂蓮,由於是相當罕見,因此六朝
時期常把這種異於常態的並蒂蓮視作祥瑞,如《宋書・符瑞志》即載:
「文帝元嘉中,蓮生建康頷檐湖,一莖兩花。」〔註115〕而後來這種
並蒂蓮逐漸變成「同心」的愛情象徵,如:徐洪〈採蓮曲〉:「既覓同
心侶,復採同心蓮。」〔註116〕杜甫〈進艇〉:「俱飛蛺蝶元相逐,並
蒂芙蓉本自雙。」〔註117〕由於花卉原本就具有濃烈的愛情象徵,因
此人們對於花卉特殊的形態或構造所產生的聯想,也通常是愛情方面
的意涵。

　　總之,美麗的花卉自古就是人們用來奉獻給心目中最重要的對
象,於是在宗教上用花卉來崇神祭祖,在情感上用以獻給情人,贈送
給知心好友,而這都源於人們對於花卉的喜愛之情。

## 第四節　宗教對花卉意涵之影響

　　人類自古就對於花卉展現出極大的興趣,遠在五萬年前的尼安
德塔人就用花陪葬死者〔註118〕,而在中國的殷商時期,花就已經具
備了與神靈溝通的祭祀功能。郭沫若在〈釋祖妣〉一文中,考證出
「蒂」的初字「帝」,本是花朵的全形,因而認為崇祀植物是古人生
殖崇拜的表現。〔註119〕而在《楚辭》中亦可以看到以鮮花祭祀神靈
的描述,一直到今日人們還是習慣用花卉來供奉神明祖先。是故對
於初民而言,花卉並非用於欣賞,而是用於祭祀等宗教功能,這也

〔註114〕《全唐詩》,卷245,頁2751。
〔註115〕《廣群芳譜》,卷29,頁1686。
〔註116〕《全唐詩》,卷76,頁824。
〔註117〕《全唐詩》,卷226,頁2433。
〔註118〕（美）蘿賽（Sharman Apt Russell）著、鍾友珊譯:《花朵的祕密生
　　　　命》（臺北:貓頭鷹出版社,2010年6月）,頁132。
〔註119〕郭沫若:〈釋祖妣〉,收於《郭沫若全集・考古編》第一卷（北京:
　　　　科學出版社,1982年9月初）,頁52～54。

就是像蘭這類的花卉，在先秦時期之所以受到人們如此崇敬的主要因素。因此蘭被人們拿來佩飾，以祈求生子、辟邪、增加媚力等巫術祈願，爾後才從這種原始宗教中的神聖意涵，轉變成士大夫用以象徵芳潔心志人格價值。大體而言，先秦原始宗教中的花卉象徵，許多已經都被儒家轉化成為品德的價值意涵，如蘭花服媚、求子的原始巫術，已經完全被君子的意涵所完全取代。不過少數花卉則仍然繼續保留著原始的宗教內涵，如菊花延年與辟邪的象徵、桃辟邪的意涵。

　　兩漢、六朝時期由於道教神仙思想盛行，因此一些與長生意涵相關的花卉獲得了人們的關注。於是一些具有醫療效用，或在先秦神話中具有神異功用的植物，在這個時期都成為道教神仙故事中的長生之藥，並影響了花卉的文化意涵。與道教關係最密切的花卉主要有蓮、菊、桃。蓮花原本在先秦的楚國就具有宗教上的象徵意涵，加上蓮藕、蓮子的醫療效用，因此成為道教重要的宗教象徵與服食長生的靈藥。於是反映在六朝詠物賦中的荷花意象也就充滿靈異的特質，如江淹〈蓮花賦〉提到：「非獨瑞草，爰兼上藥。味靈丹砂，氣驗青虋。」〔註120〕。此外療效最卓著的蓮藕，也得到人們的關注，而成為詠贊的對象，如夏侯湛〈芙蓉賦〉：「潛靈藕于玄泉。」〔註121〕至於菊花早在先秦就與神仙服食信仰密切相關，而到了六朝服食菊花的風氣更盛，因此詠物賦中的菊花意象也呈現出這樣的特質，例如鍾會：「流中輕體，神仙食也。」〔註122〕成公綏：「其莖可玩，其蕋可服。味之不已，松喬等福。」〔註123〕不過道教對於後世菊花意象影響較大的，則是重陽登高飲菊花酒這個習俗，因此在詩歌中可以發現求壽與辟邪等相關的菊花意涵，如李頎〈九月九日劉十八東堂集〉：「菊花辟惡酒，

〔註120〕　《廣群芳譜》，卷29，頁1711。

〔註121〕　《廣群芳譜》，卷29，頁1715。

〔註122〕　（清）嚴可均輯校：《全上古三代秦漢三國六朝文》（北京：中華書局，1958年），《全三國文》，頁1188。

〔註123〕　《廣群芳譜》，卷49，頁2778。

湯餅茉萸香。」〔註124〕郭震〈子夜四時歌六首〉:「辟惡茉萸囊,延年菊花酒。」〔註125〕在先秦的神話中桃花是出現最多的花卉之一,具有光明、辟邪等象徵,而桃子在《山海經》中亦具有:「食之不勞。」〔註126〕的神奇效用,因此桃花、仙桃成爲兩漢、六朝神仙故事中常見的仙境象徵,因此也影響了後來桃花源意象的形成。大體而言這些受到道教神仙影響的花卉,它們早在先秦時期就具備了宗教與神話的相關意涵,因此嚴格的說,應是道教神仙思想將這些原本就具有的意涵予以繼承和發揮,而不是無中生有的新意涵。

　　佛教傳入之後,不但對於中國的思想產生了廣泛的影響,佛經中的植物也影響了中國花卉的意象。其中最顯著的例子就屬荷花,佛教出淤泥而不染的意涵在盛唐時期開始影響到了詩歌中的荷花意涵,如孟浩然〈題大禹寺義公禪房〉:「看取蓮花淨,應知不染心。」〔註127〕直到今日荷花予人的主要印象還是佛教的象徵。不過出現于印度文學、印度佛經中的蓮花,是否就是中國佛教所稱的荷花呢?《中國花經》提到:

> 佛教中的蓮花,並非荷花的同義詞,它還包括不同屬的睡蓮。據佛經記載,印度蓮花主要有 7 種,稱爲"七寶蓮花",其中眞正的荷花只有兩種,即開白色花的芬陀利花(是梵名 panarika 的譯音);另一種是開紅色花的波頭摩花(paduma)。其他五種都是睡蓮……其實印度荷花甚少,主產是睡蓮。常見佛菩薩所坐的"蓮座",更接近睡蓮。
> 〔註128〕

可以說印度佛教中的蓮花,基本上是以睡蓮爲主。那麼爲何在印度佛

---

〔註124〕《全唐詩》,卷132,頁1341。
〔註125〕《全唐詩》,卷66,頁758。
〔註126〕袁珂編:《山海經校注》(臺北:里仁書局,1995年4月初版),〈西山經〉卷2,頁40。
〔註127〕《全唐詩》,卷160,頁1649。
〔註128〕陳俊愉、程緒珂主編:《中國花經》(上海:上海文化出版社,2003年6月),頁152。

教傳入中國之後，荷花就完全取代睡蓮而成為佛教神聖象徵的蓮花呢？由於蓮花是佛教相當重要的宗教象徵，無論是神話傳說乃至經文教義都涉及蓮花這個象徵，因此在佛教傳入中國後，這個蓮花象徵就必須以一種漢地人人懂得的植物來對應，否則難以傳法。佛教最初傳入中土，主要是以北方為主，由於睡蓮屬於熱帶植物，中國北方的民眾恐怕不容易明白這種植物，因此將之置換成廣泛分佈於中國的荷花，在說法傳教上就比較不會產生隔閡。葛兆光提到：

> 文化接觸中常常要依賴轉譯，這轉譯並不僅僅是語言。幾乎所有異族文化事物的理解和想像，都要經過原有歷史和知識的轉譯，轉譯是一種理解，當然也羼進了很多誤解，畢竟不能憑空，于是只好翻自己歷史記憶中的原有資訊。
> 〔註129〕

由於荷花早在先秦就具有聖潔的宗教象徵，因此由它來代替佛教的蓮花是再恰當不過的選擇。這種替代的目的通常是為了在異地文化中傳播的方便，但最重要的還是新的替代物能否承載原有的象徵意涵。很明顯的睡蓮出污泥而不染的宗教象徵，在同樣都是水生植物的荷花身上一樣適用，因此荷花也就名正言順的成為佛教中的蓮花象徵。

除此之外，使用人們熟知的中國植物來替代佛經中植物的例子，尚有用中國傳統花卉的梔子花來取代佛經中的薝蔔花。因此宋人稱梔子花為「禪客」、「禪友」的原因，並不是因其色香或傳統文化的因素，而是根源於它是佛經中所提到的薝蔔花〔註130〕。因此文人在寫詩時，也就特別喜歡使用這個別名，如陸游〈夏夜兩首〉其一：「露濕芙蕖冷，月明薝蔔香。」〔註131〕更重要的是受到佛教典故的影響，文人對於梔子花的審美感受也因而豐富起來，例如王十朋〈梔子〉：「禪

---

〔註129〕葛兆光：〈歷史亂談（之二）〉，《中國典籍與文化》第 2 期（2001年），頁 1。
〔註130〕何小顏：《花與中國文化》（北京：人民出版社，1999 年 1 月），頁 176。
〔註131〕《全宋詩》，卷 2183，頁 24866。

友何時到，遠從毘舍園，妙香通鼻觀，應悟佛根源。」〔註132〕蔡戡
〈龔彥則送水梔小盆口占為謝〉：「動人春色不須多，一點幽香巨奈
何。薝蔔林中誰折得，故令相惱病維摩。」〔註133〕文人在梔子花的
香氣之中所感受到的情韻，與梔子花的佛教因素密切相關，因此這種
宗教意象的聯想讓梔子花更具有神秘的氛圍。不過宋人羅愿卻發現佛
經中的薝蔔花與梔子花根本就不同，《爾雅翼‧釋草》提到：「薝蔔者
金色，花小而香，西方甚多，非卮也。」〔註134〕雖然羅愿已經辨明
了梔子花與薝蔔花的不同，但文人依舊還是喜歡把梔子花當作薝蔔花
來看待，原因就在於這樣的關聯讓原本沒有承載深刻意涵的梔子花，
有了一個可以興發的特殊內涵。我們在杜甫〈梔子〉這首詩中可以發
現這樣的差異性，其詩云：

> 梔子比眾木，人間誠未多。於身色有用，與道氣傷和。紅
> 取風霜實，青看雨露柯。無情移得汝，貴在映江波。〔註135〕

杜甫在詠梔子花時僅就其果實可以染色的實用特色來描寫，而宋人卻
將它與佛教意涵關聯在一起之後，梔子花的意蘊因而豐富了起來。加
上梔子花素雅清馨的特質契合了宋人受到禪宗影響的美學風尚，因此
梔子花也成為一種具有禪宗美學的「清玩」之物，是故文人怎麼會願
意放棄這種意蘊豐滿的佛教意象呢？

又如用中國梧桐來取代印度佛經中的沙羅。《涅槃經‧壽命品》
提到佛陀涅槃的地點，有雙生的沙羅樹，又稱沙羅雙樹。因此雙樹、
雙林成為佛門神聖的象徵，而成為寺廟的標誌。不過中國沒有沙羅
樹，這時形態與印度的沙羅樹類似的中國梧桐，加上梧桐在中國就具
有聖潔的象徵意涵，所謂鳳凰非梧桐而不棲，於是就將樹形及意涵類
似的梧桐樹，用來替代印度的沙羅樹。也因為如此，南朝時的「双樹」，
常指的就是双桐，例如：何遜〈從主移西州寓直齋內霖雨不晴懷郡中

---

〔註132〕　《全宋詩》，卷2020，頁22641。
〔註133〕　《全宋詩》，卷2587，頁30073。
〔註134〕　（宋）羅愿：《爾雅翼》（北京：中華書局，1985年），卷四，頁41。
〔註135〕　《全唐詩》，卷227，頁2453。

游聚詩〉：「不見眼中人，空想山南寺。雙桐傍檐櫚上，長楊夾門植。」
〔註136〕這時梧桐、雙桐取代了佛教中的沙羅、沙羅雙樹，而成為中國人所熟悉的植物。〔註137〕

　　另外唐宋時期禪宗大盛，這時花也與悟道產生了關係，最有著名的就是世尊「拈花微笑」的示法傳說：

　　　如來在靈山說法，諸天獻華，世尊持華示眾，迦葉微笑，
　　　世尊告眾曰：「吾有正法眼藏涅槃妙心，付囑摩訶迦葉。」
　　　〔註138〕

禪宗「拈花微笑」的神秘傳道過程，直接賦予了花卉啓悟傳法的象徵，成為宋代僧尼詩歌中常見的典故，如釋梵琮〈偈頌九十三首〉其十四：「世尊拈花，迦葉破顏。」〔註139〕而花亦成為僧侶表達悟道的象徵，如：

　　　三十年來尋劍客，幾回落葉又抽枝；自從一見桃花後，直
　　　至如今更不疑。（靈雲志勤禪師）〔註140〕

　　　盡日尋春不見春，芒鞋踏遍隴頭雲。歸來笑拈梅花嗅，春
　　　在枝頭已十分。（無名女尼）〔註141〕

這兩首詩都是描寫僧尼在往復尋覓的求道過程之後，最後以花作為開悟的契機或象徵。也因為花到宋代已經成為僧人喜歡用來作為悟道、體道的象徵，因此在偈頌之中，花就成為一種常見的象徵，如（南宋）釋月磵〈偈頌一百零三首〉：「世尊拈花，南泉指花，靈雲桃花，智門

---

〔註136〕《先秦漢魏晉南北朝詩》，《梁詩》卷9，頁1699。
〔註137〕俞香順：《中國荷花審美文化研究》（四川：巴蜀書社，2005年12月），頁40。
〔註138〕藍吉富主編：《禪宗全書》（臺北：文殊出版社，民國79年），《史傳部》（五），頁20。
〔註139〕《全宋詩》，卷2840，頁23816。
〔註140〕（宋）賾藏主集：《古尊宿語錄四十八卷》（上海：上海書店，2011年），頁877。
〔註141〕（宋）羅大經：《鶴林玉露》（北京：中華書局，1985年），卷6，頁63。

蓮花，總是空花，添得衲僧眼中花。諸人若要發明心花，直須鐵樹開花。」〔註142〕也由於花的美好，因此也讓人們將各種美好的情感，乃是至出世、入世的價值都以它來作為一種表徵。不過美麗花卉有時也被文人當作成一種虛幻的空相，用以表達出佛教「如夢幻泡影」的思想，例如：

> 今日階前紅芍藥，幾花欲老幾花新。開時不解比色相，落後始知如幻身。空門此去幾多地，欲把殘花問上人。（白居易〈感芍藥花寄正一上人〉）〔註143〕

這裡的花開的美好不是作為啟悟的象徵，反而是一種必須看破的幻象。或許是美麗總讓人貪執眷戀，令人無法自持而失去自我的主體性，因此無論是在佛教還是儒家，亦總不免用一種否定的角度來看待眼前美麗的花卉。

　　總之，由於花卉總能夠激起人類特殊的情感，因此人們也總是將那些對於美好、理想與渴望的事物投射到花卉身上。也因為這種心理，人們在宗教裡的祈願與渴望，亦自然投射到花卉身上，是故花卉可以象徵仙境、桃源的美好世界，亦可以是出淤泥而不染的神聖意象，更可以作為傳法示道與開悟證道的象徵。可以說人們在花朵中，看到了超脫塵世的美，於是這種出塵的美也讓它與宗教的想像之間產生了聯繫，因而也形成了具宗教色彩的花卉意象。

## 第五節　文人對花卉意涵之影響

　　由於花卉意象長期作為文人寄託情志的主要物象，因此文人對於花卉意涵的形塑向來不遺餘力。先秦時期，孔子與屈原對於花卉的意涵影響最大。傳說中孔子以幽蘭抒發「不以無人而不芳」的君子情操，因此蘭花自古就寓有濃厚的君子象徵。不過孔子與蘭的故事只是

〔註142〕《全宋詩》，卷3540，頁42332。
〔註143〕《全唐詩》，卷436，頁4838。

一個傳說，因此屈原才是第一個真正將花草帶入文學作品之中，賦予它們特殊價值意涵的中國文人，形成了用花卉來作為比興寄託的詩歌傳統。從這裡也可以看出，文人是直接影響詩歌中花卉意涵的首要因素。在屈原之後，陶淵明是影響花卉意涵的重要文人，他影響了桃花與菊花的意涵。其中尤以「採菊東籬下，悠然見南山」〔註144〕這一句對於菊花意涵影響非常的深遠。相較而言，陶淵明並不是像屈原一樣在作品中透過比興去形塑菊花的價值意涵。事實上陶潛詠菊的作品並不多，也沒有像桃花、松、柳一樣受到他特別的重視。陶淵明在這首詩中只是自然的呈現出人與菊花在生活之中的和諧之境，體現出生命最單純的生活氣息。因此與其說陶淵明賦予了菊花新的意涵，倒不如說是後世文人共同賦予了陶淵明與菊花一種自然的生命樂境，是故後世陶淵明之所以能夠對於菊花意涵產生如此深刻的影響，主要還是受到陶淵明本人的人格風範所影響。事實上人們真正欣賞的是陶淵明能夠真正放棄仕途追求的灑脫，所以後世人們特別喜歡透過菊花去表達這種對於陶淵明人格的崇敬與隱逸的嚮往。從這裡也可以發現，除了文人自己賦在花卉本身的意涵外，文人個人的人格形象也會被後世人們一起形塑到與文人相關的花卉意象之中。例如孔子透過蘭花來表達君子的處世態度，蘭花除了直接從傳說故事中得到君子的象徵外，孔子的人格與遭遇亦會寓含於蘭花的意象之中。於是當人們在使用蘭花意象時，往往也就會透過蘭花去表達他對於君子及孔子的崇敬之情，或投射出自我與孔子類似的生命處境。而當人們運用屈原的香草意象作為比興寄託時，這時不僅運用了屈原賦予在花卉的象徵意涵，就連屈原個人濃烈的人格特質與遭遇，也都一起蘊含在這些物象之中，形成一種具有屈原情感色彩的花草意象，例如：東方朔〈七諫・沉江〉：「明法令而修理，蘭芷幽而有芳。」〔註145〕可以說對於中國文人而言，花卉不僅僅只是一種價值的物

〔註144〕　《先秦漢魏晉南北朝詩》，《晉詩》卷17，頁998。
〔註145〕　（漢）王逸注、（宋）洪興祖補注：《楚辭章句補注》（臺北：世界

象，它更投射了中國文人的人格理想。因此花卉不僅被動的讓人們賦予抽象的道德意涵，它亦吸納了某些具體的人物形象，因而形成爲一種具有生命色彩的人格意象。大體而言，先秦時期這類與特定人物相關的花卉意象，所形塑的人格內涵大都是與「不遇」的仕途挫折有關。不過從陶淵明開始，花卉與文人所形塑出來的卻是一種拋棄仕途追求的隱逸人格。受陶淵明影響所形成的菊花意象，是所有具有人格象徵的花卉中，最具有強烈人格魅力的一種生命形象。從此「採菊東籬下，悠然見南山」〔註146〕也成爲一幅最令人嚮往的一種生命圖像，並逐漸取代屈原最初所賦予菊花的人格意涵，而成爲後世書寫菊花不可少的重要意涵。

在陶淵明之後，另一個影響花卉意涵的隱士則是（北宋）林逋。林逋對於梅花的影響最初主要是在梅花的審美上，後來才又與他的隱逸形象相互結合，形成吟詠梅花時的重要人格形象。不過林逋的詠梅詩在他生前並未獲得重視，在歐陽修的《詩話》與司馬光的《續詩話》也僅只是稱其體物之工，故一開始梅與林逋彼此之間都還沒有產生什麼密切的關聯。最初關於林逋的記載亦非常的少，《宋史・隱逸傳》僅提到：「逋不娶，無子，交兄子宥，登進士甲科。」〔註147〕不過隨著梅花逐漸被重視，林逋的詠梅詩亦水漲船高，這時相關的傳說也就多了起來，沈括《夢溪筆談》提到：

> 林逋隱居楊州孤山，常蓄兩鶴，縱之則飛入雲宵，盤懸久之，復入籠內。逋常泛小艇，遊西湖諸寺，有客至逋所居，則一童子出應門，延客坐，爲開籠縱鶴，良久，逋必棹小傳而歸，蓋嘗以鶴飛爲驗也。〔註148〕

書局，民國 78 年 11 月），頁 145。
〔註146〕 《先秦漢魏晉南北朝詩》，《晉詩》卷 17，頁 998。
〔註147〕 （元）脫脫等撰：《宋史》（臺北：中華書局，民國 54 年），卷 457，頁 9。
〔註148〕 （宋）沈括：《夢溪筆談》（臺北：世界書局，民國 78 年），卷 10，頁 402。

這段文字則說明林逋養鶴的事宜。養鶴在南宋時期也被文人標榜成「清逸」之事，南宋林洪《山家清供》就提到〈相鶴訣〉，其文曰：「鶴不難相，人必清於鶴而後可以相鶴矣！」〔註149〕足見養鶴亦是山家隱士的清逸之事。於是梅與鶴這兩件山家隱士的清逸之事，逐漸合流而形成「梅妻鶴子」的傳說。從林逋與梅的關係發展上，可以發現林逋人格內涵的形成，有大部分的原因是受其詠梅詩名氣的影響，並由他僅知的隱士身份逐漸累加相關傳說，而形塑出一種梅與高士之間的特殊關係，如（南宋）史彌寧提到：「不是逋僊有梅癖，梅花清韻似逋僊。」〔註150〕林逋所掘發的梅花清韻及林逋隱士之清逸，二者共同形塑於梅花意象之中。陶淵明與林逋他們對於菊梅意象的影響，都不僅僅只是他們文學作品中原本的花卉意涵，更多的是後世人們對於他們脫俗人格的想像，因而形成一種具有人格象徵的花卉意象。

　　傳統上文學中的花卉意涵主要都源於詩歌，此乃受詩歌重視託物言志的傳統所影響。不過到了宋代，文人受到理學思想的影響，對於花卉比德的價值特別看重，因此他們會針對特定的花卉予以重塑它們的道德或價值意涵，最著名的例子就是周濂溪透過〈愛蓮說〉一文，將宋代儒釋道三家思想合流之後的新見解，用蓮花重新詮釋君子的人格特質，將蓮花長期處於女性意涵及佛教象徵的態勢予以徹底改觀，而這樣的意涵更直接影響了宋詩中的蓮花象徵。另外蘇軾亦針對石延年〈紅梅〉：「認桃無綠葉，辨杏有青枝。」〔註151〕而提出「梅格」，進而影響梅花的象徵意涵，如王庭珪〈和王宰早梅〉：「疏影橫斜語最奇，桃李凡姿無此格。」〔註152〕除此之外，宋代文人認為唐人以桂作為功名之喻的膚淺，王十朋因而提出「科第之香，孰如名節之香。」

〔註149〕　（宋）林洪：《山家清供》，收於《歷代筆記小說集成》第8冊（石家莊：河北教育出版社，1995年），頁235。

〔註150〕　《全宋詩》，卷3026，頁36059。

〔註151〕　《全宋詩》，卷176，頁2005。

〔註152〕　（宋）王庭珪：《盧溪文集》（臺北：臺灣商務印書館，出版年未載，四庫全書珍本三種），卷7，頁71。

〔註 153〕大體而言，宋代文人對於花卉意涵的形塑往往不是從文學的角度，他們多半是基於道德的價值意識，而去改變傳統文學中長期所積澱下來的花卉意象。因此以這種方式所形成的花卉意涵，也就不會像菊花意象蘊含著陶淵明的人格這種情形。

整體來看，宋代文人對於花卉意涵所產生的重大影響，一者是林逋對於梅花審美的影響，（南宋）王義山〈題陳宗陽梅花全韻詩集〉提到：「騷經比興殆無遺，何獨於梅靳一辭。從遜以來方有句，到逋而後愈難詩。」〔註 154〕梅花因爲沒有被屈原提及，導致它在後世的文學中長期處於不受重視的狀態，到南朝何遜才開始注意它的花，而到了林逋才眞正將梅花審美的精神把握住，自此文人詠梅再也離不開他的影響。二者是周濂溪對於蓮花道德人格的重塑，因而改變蓮花在傳統文學中的意涵，牟巘《荷花》序提到：「荷花辱沒于淫邪、陷于佛老幾千載。自托根濂溪而后，始得以中通外直者儕于道。」〔註 155〕。林逋掌握了梅花審美的精神，而周濂溪掌握了荷花的價值精神，二人對於蓮梅所賦予的深刻意涵，對於後世的文學影產生了無法抹煞的影響，因此（南宋）方岳〈觀荷〉提到：「蓮有濂溪梅有逋，兩家言句滿江湖。」〔註 156〕

總之，文人對於花卉象徵意涵的影響主要有兩個方式，一者是文人在詩歌中原本所賦予的花卉意涵，再加上後世人們將這個花意象與該詩人的人格相互渲染，形成一種花中有人，人中有花的花卉意象，不僅花成爲人的審美對象，就連詩人的人格風采也都成爲審美的對象，像陶淵明與菊是一個最典型的例子。二者，文人基於某種價值意識而賦予花卉新意涵，如周濂溪賦予荷花君子的人格價值。上述這

---

〔註 153〕（宋）王十朋：《梅溪集》，景印摛藻堂《四庫全書》第 395 冊（臺北：世界書局，1988 年），後集卷 26，頁 395～548。
〔註 154〕《全宋詩》，卷 3354，頁 40088。
〔註 155〕（宋）牟巘：《牟氏陵陽集》，收於景印文淵閣《四庫全書》第 1188 冊（臺北：台灣商務印書館），卷 4，頁 1188～30。
〔註 156〕《全宋詩》，卷 3195，頁 38290。

兩種形塑花卉意涵的方式與目的雖然完全不同，不過文人都是扮演著最關鍵的角色，是故一種花卉能否獲得人們的重視，文人其實是扮演著相當關鍵的因素，（南宋）劉克莊〈病後訪梅九絕〉其九：「菊得陶翁名愈重，蓮因周子品尤尊。後來誰判梅公案，斷自孤山迄後村。」〔註157〕足見文人對於花卉意涵與審美的直接影響，並能大幅增加花卉在文化中的地位與價值。

## 第六節　花卉世俗意涵之形成

　　美麗的花卉原來就特別會讓人產生美好的生命感受，因此人們也特別喜歡透過花卉來表達他們對於世俗願望的祈願。尤其是那些美豔的花卉特別容易讓人有富貴吉祥聯想，如牡丹、海棠這些豔麗的花卉雖然得不到傳統儒家的價值肯定，但卻夠得到世俗人們極大的認同，而被賦予富貴的象徵意涵，例如：薛能〈牡丹〉：「深陰宜映幕，富貴助開筵。」〔註158〕蘇軾〈寓居定惠院之東雜花滿山有海棠一株土人不知貴也〉：「自然富貴出天姿，不待金盤薦華屋。」〔註159〕也由於這些豔麗的花卉具有富貴的象徵，因此它們的顏色也就隱喻著功名與社會位階的象徵，黃永武提到：

> 又如不同的官階，規定不同的顏色，這是政治上特定的色彩，對私心戀慕官階升遷的人來說，對他的色彩嗜好有極大的影響。權勢名位的誘惑，幾乎強迫人們對本性的喜愛顏色做妥協，而以高階的色彩作為追慕的對象，這種政治上的特定色彩也可以說是一種特殊的經驗。〔註160〕

也因為這些具有富貴意涵的花卉，其顏色具有官位的象徵，因此也影響了人們對於特定花色的喜愛，例如唐人特別喜歡紫色及紅色，顯然

〔註157〕《全宋詩》，卷3042，頁36277。
〔註158〕《全唐詩》，卷560，頁6502。
〔註159〕（宋）蘇軾《蘇東坡全集》（臺北：河洛圖書出版社，1975 年 9 月），頁169。
〔註160〕黃永武：《詩與美》（臺北：洪範書局，1997 年 4 月），頁67。

就是受到這些顏色的社會象徵的影響所致。也由於花具有美好的象徵，在熱烈追求功名的唐代，花卉甚至直接與仕途順遂與否關聯起來，《摭言》提到：「唐進士杏花園初會謂之探花宴，擇少俊二人為探花使，徧遊名園，若他人先折得花，二人皆受罰。」〔註161〕杏花成為唐代士子用以象徵仕途的幸運花卉，是故鄭谷〈曲江紅杏〉：「女郎折得殷勤看，道是春風及第花。」〔註162〕

另外花卉世俗的吉祥意涵，也常常透過諧音的方式來隱喻。這種透過諧音以祈求致福、避邪的方式，自古就是一種常見的語言巫術。中國人認為當某物的語音與某種人們期待的吉祥相同時，通常該物就會被視作成一種感召的吉祥物，因此透過諧音所形成的花卉意象通常與世俗的欲求相關，例如：「桂」與「貴」音同，因此「桂」在唐詩中通常用來喻指登科及第，如：

> 登龍兼折桂，歸去當高車。（李端〈元丞宅送胡濬及第東歸覲省〉）〔註163〕

> 長樂遙聽上苑鐘，綵衣稱慶桂香濃。（李商隱〈贈孫綺新及第〉）〔註164〕

> 欲折一枝桂，還來雁沼前。（李白〈同吳王送杜秀芝赴舉入京〉）〔註165〕

> 男兒三十尚蹉跎，未遂青雲一桂科。（杜荀鶴〈辭鄭員外入關〉）〔註166〕

> 一枝丹桂未入手，萬里蒼波長負心。（羅隱〈西京道德里〉）〔註167〕

事實上「折桂」的典故緣於《晉書・郤詵傳》：「武帝于東堂會送，問

---

〔註161〕 《廣群芳譜》，卷25，頁1484。
〔註162〕 《全唐詩》，卷677，頁7761。
〔註163〕 《全唐詩》，卷285，頁3248。
〔註164〕 《全唐詩》，卷540，頁6195。
〔註165〕 《全唐詩》，卷177，頁1807。
〔註166〕 《全唐詩》，卷692，頁7972。
〔註167〕 《全唐詩》，卷655，頁7532。

詵曰：卿自以爲何如？詵對曰：臣舉賢良對策，爲天下第一，猶桂林
之一枝，崑山之片玉。」〔註 168〕郄詵原本是基於自謙，故用「桂林
之一枝」來說明自己只是群才之一。爾後這個典故到了熱烈追求功名
的唐人手中，就形成「折桂」這種追求功名的象徵。而「桂林之一枝」
的自謙之辭之所以能夠轉變成「折桂」這種功名欲望追求的象徵，恐
怕是透過「桂」與「貴」的諧音關係所形成的象徵。是故從民俗中也
可以發現，人們將桂與蓮籽合圖，以象徵連生貴子；桂與桃合圖，以
象徵貴壽無極。〔註 169〕這些都是透過「桂」與「貴」諧音，以祈求
吉祥的例子。

又如紫薇花與唐代中書省的別稱紫薇省字音完全相同，紫薇花
因此有了官位功名的象徵，如白居易〈紫薇花〉:「絲綸閣下文書靜，
鐘鼓樓中刻漏長。獨坐黃昏誰是伴，紫薇花對紫微郎。」〔註 170〕唐
代的紫薇省是掌理全國政事的機關，內置中書令、侍郎、舍人、右拾
遺等職，白居易任中書舍人，這是極大的榮耀。〔註 171〕由於紫薇花
在唐代因與紫薇省的字音相同，因而也具有顯貴的象徵意涵。這種
諧音的方式除了隱喻功名富貴的吉祥隱喻外，人們趨吉避凶的渴望
也會透過這種諧音的方式來實現，如「桃」具有辟邪逃害的意涵亦與
「逃」的諧音有關，由於「桃」與「逃」的古今音皆同，故清朱駿聲
提到「桃，所以逃凶也。」〔註 172〕《古樂府・雞鳴》「蟲來齧桃根，
李樹代桃殭。」〔註 173〕李之所以代替桃受害，正是「桃」與「逃」

〔註 168〕　（唐）房玄齡等著：《晉書》（臺北：臺灣商務印書館，民國 89 年，
　　　　　　百納本二十四史），頁 5326。
〔註 169〕　劉淑菁：《《漱玉詞》花鳥意象研究》（臺北：國立臺灣師範大學國
　　　　　　文系碩士論文，2009 年 7 月），頁 89。
〔註 170〕　《全唐詩》，卷 442，頁 4934。
〔註 171〕　汪褆義：《白居易傳》（臺北：國際文化事業有限公司，1985 年），
　　　　　　頁 141。
〔註 172〕　（清）朱駿聲：《說文通訓定聲》（臺北：世界書局，1952 年 2 月），
　　　　　　頁 281。
〔註 173〕　《先秦漢魏晉南北朝詩》，《漢詩》卷 9，頁 258。

諧音雙關的隱喻。

　　除此之外，花卉的特殊形態也相當容易成為人們投射世俗的願望，例如石榴果實紅豔多子的形態，被人們賦予了多子的象徵意涵，如曹植〈棄婦篇〉即透過石榴來表達婦女無子的悲哀，其詩云：

> 石榴植庭前，綠葉搖縹青。丹華灼烈烈，璀彩有光榮。光榮曄流離，可以處淑靈。有鳥飛來集，拊翼以悲鳴。悲鳴夫何為，丹華實不成。拊心長歎息，無子當歸寧。有子月經天，無子若流星。〔註174〕

中國向來最看重子嗣的繁衍，因此自古以來多子的植物就常受到人們的崇拜，例如蓮蓬多子，因此被視為多子的象徵；桃花多子，因此也被當成祝福婚嫁女子的花卉；萱草又名宜男草，自古以來就是祈願生男兒的花卉。

　　大體而言，這些寓有世俗價值意涵的花卉，除了因其形色的美好而被賦予了富貴的象徵外，一些在語音、形態能夠產生吉祥聯想的花卉，也成為人們投射致福期待的對象，因此也具有了世俗價值的象徵意涵。

## 第七節　遺民對花卉意涵之影響

　　由於中國自古就特別重視忠君這個價值，因此每當改朝換代之際，就會有一批不肯屈節認同新朝代的士大夫，他們往往不仕於新主而歸隱山林，形成所謂的遺民。這些守節不屈的舊朝遺民，往往會在詩歌中，透過植物的意象來表達對於故國之思，或表達守節不屈的精神，因此在遺民的詩歌中也形成了一些具有國家意識的花卉意涵。

　　最早的遺民當為商周之際的伯夷、叔齊，自從孔子讚美他們「不降其志，不辱其身」〔註175〕之後，伯夷、叔齊就成為遺民志節的象

---

〔註174〕　《先秦漢魏晉南北朝詩》，《魏詩》卷7，頁455。
〔註175〕　（魏）何晏注、（宋）邢昺疏：《論語注疏》（臺北：藝文印書館，1977年），卷18，頁168。

徵。《史記・伯夷列傳》:「伯夷、叔齊恥之,義不食周粟,隱於首陽山,采薇而食之。及餓且死,作歌,其辭曰:登彼西山兮,采其薇兮。」〔註176〕〈采薇歌〉可能是現存最早的一首遺民詩,而「采薇」更是成為遺民守貞志節的重要象徵。「薇」是一種野菜,乃是在「不食周粟」的反抗心態上所形成的價值意涵。另外《詩經・黍離》:「彼黍離離,彼稷之苗。行邁靡靡,中心搖搖。知我者謂我心憂,不知我者謂我何求。悠悠蒼天,此何人哉!」毛詩序曰:「黍離,閔宗周也。周大夫行役至於宗周,過宗廟公室,盡為黍離。閔宗周之顛覆,彷徨不忍去而作是詩也。」〔註177〕詩人行役至宗周時,昔日的壯盛的宗廟宮室皆化為農田,詩人因念故國而生悲,於是形成「黍離之悲」這個在後世遺民情感相當密切的典故。「黍」乃農作物,其意涵的形成乃是由「黍」所形成的今昔之變,進而觸動故國之思。大體而言,在先秦時期與遺民情感有關的植物意涵,主要是「薇」和「黍」,「采薇」寄託的是一種消極反抗的不屈精神,「黍離」則是觸景生情的故國之思。後世遺民詩歌中,其所表達的情感內涵,大致上也不出這兩種面向的情感。從這裡也可以看出,花卉意象與遺民詩歌間的關係,一開始並不密切。

　　花卉與故國之思形成關係,從南宋時期開始有了顯著的關聯。由於北方被金人所據,因此北方洛陽的牡丹花就成為南宋文人思念故土的象徵,陸遊〈賞小園牡丹有感〉:「洛陽牡丹面徑尺,鄜畤牡丹高丈餘。世間尤物有如此,恨我總角東吳居。俗人用意苦侷促,目所未見所謂無。周漢故鄉亦豈遠,安得尺箠驅群胡。」〔註178〕。另外也有文人將亡國之恨與紅似血的花卉相關聯,例如(南宋)華岳〈杜鵑〉:

---

〔註176〕　(漢)司馬遷撰、(宋)裴駰集解:《史記》(臺北:藝文印書館,2005 年),卷 61,頁 852。
〔註177〕　(漢)毛公傳、鄭玄箋、(唐)孔穎達疏:《毛詩正義》(臺北:藝文印書館,1977 年),頁 147。
〔註178〕　(宋)陸游:《陸放翁全集》(臺北:世界書局,1990 年 11 月),卷 82,頁 1112 頁。

「欲知亡國恨多少，紅盡亂山無限花。」〔註179〕不過花卉真正成為
遺民精神的重要象徵則要從南宋滅亡後才特別明顯。由於宋代面臨嚴
重外患，在學術上特別強調華夷之辨。更重要的是，漢人的國家政權
徹底的被異族滅亡，這對於南宋遺民的民族自尊與國家認同產生了莫
大的刺激，因此南宋遺民在詩歌中也強烈的表達這樣的情感。也由於
在這種特殊的歷史背景之下，文人所關懷的不再是一己的政治前途，
因此也將傳統文人用來抒發不遇、表達自我價值的花卉，進一步提高
到關懷國家與民族精神的存續。其中最著名的就是鄭思肖，他所畫之
蘭皆根裸露而無土。蘭為傳統士大夫用來標誌自我的品格價值，而鄭
思肖更進一步透過蘭根無土可著，來透顯這一代士大夫無根可著的悲
哀，從此失土的蘭花就成為最具有遺民象徵處境的意象。至此幽貞獨
守的蘭，所象徵的不再只是自我人格的美善，它更牽動遺民的家國之
思。前面曾提到先秦遺民「采薇」與「黍離」的兩個意涵，「采薇」
象徵遺民守貞的品格精神，而「黍離」則具有故國之思。鄭思肖「失
土蘭花」的意象則兼具這兩個意涵，亦即蘭花象徵守貞的品格，而蘭
根無土則寄託故國之思，從此「失土蘭花」也成為最具有遺民象徵的
意象，並影響了後世遺民詩中的花卉意象，例如（清）沈纕〈題趙承
旨畫蘭〉：

> 可憐王者香零落，憔悴瀟湘第一枝。空向新朝誇畫筆，難
> 為騷客寫愁思。故宮落日悲荊棘，周道秋風怨黍離。何處
> 託根猶故土，淡煙細雨伴江蘺。〔註180〕

蘭花的零落與無根可託正象徵著士大夫對於國家滅亡的深切痛楚。另
外由於受到異族統治，為了強調民族精神的正統性，因此宋遺民詩人
就透過「正色」這個象徵來寄託華夷之辨的思想，例如王冕〈明上人
畫蘭圖〉：

---

〔註179〕《全宋詩》，卷2885，頁34419。
〔註180〕（清）徐世昌輯：《清詩匯》（北京：北京出版社，1996年），卷185，
　　　　頁3064。

　　　翠影飄飄舞輕浪，正色不染湘江塵。湘江雨冷暮煙寂，欲
　　　問三閭杳無跡。憭慄不忍讀離騷，目極飛雲楚天碧。〔註181〕

蘭花的顏色向來都不是文人重視的特徵，不過在強調華夷之辨的思想
中，「正色」就變成一個相當重要的意涵。

　　由於元代文人不斷的強化花卉中的民族精神與國家之思，因此
後來花卉也直接象徵著國家，而花落則象徵國家的滅亡，例如謝翱
〈雨後海棠〉：

　　　春光搖搖一萬里，野粉殘英空蜀水。天人愁濕紅錦窠，萬
　　　里移根淚如洗。蒼苔裹枝雪墮地，雨中聞有西南使。化為
　　　黃鵠凌空青，開時銜花落銜子。綠章青簡下蓬萊，滯魄游
　　　魂恨未已。至今鸚鵡啼猩紅，不隨明月葬空中。〔註182〕

海棠花落象徵國家滅亡，花落而依舊猩紅則象徵遺民悲痛的心。傳統
上通常透過花落以喻青春、年華之逝，而到了元代的遺民詩中則開始
藉花落以喻國之滅亡。這種透過花以隱喻國家滅亡的方式，一直到了
明遺民依然常用，如王船山〈正落花詩〉：「高枝第一惹春寒，低亞密
藏了不安。作色嗔風憑血詠，消心經雨夢形殘。三分國破棟心苦，六
尺孤存梅豆酸。薄命無愁聊斌媚，東君別鑄鐵心肝。」〔註183〕這首
詩中用高枝之花喻國家，用風雨的侵犯以喻外敵，而花雖欲力抗，終
不敵風吹雨打而香殞落。王船山在〈寄詠落花詩〉的小序提到：「即
物皆載花形，即是皆有落意。」〔註184〕這段話說明了詩人藉由花之
落來作事物皆有命限的隱喻，花之落正象徵國家之滅亡。另外不只花
落具有遺民情感的隱喻，花卉其他部分的特性也都可以隱曲的表達遺
民的民族意識，例如：〈絕句〉：「荷蕙含香不出窩，藕絲未斷也無多。

---

〔註181〕　《全明詩》，卷9，頁205。
〔註182〕　《全宋詩》，卷2689，頁44298。
〔註183〕　（清）王夫之：《王船山詩文集》（臺北：漢京文化事業有限公司，
　　　　　1984年），頁406。
〔註184〕　（清）王夫之：《王船山詩文集》（臺北：漢京文化事業有限公司，
　　　　　1984年），頁405。

誰將雪色青蓮子，種向流沙萬里。」〔註185〕「薏」是蓮心，「荷薏含香不出窩」用以表徵含貞不死的心志。藕乃蓮根，乃一花之根柢，「藕絲未斷也無多」則象徵近乎毀滅的國家根基。蓮子乃荷之種子，「種向流沙萬里」則冀望不死的民族意識，能夠在未來再度復興。大體而言，傳統文人特別重視具有比德意涵的花卉，因此遺民詩人在寄託心志與民族精神通常亦會選擇蘭、菊、梅這些花卉。不過到了明遺民則有新的發展，在傳統上遭受貶抑的桃花，這時亦被詩人用來作為重要的氣節象徵，如《桃花扇》侯方域題贈詩扇作為訂盟之物，其扇上題詩云：

> 夾道朱樓一徑斜，王孫初遇富平車。青溪盡是辛夷樹，不
> 及東風桃李花。

辛夷乃《楚辭》中重要的香草，具有芳潔與忠良之喻。不過在這首詩中卻說辛夷比不上桃李，其乃暗喻李香君雖是妓女，但其貞烈的情操卻不輸給那些忠良。又如王船山〈桃花流水引〉其一：「浩劫天台憶不真，飛花偶掠鬢絲銀。閒拋萬點猩猩血，擲與人間喚作春。」〔註186〕桃花點點飄落猩紅的花瓣，終將大地回春。正如志士跑拋頭顱的熱血，終將成為復國的信息。明遺民賦予花卉的國家及忠良意涵，不再是那些傳統上具品德象徵花卉的專利，因此連向來具有負面意涵的桃花也都被拿來作象徵。

　　總之，中國花卉意涵發展到南宋時期大致上都已經完成，但由於南宋被異族所滅，在這種前所未有的民族困境中，傳統用以比德自況的花卉，進一步被擴大其象徵對象，因而被賦予了國家以及民族精神。

---

〔註185〕（清）王夫之：《王船山詩文集》（臺北：漢京文化事業有限公司，1984年），頁306。
〔註186〕（清）王夫之：《王船山詩文集》（臺北：漢京文化事業有限公司，1984年），頁316。

## 第八節　花卉意涵的變化

　　前七節主要針對中國花卉意涵個別形成的方式作出探討，但事實上每一種花卉在不同時代都會受到不同的因素而形成不同的意涵與象徵，因此每一種花卉在特定的時空下所形成的意涵都不會是固定不變的，隨著文明的發展與時代的變化，它呈現出動態的發展過程。是故本節就針對花卉意涵在歷史中的演變，歸納其變化與發展的主要脈絡，以呈現出花卉意涵發展與變化的時代背景與心理因素。歸納如以下六點：

### 一、文明的進展與花卉審美的變化

#### （一）從實用到審美的花卉意象變化

　　從人類發展的歷程來看，初民最看重的事物通常是與生存有關的實用事物。因此他們對於可食的植物果實特別重視，至於無法食用的花卉則通常不在他們關注的焦點之中。從《山海經》中可以發現，人們注意到的植物資源中，很多都與果實有關，如：

> 又東北三百里，曰靈山，其上多金玉，其下多青雘，其木多桃李梅杏。（《山海經・中山經》）〔註187〕

> 不周之山……，爰有嘉果，其實如桃，其葉如棗，黃華而赤柎，食之不勞。（《山海經・西山經》）〔註188〕

而從考古的挖掘中，可以發現梅、荷、桃很早就是初民相當重要的食物來源，因此這些花卉植物才能夠比其他無法食用的花卉獲得更多的關注，而被記錄到典籍之中。除了食用之外，如果花卉具有其他生活功能亦會被人們重視，從典籍中可以發現，花草所具有的生活功能，包括：

---

〔註187〕袁珂編：《山海經校注》（臺北：里仁書局，1995 年 4 月初版），頁154。

〔註188〕袁珂編：《山海經校注》（臺北：里仁書局，1995 年 4 月初版），頁40。

有草焉，員葉而無莖，赤華而不實，名曰無條，服之不癭。
（《山海經·中山經》）〔註189〕

昔我先王熊繹，辟在荊山，蓽路藍縷以處草莽。跋涉山林
以事天子。唯是桃弧棘矢以共禦王事。（《左傳》）〔註190〕

蟈氏，掌去鼃黽。焚牡鞠，以灰灑之則死。（《周禮》）〔註191〕

甘泉宮南，有昆明池，中有靈波殿，以桂爲柱，風來自香。
（《三輔黃圖》）〔註192〕

這些花草植物可以供作醫療、武器、除害蟲、建材等生活各方面的實
用功能，這時人們雖然已經注意到花，不過主要是當作這些有用植物
的辨識特徵，並非對於花朵本身感到興趣。而在當人們從採集食物的
階段而進入農業社會後，人們對於植物花朵的關注，則在於開花時節
與農耕時令的關係，如：漢崔寔《四民月令》：「三月三日桃花盛，農
人候時而種也。」〔註193〕；而《禮記·月令》在「季秋之月」提到
「鞠有黃花」〔註194〕，從中可知人們透過植物開花時間來作爲季節
的標誌，而這與農業社會的生產有著密切的關係。也因爲如此，許多
花卉的意涵往往是從實用角度去賦予的，例如：

爾惟訓于朕志。若作酒醴，爾惟麴糵；若作和羹，爾惟鹽
梅。爾交脩予，罔予棄，予惟克邁乃訓。（《尚書·說命》）
〔註195〕

---

〔註189〕 袁珂編：《山海經校注》（臺北：里仁書局，1995 年 4 月初版），頁
143。

〔註190〕 （春秋）左丘明撰、（晉）杜預注、（唐）孔穎達正義：《春秋左傳
正義》（臺北：藝文印書館，1977 年），頁 794。

〔註191〕 （漢）鄭玄注、（唐）孔穎達正義：《周禮注疏》（臺北：藝文印書
館，1977 年），頁 558。

〔註192〕 《廣群芳譜》，卷 40，頁 2267。

〔註193〕 （宋）李昉：《太平御覽》（上海：上海書店，1985 年《四部叢刊》），
卷 967，頁 1。

〔註194〕 （漢）鄭玄注、（唐）賈公彥疏：《禮記正義》（臺北：藝文印書館，
1977 年），卷 17，頁 337。

〔註195〕 （漢）孔安國傳、（唐）孔穎達正義：《尚書正義》（臺北：藝文印

> 摽有梅，其實七兮。求我庶士，迨其吉兮。摽有梅，其實
> 三兮。求我庶士，迨其今兮。摽有梅，頃筐墍之。求我庶
> 士，迨其謂之。（〈摽有梅〉）〔註196〕

無論是從梅的調味功能，來比喻宰輔的重要功能，還是用梅子成熟採收來象徵女子憂時待嫁的急切心裡，其意涵都是從實用的角度而來。而在這種實用態度中，人們對於植物的焦點主要都集中於實用的價值，因此美麗的花朵反而不是人們關注的焦點。以梅花為例，南朝以前它的花朵幾乎沒有引起任何文人的關注，人們提到的都只是果實，（南宋）方蒙仲提到：「商家宰相羹，周代籩人供。自古實為先，唐後花始重。」〔註197〕商代以梅和羹，周代以梅為祭品皆著重於果實之用，而唐代以後花的審美才成為人們最關注的審美焦點；又如豔麗的牡丹，唐代之前幾乎不載於文獻，因此它們的身世至今成迷。這類美麗卻無實用價值的花木，自然也就得不到人們的關注。事實上不僅是先秦時期人們特別注重花木的實用價值，後世人們對於花卉的審美亦常呈現出這種從實用往審美發展的現象，例如梔子花，人們最早注意到的也是種子所具有的染色價值與經濟利益，《史記‧貨殖列傳》載：「若千畝巵茜，此其人與千戶侯等。」〔註198〕而要到南朝時才出現針對梔子花審美的詩歌作品。甚至到了杜甫，當他在詠梔子時，亦從果實可以染色的實用特色來描寫，〈梔子〉：「梔子比眾木，人間誠未多。於身色有用，與道氣傷和。紅取風霜實，青看雨露柯。無情移得汝，貴在映江波。」〔註199〕又如《史記‧李將軍列傳》載：「桃李不言，下自成蹊。」〔註200〕這裡亦從桃李果實的利益而比喻德行價

---

書館，1977年），頁142。
〔註196〕（漢）毛公傳、鄭玄箋、（唐）孔穎達疏：《毛詩正義》（臺北：藝文印書館，1977年），頁63。
〔註197〕《全宋詩》，卷3351，頁40063。
〔註198〕（漢）司馬遷、（宋）裴駰集解：《史記》（臺北：藝文印書館，民國94年），卷129，頁1342。
〔註199〕《全唐詩》，卷227，頁2453。
〔註200〕《全唐詩》，卷109，頁1175。

值。至於那些具有醫療效果的花卉，在兩漢六朝就常變成具有成仙效用，或是神仙故事中的重要象徵，而那些具有療效的植物部位，就成爲人們賦予神奇象徵的對象，如仙桃、靈藕，這些都是從實用功能所衍生出來的象徵意涵。因此中國花卉的審美發展基本上是從花卉的實用價值開始關注，日後才逐漸往審美的方向發展。也因爲如此，許多花卉最初的意象都是從初民實際生活的用途而產生。蘭、桃、芍藥、與婚姻、愛情、生殖象徵有關；芍藥、菊、桂與醫療有關；梅、菊、桃、李、杏則與食用價值有關。大體而言，這些出現在先秦典籍的花卉，幾乎都是從實用功能來看待它們的價值，雖然《詩經》中「有桃之夭夭，灼灼其花」的美感讚嘆，不過從其他先秦典籍的記述中，可以發現人們對於桃的實用價值顯然多過於美感的關注。《山海經》提到與桃相關的事物多達十餘處，包括桃木、桃林、桃實、桃核及產桃的山名〔註 201〕，由於先民長期以桃爲食物，並利用桃木製作工具及構屋，因此人們對於桃的相關資源也就特別關注。至於以桃花來形容女子，恐怕也與桃的婚俗及多子象徵有著密切的關係，所以才用桃花來作興句，而並非人們特別關注桃花的美麗。總之，我們雖然不能說先秦時期的人們不關注美感，但是他們更重視花卉的實用價值，是故真正對於花卉開始產生純粹的審美關注，則要到魏晉才開始有進一步的發展。

## （二）從宗教巫術到理性比德的變化過程

植物除了滿足先民的生活所需之外，也成爲先民崇拜信仰的對象，並成爲具有宗教與巫術的重要功能。原始人類之所以對於植物產生崇拜，其原因有二：一者植物是人類賴以爲生的重要資源，因此獲得人們的崇敬。二者，初民在植物身上看到周而復始的神奇生命力，因而視植物具有超自然的力量，能夠賜予禍福。〔註 202〕另

〔註201〕 蔡靖泉：〈《詩經》二南中的楚歌〉，《上海大學學報》第 3 期（1994
　　　　 年 3 月），頁 98～103。
〔註202〕 張史寶：《桃的神話與文學原型研究》（臺北：國立政治大學中國文

外林惠祥《民俗學》提到：「人類自始即倚賴植物以充饑、住宿、蔽體及取火。在找尋可食的植物時，漸漸認識各種有毒的，有刺激性的，及有治療性的植物。由於需要、畏懼和神秘之感，漸生出關於植物的神話及儀式。」〔註 203〕因此先民最初賦予植物的價值中，多半都是具有巫術及宗教的價值意涵，如桃具有辟邪、蘭具有求子、菊具有長生、萱草具有忘憂等巫術意涵。初民為了追求或滿足某種無法達到的需求時，往往會把這種欲求投射到具有與自己心中願望相同或相類的自然事物。在初民的原始思維中，透過「相似律」和「觸染律」〔註 204〕這兩種主要的巫術形成的心理模式，這些特定的自然事物就具有達成這種心中欲求的巫術功效，因此人們只要透過服食、佩帶這些行為，就能將這種原本屬於外在自然事物的特質，轉移到人們的身上。〔註 205〕例如柏樹歲寒不凋的特性與菊花晚秋開花的特性，讓初民深以為它們具有神秘的生命能，因此它們就被賦予了宗教及延年的巫術功能。《本草綱目》：「柏性後凋而耐久，稟凝之質，乃多壽之木，元日以之浸酒，辟邪。」〔註 206〕《東坡雜記》：「菊黃中之色香味，和正花葉根實皆長生藥也。……考其理，菊性介烈，不與百卉並盛衰……其天姿高潔如此，宜其通仙靈也。」〔註 207〕因此初民對於柏及菊，最初所賦予的是具有宗教與巫術功用的意涵。

---

學系碩士論文，2005 年 1 月），頁 25。
〔註 203〕林惠祥：《民俗學》（臺北：台灣商務印書館，1986 年），頁 20。
〔註 204〕弗雷澤《金枝》一書提到巫術有兩項基本規律，「相似律」和「觸染律」。「相似律」表現在外即同類相生，果同於因的巫術信念；「觸染律」則是以為事物一旦曾接觸，彼此便始終保持聯繫。因此基於這兩項原則，在交感巫術中，事物可以經由接觸而傳遞其屬性。詳見弗雷澤：《金枝》（臺北：桂冠書局，1994 年 4 月），頁 21～73。
〔註 205〕鍾宇翡：《詠植物詩中的吉祥觀》（台南：國立成功大學歷史語言研究所碩士論文，1990 年 7 月），頁 28。
〔註 206〕（明）李時珍：《本草綱目》（北京：人民衛生出版社，1993 年），卷 34，頁 1915。
〔註 207〕《廣群芳譜》，卷 48，頁 2753。

　　後來儒家興起，子不語怪力亂神的態度，宣示了人們開始以理性來面對自然的萬物，這時存在於人的「德」，逐漸取代了神的地位。於是這些原本用於祀神、祈願的神聖植物，也在以理性爲主的道德意識之下，從原本非理性的巫術意涵被轉化成爲儒家的比德價值，於是「歲寒然後知松柏之後凋也。」〔註208〕的君子德行，取代了柏樹原本的宗教意涵。而佩飾蘭花用於辟邪、求子、服媚的巫術作用，也轉變成爲君子的象徵。菊花長生延年的特質被轉變成爲芳潔的君子象徵。荷花原本降神的巫術功能，也變成自我美好德行的表徵。總之，在先秦時期的儒家思想影響了之下，花卉從原本宗教與巫術的功能，轉化成爲一種用以象徵君子的德行價值。可以說中國花木象徵意涵第一次的轉變，是由儒家的理性價值所導致的改變，而儒家思想對於花卉象徵意涵的轉變也不僅止於此，後世的花卉意象多數也都受到比德思想的影響而改變，例如唐人折桂的功名之喻，就被南宋文人用比德的價值予以改變，所謂「科第之香，孰如名節之香。」〔註209〕是故儒家比德思想對於中國花卉意象的形成與變化，都具有強大的影響力。

## 二、時代的價值意識與花卉審美的變化

　　在文化發展的過程中，每個朝代的文化價值與時代課題都有所不同，其形成的價值意識也就有著極大的差異，因此不同時代的價值意識對於花卉的審美關注與審美標準也就不同。以梅花爲例，南宋時梅花成爲群芳之首，而有「梅，天下尤物，無問智賢愚不肖，莫敢有異議。」〔註210〕的說法。不過宋人對於南朝之前梅花被冷落的

---

〔註208〕　（魏）何晏注、（宋）邢昺疏：《論語注疏》（臺北：藝文印書館，1977年），頁81。

〔註209〕　（宋）王十朋：《梅溪集》，景印攡藻堂《四庫全書》第395冊（臺北：世界書局，1988年），後集卷26，頁395～548。

〔註210〕　（宋）范成大《梅譜》，收於周光培編《宋代筆記小說》（石家莊：河北教育出版社，1995年）第9冊，頁49。

情形，一直無法相信，南宋羅大經認為可能是上古梅花不若後世梅花美麗，故曰：「或者古之梅花，其色香之奇，未必如後世，亦未可知也。」〔註211〕而南宋的楊萬里則認為梅花被人忽視與文人不遇的際遇是類似的，因此說出：「抑梅之未遭歟」〔註212〕鄭清之〈昨雖移韵於蘭然石鼎聯章不可以不成也再賦一則語以殿眾作亦騷之亂詞云〉：「靈均頌橘不及梅，內白孰為有精色。夫何下玉楚見棄，素榮無乃砥砆石。梅古賢人又何怨，伯夷正自求仁得。」〔註213〕鄭清之則將梅沒有受到屈原重視的原因，歸於宋代人所賦予它的隱士特質。宋人不明白為何他們認為美麗的梅花，卻被前人如此漠視呢？故將之歸因於梅花樣貌的差異、不遇的際遇與隱士的格調。從中可以發現他們完全沒有掌握到根本的原因，亦即時代的價值意識與審美風尚對於花卉審美的影響。事實上南朝之前人們只關注梅果，這是受先秦實用觀的影響；而梅花在兩漢、魏晉亦不受重視。由於梅果亦只具有現實的實用性，而沒有像桃花具有神話色彩可以滿足神仙的想像，更沒有荷花的豔麗與神秘宗教的色彩，因此梅花在南朝之前未受到文人關注，也就於再自然不過了。而到了宋代，由於理學興盛，道德意識強烈的宋人從理性的角度掘發出梅花的德行之美。此外又受禪宗美學與晚唐幽冷詩風的影響，因而喜愛素淡、幽香、姿韻豐富的花卉，是故在這種充滿文人價值意識的審美風尚與比德價值，才成功的讓花小色白而不具強烈感官色彩的梅花，成為南宋最受歡迎的花卉。可以說梅花能夠獲得文人的關注，其根本原因在於時代的價值意識與審美風尚的影響。又如雍容華貴的牡丹，任何人恐怕都難逃它的魅力。不過奇怪的是唐代之前，只有《神農本草經》提過它的療效，牡丹之名幾乎不見於典籍，這種奇怪的現象，也與唐代喜愛穠豔的審美

〔註211〕　（宋）羅大經著：《鶴林玉露》，收於《百部叢書集成》稗海第四函（臺北：藝文印書館，民國54年），卷4，頁2。
〔註212〕　（宋）楊萬里撰：《誠齋集》，收於《景印擒藻堂四庫全書》集部第四五冊（臺北：世界書局，民國77年），卷79，頁392～233。
〔註213〕　《全宋詩》，卷2900，頁34634。

風尚脫不了關係。

　　另外時代的價值意識，也會影響花卉意象的內涵與花卉的價值。譬如桃花在《詩經》中是嫁人的美麗女子。到了兩漢、六朝時期，受道教及神仙思想影響，因此仙桃與仙境的意味濃厚。到了唐代則受唐人喜愛穠麗的審美風尚所影響，詠桃花的詩歌甚至比牡丹更多。不過到了宋代，由於比德思想成為審美的主要標準，因此桃花被貶抑成妓、僕等低賤的人格形象。但是到了明清，以「情」為核心的價值逐漸成為文人追求性靈解放的最高價值。原本被宋代文人貶抑的桃花，反而因為充滿強烈的感官覺受與豐富的情愛意涵，符合明清文人追求世俗化與情欲化的審美心態，而重新成為文人喜愛的審美對象。凡此都在說明，時代的價值意識所形成的審美風尚，對於花卉的價值與意象的變化具有決定性的影響。

## 三、文學發展與花卉審美的變化

　　文學本身的發展與文學形式，也會影響花卉的審美發展與意象變化。大體而言，影響中國花卉意象最深遠的莫過於《楚辭》的比興寄託。可以說花卉意象長期淪為言志傳統之下的象徵符號，因此花卉意象只是人們投射道德價值的物象而非審美的對象。因此一直要到魏晉以後，詩學逐漸擺脫經學的影響，這時政治教化的意涵才逐漸減低，而抒發個人的生活體驗和情感的作品才開始萌發，這時像陶淵明這種抒發田園生活的作品，才將花卉帶入了詩人日常的生活之中，於是才形成「採菊東籬下，悠然見南山」這幅令千古文人無法忘懷的菊花意境。而南朝的宮庭文人，更是進一步拋棄傳統詩歌言志的內涵，直接去描寫物象的聲色美感。這時花卉才從作為比興寄託的象徵符號，進一步成為單獨審美的對象。這也讓許多從前不見於文學視界的花卉，正式的進入到中國人的審美關注之中，如梅花、梔子花、百合、櫻花等才成為文人吟詠的對象。楊萬里曾提到「抑梅之未遭歟，南北諸子如陰鏗、何遜、蘇子卿，詩人之風流至此極矣，梅於是時始以花聞天

下。」〔註214〕楊萬里認爲梅花受到陰鏗、何遜、蘇子卿等人描寫梅花的影響，才成爲文人寫作的物象。事實上楊萬里只說對了一半，這些人文人之所以描寫梅花並不是發之於個人性的特殊眼光，而是受到文學審美價值的改變所致。事實上在南朝以前，出現在人們詩歌中的花卉，大都是《楚辭》、《詩經》那些古老的花卉植物，兩漢之後幾乎再也沒有什麼新的花卉進入到文學的視野當中，主要原因就在於花卉並不是作爲審美的主體，因此這些不曾出現在先秦文學中，而不具有文化內涵的花卉，即使長得再美麗，亦不會進入到文人的寫作之中。因此豔麗的牡丹、海棠、木芙蓉之所以晚到唐宋才進入文學的描寫之中，應是與文學的審美發展具有直接的關係。

　　另外不一樣的文學形式也會影響花卉的意涵。如在魏晉的詠物賦中花卉早已經成爲文人獨立審美的物象，〈蓮花賦〉、〈芙蓉賦〉、〈菊花賦〉等詠物賦早已經出現，但詩歌卻受言志傳統的影響，一直到了南朝花卉才出現單獨審美的詠花詩。又如，民歌中的花卉意象通常與愛情密切相關，因此在《詩經》與南朝的民歌中，可以發現花卉意象與愛情的象徵密切相關。但在六朝文人的詩歌中，由於受到言志的傳統影響，詩歌中的花卉意象則富於比興寄託，比德意味顯得比較濃厚。而在宋詩與宋詞中則可以發現完全不同的花卉意象。宋詩中花卉意象的比德意涵通常比較濃厚，具有陽剛、理性的男性特色，而在宋詞中花卉的意象，則呈現出柔弱、多情這種傷春悲懷的女性情感。因此我們可以看到宋詩中充滿負面意象的桃花，如李洪：「東風桃李皆奴僕，我輩論文未厭煩。」〔註215〕但在宋詞中卻呈現出柔媚、溫柔而令文人貪戀的一幅景況，如辛棄疾在〈武陵春〉：「桃李風前多嫵媚，楊柳更溫柔。喚取笙歌爛熳遊，且莫管閒愁。好趁春晴連夜賞，雨便一春休。草草杯盤不要收，才曉更扶頭。」

---

〔註214〕　（宋）楊萬里撰：《誠齋集》，《景印摛藻堂四庫全書》集部第四五
　　　　　冊（臺北：世界書局，民國77年），卷79，頁392～233。
〔註215〕　《全宋詩》，卷2368，頁27191。

〔註 216〕同樣的桃花在不同的文學形式之，意象就呈現出完全不同的樣貌，因此文學形式的特質，也會影響花卉意象所呈現的審美內涵。總之，文學本身的發展與文學形式對於花卉意象的內涵與審美特質，都會產生影響。

## 四、外來的宗教文化與花卉審美的變化

外來的文化因素也可能改變花卉原來的意涵，最明顯的就是佛教蓮花出淤而不染的意涵，影響了荷花的傳統意涵。又如佛經中的薝蔔花，影響了梔子花的意象，使它具有「禪」的象徵意涵。又如台灣受到日本人的影響，常在喪事中使用菊花，中國傳統的菊花意涵反而被悼亡的象徵所取代，而這種悼亡的象徵也影響了現代詩中的菊花意象，如鄭愁予〈邊界酒店〉：

> 秋天的疆土，分界在同一個夕陽下
> 接壤處，默立些黃菊花
> 而他打遠道來，清醒著喝酒
> 窗外是異國
> 多想跨出去，一步即成鄉愁
> 那美麗的鄉愁伸手可觸及
> 或者，就飲醉了也好
> （他是熱心的納稅人）
> 或者，將歌聲吐出
> 便不祇是立著像那雛菊
> 祇憑邊界立著〔註 217〕

這裡的菊花意象雖仍有傳統秋日的物候象徵，不過更具有一種隱喻詩人內心那一種未曾跨越去實現，對於理想的哀悼之情，而這應該與台灣文化中菊花具悼亡的意涵有所關聯。

---

〔註 216〕《全宋詞》，冊 3，頁 1922。
〔註 217〕鄭愁予：《鄭愁予詩集 I》（臺北：洪範書局，1968 年），頁 241。

## 五、物以稀爲貴的心態與花卉審美的變化

　　人們對於少見稀奇的事物總會比較感到興趣，而這種心態也反映到花卉的審美。因此許多新的品種花卉，人們面對它們總是用盡了筆墨去形容它們的美麗，因此從中唐開始許多新品種的花卉，就常出現在詩人的詠讚之中，例如新品種的重瓣桃花一出現，許多文人就競相描寫，如楊憑〈千葉桃花〉：「千葉桃花勝百花，孤榮春晚駐年華。若教避俗秦人見，知向河源舊侶誇。」〔註218〕相反的如果是到處都見得到傳統花卉，就不免被視作低賤之物，因而影響花卉的意涵。最明顯的例子就屬桃花了，蘇軾在〈寓居定惠院之東，雜花滿山，有海棠一株，士人不知貴也〉這首詩用滿山遍谷的桃花去映襯海棠的高貴：「嫣然一笑竹籬間，桃李漫山總粗俗。」〔註219〕受比德思想影響宋代文人並不欣賞豔麗的花卉，不過稀少的海棠，雖豔麗有過之於桃花，但宋人對於海棠卻未曾賦予如桃這般輕鄙負面的意涵，原因無它，只因海棠稀少珍貴。

　　總之，花卉意涵的變化主要是受到時代文明進展、時代的價值意識、文學發展與喜新厭舊的人性有關。整體而言，中國傳統花卉的重要意涵主要都是形成於先秦時期，而最大的轉變期則是宋代。由於宋人的價值意識與審美價值具有濃厚的文人意識，因此上他們在審美上特別追求雅，爲了追求雅就需避俗，是故宋人在花卉的審美，就呈現出與前人完全不同的喜愛，於是豔麗的花卉遭受貶抑，而素白的花卉得到了提升。加上宋人刻意去形塑花卉的價值意涵，而將他們的價值觀與倫理觀都賦予了花卉身上，因此許多花卉的意涵都在宋代有顯著的變化，最明顯的例子就是梅花，梅花從南朝以來就是以柔弱不堪風霜摧折的弱女子形象出現，不過到了南宋卻變成了剛毅凌雪的大丈夫，形象從女子完全變成了男子，而這種變化正是受到宋代的價值意

---

〔註218〕　《全唐詩》，卷289，頁3295。

〔註219〕　（宋）蘇軾：《蘇東坡全集》（臺北：河洛圖書出版社，1975年9月），
　　　　　頁169。

識的影響所致。

## 結　論

　　從歷來的詩歌與文學作品中可以發現，中國文學中花卉意象的形成主要有兩個源頭：一個是《詩經》，另一個則是《楚辭》。《詩經》的花卉意涵主要是從花卉外在的形色著眼，形成花卉與女子之間的隱喻關係，在中國詩歌中的影響主要是在南朝民歌，及宮體，並成爲後世文人描寫女子或花卉少不了的比喻與聯想關係；而花卉用以傳達愛情、表現情感的古老意涵亦是《詩經》中重要的花卉意涵，形成采摘、折寄這類具有愛情、友情意涵的花卉意象。《詩經》中著眼於花色的花卉主要就是紅花的桃與白花的李，不過李卻長期都是依附在桃底下，顯見在南朝之前，人們重視的是紅花。到了南朝文人才開始大量吟詠各式白花，梅花也正是在這時被注意。只是這時的白花主要表達的都是悲憐的女子與傷逝的生命情感。因此白花眞正開始成爲文人投射自我價值，是從中唐才開始。中唐文人用白花來自喻高潔不受重視的處境，並將白花開始形塑成神女仙姝。這個傳統被宋人繼承並發展成爲主流的審美價值，這時文人喜歡用以比德的花卉，已經不再是《楚辭》這些以香比德的香草，而白花也成爲宋代最受尊崇的花卉；相較之下紅花則受到宋人的鄙視，被視爲俗、鄙、卑賤的象徵，這種受到貶抑的情形一直到了明清才開始改變。由於明中葉後文人對於人心情慾的解放，這時物色濃烈的桃花再度受到重視，被文人用來表現自我獨特的情性，而明遺民甚至用桃花來表達亡國之悲，並具貞烈的比德價值。

　　《楚辭》則著眼於花卉精神的意蘊，將這些原本具有宗教、禮俗的神聖的香草，賦予了人格的精神價值，而成爲一種比興寄託的花草意象。這類花卉意象，主要就是透過儒家比德而形成一種具有道德意涵的花草意象。可以說多數中國花卉的意象，都與比德思想具有密切的關係。不過這一個系統的香草意象，由於被深刻的烙印在傳統文人

的價值意識中，因此在意涵的發展上受到極大的限制，所有它們的意涵變化並不大。只有少數如菊花，由於受到陶淵明強烈人格魅力與先秦宗教的影響而有多元的意涵發展之外，其餘多數的《楚辭》香草仍維持著先秦以來的象徵意涵。

　　由於中國花卉並不是純粹作為一種審美的對象，因此除了對於物色之「美」的關注外，人們對於花卉還有「善」的價值投射，而這兩種審美觀，通常亦處於對立的狀態。因此我們也可以發現，基本上如果在先秦時期已經具有比德意涵的花卉，其意涵就比較固定而沒有變化，意涵通常不受時代價值、審美因素的影響。而那些在先秦時期，沒有被賦予比德價值的花卉，就很容易在不同的時代中去反映不同的時代價值與審美特性。從蘭花與桃花身上，我們可以看到蘭花的意象兩千多年來幾乎沒有什麼變化，而桃花在不同的時代，其價值與內涵卻有顯著的差別。凡此種種都在說明中國花卉意涵的形成與變化因素，總不外圍著「美」與「善」在變化，美代表著對於感性美好事物的欣悅之情，而「善」則代表著理性生命價值的理想投射，於是當美與善產生衝突時，美就成為比德價值中負面的小人、女子。因此從花卉意象中可以發現，花卉意象對於中國文人而言就是一套隱曲表達自我的符號系統，而純粹從審美而開展的意涵，也總抵擋不住比德價值的影響，而始終受到壓抑或被迫改變。

# 第九章 結 論

　　本論文主要針對中國詩歌中的花卉意象，探究其象徵意涵的形成與演變過程，作爲本論文主要的研究主題。經由歷代文學中的花卉書寫，本論文所得到的結論主要有五個要點，分述如下：

## 一、文人對待花卉的態度，反映歷代士人的現實處境與價值態度

　　從文人投射於花卉上的情感，可以發現歷代文人對待理想與現實的人生態度。先秦儒家透過以花比德的價值，奠定了傳統士大夫「不以無人而不芳」的價值精神。屈原則透過花卉比興，抒發了不遇的幽怨，並影響了後世詩歌的抒情傳統。由於唐代以前的政治權力主要把持於士族，因此文人透過花卉所投射的意涵，多半是待賞不遇的幽怨。在這當中尤以陶淵明最爲特別，他拋棄這種卑躬屈膝的仕宦生活，透過菊花樹立了人格自主的隱士風範。因此我們可以在花卉身上可以看到這時期士人幾乎都處於這種非仕即隱，涇渭分明的仕隱對立之中。到了唐代科舉取士後，士大夫開始成爲掌握社會資源的重要階層，這時文人對於花木的態度轉而變成遊賞取樂與生活情趣的表現。於是白居易提出中隱，用以轉換微官不重用於世的苦悶，透過閒官栽種花木的生活樂趣，初步消除了傳統的仕隱對立。而到了宋代文人更

透過園林花卉作爲轉換政治身份的調劑，徹底的弭平仕隱的衝突。於是賞花的感官之愉進一步成爲體道的契悟，以轉化仕途當中的貶謫流離之苦。到了明清，文人的生命關懷轉向了人心人情的探索與表現，於是花卉又成爲文人展現情欲與個性的物象。因此我們可以透過文人對於花卉態度的變化，可以發現文人在現實世界中，其思想與情感的轉化過程。

## 二、從歷代的詠花題材中，可以發現各個時代的審美風尚與價值取向

從中國花卉意涵遞嬗的變化過程中，可以發現先秦時期人們最初對於花卉的關注重點主要在於實用與宗教的價值，如桃、梅、荷、李、杏，人們重視的是果實的食用價值，菊、桂、芍藥則是具有藥用的價值，蘭、荷、菊、桂則具有宗教與巫術的功能。因此這些首先成爲中國文獻記載的花卉植物，都是因爲它們具有這兩種重要功用。《詩經》有三首詩直接以花喻女子，即〈鄭風·有女同車〉：「顏如舜華」〔註1〕；〈鄭風·出其東門〉：「有女如荼」〔註2〕；〈魏風·汾沮洳〉：「美如英」〔註3〕。人們雖然用花來比喻女子的美麗，不過詩中的花，都不是審美的主體，只是簡單的比喻手法，是故在先秦時期的花卉，普遍還不是詩歌描寫的主要物象。先秦時期最善於運用植物意象的文學作品莫過於《楚辭》，不過《楚辭》所重視的香草，也都不是源於其花朵的形色，而是植物體內所具有的強烈辛香氣味。原本這些香草與楚地的巫術及宗教具有密切的關係，爾後才被屈原進一步賦予以善惡的人格價值，因此這種審美關注並不是著眼於植物

---

〔註1〕 （漢）毛公傳、鄭玄箋、（唐）孔穎達疏：《毛詩正義》（臺北：藝文印書館，1977 年），頁 171。

〔註2〕 （漢）毛公傳、鄭玄箋、（唐）孔穎達疏：《毛詩正義》（臺北：藝文印書館，1977 年），頁 181。

〔註3〕 （漢）毛公傳、鄭玄箋、（唐）孔穎達疏：《毛詩正義》（臺北：藝文印書館，1977 年），頁 208。

形色之美，而是看重人對於花草所投射的美好價值。是故先秦時期無論是《詩經》還是《楚辭》，對於花卉本身的美感價值，基本上是比較不看重的，人們所看重的是在花卉身上所賦予的善德。不過儘管如此，《詩經》以花色喻女子的形色之喻，以及《楚辭》以花木作為比興寄託的書寫方式，對於後世的花卉意象與詠花詩題材還是具有深遠的影響。

　　到了六朝時期人們開始對於「美」有了高度的自覺，因此花卉在這個時期開始成為人們審美的對象。魏晉時期詠物賦開始盛行，因此詠花題材也開始成為人們詠讚的對象。不過考察這時期人們喜歡的花卉可以發現，人們對於具有延年、長生效用的植物特別感到興趣，如松、桃、菊、蓮、桂、芝草等，而這應該與這時期盛行的道教神仙思想具有密切的關係。因此這些植物不是成為仙人的飲食，就是仙人乘坐或手持的祥瑞之物，同時也是人們實踐成仙夢想的重要靈藥，所以反映在魏晉時期的詠花賦中，花卉成仙的效用與異於凡物的靈異，就成為人們寫作的重點。而到了南朝，詠物詩的創作才開始盛行之後，詠花詩也開始大量出現，許多新的花卉都成為人們歌詠的對象，例如薔薇、櫻、梨、百合、梅花等花卉，都是第一次成為文學寫作的對象。由於這時期的宮廷文人對於物色的喜愛，因此對於花朵本身的美感特別注重，並開啟了以女子喻花的寫作手法。此外南朝文人特別喜歡描寫花落的傷逝之情，尤其是會讓人產生楚楚可憐的白花，這時寫梅花落的詩歌也就特別多，並成為這時期僅次於蓮花的寫作對象。大體而言，蓮花是兩漢六朝時期最受歡迎的花卉，不過各個時期欣賞的特質並不相同。兩漢的蓮花具有濃厚的宮廷氣息，呈現出帝國的富麗之美。魏晉則受神仙思想影響，喜歡強調在「靈」的特質。而南朝則受女性描寫的影響，特別喜歡書寫與女性相關的采蓮及愛情。這時期對於花卉意象影響最大的文人是陶淵明，不僅透過桃花形塑了桃花源這個理想的世界，更確立了菊花隱逸的人格象徵，而在後世陶淵明的菊花意象，甚至取代了屈原最初賦予菊花

的意涵。

　　由於唐朝的強大與富盛，造就了唐人積極張揚的生命特質與熱烈追求功名的價值取向，因此也形成了喜歡穠麗的審美風尚。是故充滿富貴豔麗的牡丹就成爲唐人心目中最美好的價值象徵。而充滿道教色彩與豔麗花色的桃花，同樣也是充滿神仙浪漫想像的唐人所喜愛的花卉。如果說牡丹滿足了唐人對於現實人生的富貴想像，那麼桃花就是唐人仙隱追求中，對於另一個世界的美好想像。而牡丹與桃花共同所具有的特質，就是穠麗、吸引人而充滿強烈的情欲色彩。不過在另一方面，中唐時期文人的價值意識也開始抬頭，展現出士大夫獨特的審美品味，因而形成一種不隨流俗的審美價值，所以也特別喜歡潔清幽獨的白花，這是中國文人第一次自覺的對於白花產生審美的關注，因此白蓮、白菊、白牡丹、梅花都被人們賦予了高潔的人格意涵。而相對於盛唐以前喜歡歌詠盛開豔美的花卉情狀，中晚唐也開始著意於書寫殘花，形成一種衰世的感傷基調。

　　中國花卉的審美發展，到了宋代基本上已經完成，因此後世無論是花卉的審美，還是詠花題材的書寫，基本上都沒有太多新的發展與變化。由於宋代文人的價值意識高漲，再加上理學的影響，因此宋人在花卉的審美上一反唐人喜愛穠麗的審美風尚，喜愛素雅幽香的白花，如梅花、梔子花、桂花、水仙花，尤其是梅花在北宋晚期以後，開始凌駕過素有花王之稱的牡丹，而成爲人們最喜歡的花卉。宋代花卉審美主要表現出四個特色：一者，花卉的審美價值以比德的作爲評判的主要標準，並對於以形色取勝的花卉予以貶抑，而特別重視具有德行象徵的花香，大幅提高素雅而幽香花卉的審美價值。二者，將賞花的層次提高到體道的精神境界。原本賞花是一種充滿感官愉悅的遊樂，但宋人受到理學格物窮理的影響，而認爲觀花是一種體會天道流行的最好方式，提高了花卉的欣賞層次。邵雍〈善賞花吟〉提到：「人不善賞花，只愛花之貌。人或善賞花，只愛花之妙。花貌在顏色，顏色人可效。花妙在精神，精神人莫造。」

〔註4〕可以說宋人賞花的層次從外在的形色，提升到花卉精神的掘發與塑造。三者，在花卉的美感欣賞上，特別強調「韻」的美感價值。宋人將花卉的審美，從原本感官有形的品賞，進一步轉向追求超越形體之外的「韻」，而這種審美方式不僅影響花卉的繪畫、詩歌的創作，亦直接影響實際花卉栽培的欣賞方式。四者、宋人對於花卉的實際栽培相當有研究，也產生許多花卉栽培管理與品種記載的專業的書籍，而這種對於花卉喜愛的態度反映在詩歌中，就呈現出喜愛描寫栽花的實際過程、發揮花卉專業知識、廣泛描寫各種名不見經傳的花卉，可以說傳統文人中最重視花的，無疑是宋人。

## 三、中國傳統重要花卉其意涵之演變

桃花在先秦時期，主要具有的意象主要有女子、辟邪、時序、和平、德行等意涵。到了兩漢、六朝時，由於神仙道教思想興盛，桃花仙境、仙果、祥瑞等意象被強化，而從仙境的象徵也衍生出理想世界的桃花源與具有女色意涵的桃花源。到了唐代，由於唐人在審美上喜愛穠麗，加上道教的興盛，因此桃花仍然受到人們的喜愛。但是到了宋代比德觀念高漲後，桃花被貶抑成為娼婦，因此地位也被貶到最低。不過到了明清，由於文人對於人心情慾的看法改變，因此具有濃厚情欲象徵的桃花又獲得了文人的喜愛，不但用來象徵不凡的名士風尚，明遺民更用以具有民族血淚的寄託。

梅花在先秦時期主要是當作調味品，因而產生了「鹽梅和羹」的典故，具有輔佐治國的象徵。而《詩經》中亦有用梅果的成熟來喻女子青春短暫。不過梅花的花色一直沒有受到重視，一直到了南朝文人才開始注意到它的花朵。這時文人主要著眼於花開易落所引起的傷逝情感，以及被欺凌的弱女子形象，而早春的時序象徵也開始被人們注意。到了中唐以後，梅花凌寒的形象開始形成，晚唐時已經具有人格的精神象徵。不過梅花這時還沒有受到普遍重視。到了宋代中期以

---

〔註 4〕《全宋詩》，卷 371，頁 4559。

後，文人不斷強化梅花的品格精神，因此到了南宋也正式取代牡丹而成為最受人們喜愛的花卉。此時梅花已經變成具有堅貞品性的人格象徵，是故梅花也從北宋幽獨潔清的女性意象，進一步轉變成為男子剛毅的精神人格，而成為最能代表宋代精神的花卉。

荷花在先秦時期，主要是《詩經》的美人意象與《楚辭》芳潔的人格象徵。到了兩漢六朝，開始成為具有長生、祥瑞等道教神仙的靈異特質。南朝時期則受採蓮謠的影響，荷花的意象呈現出濃厚的女性特質與愛情象徵。到了唐代，佛教出淤泥而不染的蓮花象徵開始對於詩歌產生影響。而到了北宋周敦頤的〈愛蓮說〉的影響，蓮花才又從佛教與女性意象的影響中，重新賦予了君子的象徵。

蘭最初與初民的圖騰信仰及巫術文化具有密切的關係，是故人們用蘭作佩飾、乃至求子，基本上都是一種原始信仰的孑遺。爾後才被儒家逐漸予以理性化而成為君子的象徵，並成為一種最能象徵士大夫價值的花卉。不過也因為蘭的象徵意涵在先秦時期，已經被孔子及屈原予以確立下來，因此後世文人也很難賦予任何的新意，因此蘭花的意涵也就沒有什麼太大的變化，一直到宋遺民以無土蘭花賦予了國家覆亡的意涵後才有了一些新發展。

菊花與原始巫術具有密切的關係，因此早在先秦時期就具有延年的意涵，而在《楚辭》中也提到菊花是巫師秋祭的主要象徵花卉，並在屈原予以賦予了價值意涵後，開始具有芳潔的人格意涵。另外菊花在先秦時期也具有秋天風物的象徵。到了兩漢六朝，由於道教神仙信仰盛行，因此具有延年與辟邪的菊花，受到人們的喜愛。並在六朝時期，菊花耐寒的特質，也被人們賦予了人格精神，並與松樹並列。最重要的是在受陶淵明人格的影響之下，菊花隱逸的象徵，也逐漸呈現在唐宋的詩歌當中。

桂在先秦時期，首先受到人們重視的特點就是它的實用價值，因此也形成桂宮、桂舟、桂棟這些與桂樹木材實用功用相關的語彙。而在屈原進一步賦予桂芳潔的意涵後，桂在品格上的價值也得到大幅提

升，並因此影響（漢）劉安〈招隱士〉的桂樹意涵，因而形成隱士幽處的象徵。另外桂樹在漢代也與月及不死藥產生關聯，並形成月中桂的神話。到了唐代受到（晉）郤詵「桂林之一枝」的典故影響，桂開始具有功名的意涵，而「折桂」也用以喻指登科。到了宋代之後，由於受到宋人比德價值的影響，桂花的品格意涵再度得到確認，而得到宋人的喜愛。

牡丹花是唐代才崛起的新花卉，唐代之前的文學作品幾乎未曾出現，而到了中唐時，詠牡丹的詩歌才逐漸增多。由於牡丹豔麗而馨香，因而有了國色天香的稱號，具有功名富貴的象徵。到了南宋有些文人也試圖賦予牡丹勁心剛骨的人格象徵，不過並未形成風氣，可以說牡丹從一開始出現，由於強烈的感官特質，因此功名富貴的象徵也就深烙在它的身上，因而沒有辦法產生進一步的發展。

上述七種花卉在歷史中的演變，整體於（表一）。

## 表一：歷代花卉意涵一覽表

|  | 審美關注 | 價值意識 | 梅 | 桃 | 蘭 | 桂 | 菊 | 荷 | 牡丹 |
|---|---|---|---|---|---|---|---|---|---|
| 先秦 | 果實、香味關注 從果到花審美過渡 | 宗教到比德 神仙服食 | 標鹽梅有和梅羹 | 宜辟其佳邪家室 | 服傳君媚情子 | 桂芳宮潔 | 時延芳序年潔象徵 | 女芳子潔 | |
| 兩漢 | | | 果樹 | 桃仙李桃無言 | 君子 | 月隱中士桂幽處 | 辟延邪年 | 神仙 | |
| 魏晉 | | | 庭樹 | 桃仙花境源 | 君子 | 桂林一枝 | 神凌仙寒延不年凋 | 神豔仙美 | |

| | 審美關注 | 價值意識 | 梅 | 桃 | 蘭 | 桂 | 菊 | 荷 | 牡丹 |
|---|---|---|---|---|---|---|---|---|---|
| 南朝 | 花的自然審美 | 女性特質 | 時序弱女子 | 女子 | 君子 | 凌寒不凋 | 辟邪重陽 | 愛情女子 | |
| 唐代 | | 功名富貴 | 梅嶺 | 小人人面桃花 | 君子 | 隱逸折桂 | 辟邪重陽隱逸 | 出汙不染女子 | 富貴 |
| 北宋 | 花的道德審美 | 清逸 | 神仙隱君子女姝 | 妖客俗 | 君子 | 隱君子 | 隱君子 | 君子 | 富貴 |
| 南宋 | | 堅貞 | 大丈夫 | 倚門市娼 | 君子 | 堅貞君子 | 堅貞君子 | 楊六郎大丈夫 | 勁心剛骨 |

## 四、花卉意象中「意」的形成與變化因素

中國花卉象徵意涵的形成方式主要有以下幾種方式，一者是從花卉美麗的形色，所衍生出來的女子、愛情等相關意涵。由於花卉之所以吸引人，正在於它美麗的形色，而這個特點正與傳統男性價值觀下的女性特質相似，因而容易讓人產生直接的聯想，尤其時常出現於表現愛戀的民歌之中。是故從先秦的《詩經》到南朝的民歌，花卉都具有濃厚的女性與愛情的意味。而在南朝文人開始創作這類與女性特質密切相關的詠花詩之後，文人基於賞美的色欲心態，也開始喜歡創作這類充滿女性情態的詠花詩，因此詩歌中的花卉意象，也就時常出現這種充滿女性特質的花卉意涵。二者，文人對於花卉所投射的價值觀，形成所謂比德的價值觀。通常會被賦予好的價值的花卉特質，主要是香氣、利人的特性、強勁的生命力、不受人重視、特殊的開花時間等特質；而被賦予負面價值的花卉特質，主要是豔麗受人喜愛、害

人（刺、毒）、攀緣性的藤類、易枯易凋的特性、開於熱鬧繽紛的春季。而這種善惡二分的方式，事實上正反映著文人對於自身際遇的強烈情緒。從屈原開始透過花卉比興寄託以來，花卉意象就是文人表達不遇情感的主要物象，因此多數的花卉意象都形成於這種投射自我處境的比興寄託。不過宋人對於花卉的比德觀，則少去了這種自我情緒的投射，純粹就花卉的特質來作德行的價值比附，算是一種回歸先秦儒家的比德觀。三者，花卉美好的特質所產生的世俗祈願。如牡丹的功名富貴、宜男草的生男象徵、石榴的多子、桂花的登科等。四者，個別文人特殊的人格影響力也會影響花卉意象的形成，如陶淵明的菊花隱逸特性。五者，宗教對於花卉意象的形塑，如佛教對於蓮花，道教對於桃花象徵意涵的影響。

至於影響影響花卉意象發展的因素，主要受到文明發展的趨勢、時代的價值意識、文學發展等主要因素的影響。另外各別文人對於花卉人格意象的形塑與價值內涵的重建都會改變花卉原本常用的象徵意涵。

## 五、花卉意象中「象」的實際指涉對象變化

花卉意象中包括「意」與「象」，「意」的變化常隨著不同時代的思想、價值、審美等，而造成花卉意象中所寄託的象徵與意涵的改變，因此「意」的改變容易透過不同時代的作品而發現。不過「象」其實際指涉物的變化則不容易發現，這是因為不同時代人們所用的都是相同或相似的名稱，因此這種名實相異的情況相當不易發現。從花卉意象的演變過程中，可以發現蘭、桂、蕙這些種花卉，在不同時代中其實質所指涉的植物並不相同。先秦稱作「蘭」的植物，主要是今日植物分類中的菊科植物，花葉具有辛香味，乃古人用來佩飾、辟邪的香草植物。而今日我們認知的蘭，亦即稱為國蘭的蘭花，主要從宋代才成為人們普遍所稱的蘭，因此屈原所稱的蘭與蘇東坡所稱的蘭，依今日的分類可能是兩種不同的植物。另外唐代以前所稱的桂，主要是樟

科的肉桂樹，而今日我們所認知的木犀科桂花，則是唐宋以來所指稱的桂，是故屈原所稱的桂樹與李清照所詠的桂花也完全不同。造成這種現象的原因主要是古人的植物分類相當粗略，只要某個特徵類似就將之歸於同類，因而形成不同類的植物卻有相同的名稱。也因為如此，在後世就很容易產生混淆，如漢代的人們發現葵的葉子具有向日傾的特性，《淮南子》提到：「聖人之於道，猶葵之與日。」〔註5〕到了（三國）曹植〈求通親親表〉：「若葵藿之傾葉太陽，雖不為之迴光，然終向之者誠。」〔註6〕這裡將葵葉之向日用來象徵對於君主的忠誠，形成了文學中葵之忠君意涵。不過到了宋代文人將原本所指的多葵〔註7〕，轉變成另一種也有「葵」字的花卉──蜀葵，並將原本指葵菜葉向日的特性轉移到花，如（南宋）王鎡〈蜀葵〉：「花根疑是忠臣骨，開出傾心向太陽。」〔註8〕事實上蜀葵的花並不會向日移動。從這裡也可以看到，原本多葵葉向日而傾特性所形成的忠君意涵已經轉移到蜀葵的花。而在明萬曆傳進中國的一種菊科的花卉──向日葵，這個花卉的名字正是取意於多葵菜向日的特性，而這種外來的花卉今日也完全取代了原本人們對於中國傳統向日植物的印象。另外產生古今名實不同的原因，也可能是因為時代喜好的變化所造成。以桂來說，先秦至六朝主要重視具有食用、藥效、建材之用的肉桂，因此當時人稱為「桂」的植物多半就是肉桂，而到唐宋時期卻喜歡花香濃烈的木犀桂花，因此桂花也逐漸取代肉桂樹，而成為人們實質所稱的桂。從中可以發現由於植物名的類似，因而也導致原本最初所指稱的植物，後世卻變成另一種完全不同植物的現象。除此之外，佛經中的

---

〔註5〕 （梁）昭明太子編、李善注：《文選》（臺北：藝文印書館，民國92年3月），卷37，頁532。

〔註6〕 （梁）昭明太子編、李善注：《文選》（臺北：藝文印書館，民國92年3月），卷37，頁532。

〔註7〕 潘富俊著：《詩經植物圖鑑》（臺北：貓頭鷹出版，民國90年），頁206。

〔註8〕 《全宋詩》，卷3609，頁43217。

植物，由於中土較少或沒有，因此也常用中土常見、人們熟知的植物去頂替原本佛經中的印度植物，如中國的荷花替代印度佛經中的睡蓮；用中國的梔子花替代佛經中的薝蔔花；用中國的梧桐樹，替代印度的沙羅樹。這種替代的目的，主要是為了傳教的方便。

　　以上五點是本論文大致所得到的結論，並將中國歷代中國花卉的審美發展與各個時代的審美特色及意涵，呈現於（圖一）。

## 圖一：歷代花卉審美演變

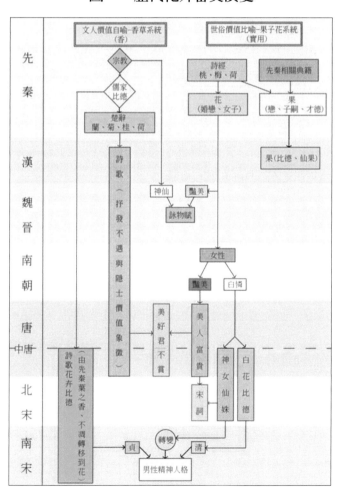

　　茲將歷代花卉象徵意涵發展簡述如下：

　　**先秦時期**：中國花卉象徵意涵最初主要根源於宗教與生活實用。

　　一、**從宗教所形成**：花卉自古就是相當重要的祭品，尤其是那些具有芳香特性的植物，常被先民賦予神聖與淨化的象徵，因而具有辟邪、治病、祈願等宗教功能，因此許多花卉的原始意涵時常根源於原始宗教，如蘭（求子、辟邪）、菊（長生、辟邪）、荷（巫儀祭祀）、松柏（祭祀、長生）。爾後在儒家理性思想掘起之後，就逐漸以人的道德取代神靈的神聖性，將植物神聖的宗教性轉變成道德的美善，形成以香喻德的價值傳統，這時那些原本具有宗教用途的植物如蘭、菊、蓮、松柏、桂等植物，都轉變成了具有與德行相關的君子象徵。這個系統的發展主要是由《楚辭》所繼承並且發展，形成了中國文人用以自喻的價值象徵。二、**從生活實用所形成**：植物的實用價值自古以來就是人們最關注的焦點，因此先秦典籍中對於植物的記載主要都是有關果實、藥效、功能、食用價值等。而那些被人們注意到的花卉也往往都是果樹（果子花），如桃、李、梅、杏等，由於這些花卉與人們的生存密切相關，因而形成了一些與世俗價值密切相關的意涵，如婚戀、生子等意涵。這個系統主要由《詩經》所代表，展現出強烈的庶民特色。主要用花卉或果實表達有關婚戀等情感，形成了以花果喻女子與愛情的相關意涵。

　　上述這兩個完全不同起源的花卉系統，前者重視「香」，表徵士大夫的品德，成為士大夫文學中的價值象徵；後者重視生活與感官的特徵，形成「實用（如〈摽有梅〉）」與「美感（如〈桃夭〉）」的象徵意涵，透顯人民的生活願望與情感，成為民歌及抒發生活情感詩歌喜愛運用的花卉象徵。不過這當中荷花是一個相當特殊的花卉，它在《詩經》和《楚辭》都出現，在《詩經》表達愛情，而在《楚辭》則表徵芳潔的品格，是傳統花卉中唯一兼攝兩系特色的花卉，其原因在於荷花不但實用美麗，更具有出塵的氣質，因而能夠得到不同人們的喜

好。總之，中國詩歌中花卉意涵的形成，基本上都是在這兩條主要脈絡所形成。

兩漢魏晉：由於道教神仙思想盛行，因此特別喜歡具有長生延年或神仙意涵濃厚的花卉，先秦時期具有原始宗教意涵的花卉如桃花、菊花、荷花，再度獲得了人們的青睞。而在植物體本身，兩漢魏晉開始對於果及花產生了審美的興趣，呈現出由果實過渡到花的審美變化。另外這時期人們對於植物的耐寒特性特別重視，如松、菊、桂都是具有凌寒的強勁生命力，文人喜歡它們除了是比德因素外，對於生命充滿短暫憂懼的人們而言，這些生命力特別強勁植物正投射著他們永生的渴望，因此這些植物也往往就是人們服食求長生的對象。這時期的文學中，開始出現以花卉為審美對象的詠花賦，其內容主要反映出花卉的豔美與神仙服食的作用。而文人詩歌中的花卉意象，大體仍承續《楚辭》的比興寄託。

南朝時期：由於受到宮體及民歌的影響，花卉的女性、愛情意涵得到極大的發展。這是在《詩經》之後，花卉的女性意涵再次獲得文人的重視。這時期文人已經從以往對於果實及長生延年效用的審美興趣完全轉移到花朵本身，花朵正式成為文人獨立審美的對象。這時期文人喜歡吟詠的花卉大體可分為兩類，一類是豔紅的花卉如蓮花，主要表達與女性的豔美與愛情；另一類則是易凋的白花，如梅花，表達出傷逝悲憐的情感。

唐代時期：唐代花卉審美可分為兩個時期：初、盛唐文人充滿積極的功名思想，因此特別喜歡具有富貴氣象的花卉，這時文人用以表達有才不遇的花卉，已經不再是蘭花這類有香無色的傳統花卉。這時豔麗的桃花與牡丹都開始被用來比喻才德。中、晚之後，由於文人意識逐漸抬頭，對於白花開始產生審美的興趣，並形成了以白花比德以及出塵無染的神女仙妹。

宋代時期：宋代文人對於花卉的審美，一反唐人喜愛穠麗而回歸到先秦以香比德的傳統，故喜歡素色的馨香花卉。而在花卉的女性意

涵上，中唐到北宋時期逐漸轉變南朝以來，花卉穠豔的世俗女子形象，而成為不食人間煙火的神女仙姝；到南宋更則將花卉的女子形象轉變成男性，強調其剛毅的道德人格。並進一步將傳統儒家精神的「貞」以及富於道家超逸不羈的「清」相結合。至此中國花卉審美以及象徵意涵大致都已經確立下來，後世少有變化。至於宋詞，由於偏重於女性情感的描寫，因此無論是美人，還是仙姝這兩種女性形象皆出現在花卉意象之中。

元明清時期：宋遺民在傳統用以比德的花卉中，重新賦予了國家的民族精神，將原本用以自喻才德的花卉意象，進一步擴大為民族精神的體現。明代中晚期則受經濟與思想影響，以情欲為主的審美價值，改變了桃花被宋人鄙視的花卉地位，並用以展現自我獨特的名士風流。到了清代，明遺民則與宋遺民用梅、蘭、菊不同，他們反而用淒美如血的桃花來寄託亡國之悲，讓豔麗的花卉也能承載高尚的國族精神。

# 引用文獻

## 一、古代典籍（依四部分類）

### （一）經部

1. 《毛詩正義》，（漢）毛公傳、鄭玄箋、（唐）孔穎達疏、（清）阮元校勘，臺北：藝文印書館，1977 年。

2. 《詩經通論》，（清）姚際恒撰，臺北：廣文書局，1988 年。

3. 《詩經原始》，（清）方玉潤撰，臺北：藝文印書書館，1981 年。

4. 《韓詩外傳》，（漢）韓嬰撰，北京：中華書局，1985 年。

5. 《尚書正義》，（漢）孔安國傳、（唐）孔穎達正義、（清）阮元校勘，臺北：藝文印書館，1977 年。

6. 《周禮注疏》，（漢）鄭玄注、（唐）孔穎達正義、（清）阮元校勘，臺北：藝文印書館，1977 年。

7. 《大戴禮記彙校集注》，（漢）戴德撰、黃懷信校注，西安：三秦出版社，2005 年。

8. 《周易正義》，（魏）王弼、（晉）韓康伯注、（唐）孔穎達正義、（清）阮元校勘，臺北：藝文印書館，1977 年。

9. 《易學辨惑》，（宋）邵伯溫撰，臺北：正中書局，1982 年 7 月。

10. 《春秋左傳正義》，（春秋）左丘明撰、（晉）杜預注、（唐）孔穎達正義、（清）阮元校勘，臺北：藝文印書館，1977 年。

11. 《論語注疏》，（魏）何晏注、（宋）邢昺疏、（清）阮元校勘，臺北：藝文印書館，1977 年。

12. 《爾雅注疏》，（晉）郭璞注、（宋）邢昺疏、（清）阮元校勘，臺北：

藝文印書館，1977 年。

13. 《爾雅翼》，（宋）羅願撰，上海：上海商務出版社，1936 年。

14. 《埤雅》，（宋）陸佃撰，收於《百部叢刊集成》，臺北：藝文印書館 1988 年。

15. 《說文解字注》，（東漢）許慎撰、（清）段玉裁注，臺北：黎明文化出版社，1993 年。

16. 《說文通訓定聲》，（清）朱駿聲撰，臺北：世界書局，1952 年。

## （二）史

1. 《史記》，（漢）司馬遷撰、（宋）裴駰集解、（唐）司馬貞索引、（唐）張守節正義，臺北：藝文印書館，2005 年。

2. 《漢書》，（漢）班固撰，臺北：藝文印書館，1996 年。

3. 《晉書》，（唐）房玄齡撰，臺北：鼎文書局，1979 年。

4. 《新唐書》，（宋）歐陽修、宋祁撰，臺北：國泰文化出版，1977 年。

5. 《宋史》，（元）脫脫等撰，臺北：中華書局，1965 年。

6. 《逸周書匯校集注》，黃懷信等著、李學勤審定，上海：上海古籍出版社，1995 年。

7. 《唐國史補》，（唐）李肇撰、（清）張海鵬輯刊，臺北：藝文印書館，1966 年。

8. 《開元天寶遺事》，（五代）王仁裕撰、（明）顧元慶輯刊，臺北：藝文印書館，1966 年。

9. 《校注列女傳》，（漢）劉向撰，臺北：廣文書局，1987 年。

10. 《通志》，（宋）鄭樵撰，臺北：上海書局，1985 年。

11. 《宋遺民錄》，（明）程敏政撰，臺北：廣文書局，1965 年。

12. 《三輔黃圖》，（後魏）楊衒之撰，北京：中華書局，1985 年。

13. 《中吳紀聞》，（宋）龔明之撰，收於張智主編《中國地方志叢刊》，臺北：廣陵出版社，2003 年。

14. 《荊楚歲時記》，（梁）宗懍撰，揚州：廣陵書社，2003 年。

15. 《西湖遊覽志餘》，（明）田汝成輯，臺北：世界書局，1982 年。

## （三）子 （依書名筆畫排序）

1. 《一切經音義》，（唐）沙門釋玄應撰，臺北：新文豐，1980 年。

2. 《三柳軒雜識》，（宋）程榮撰，收於（明）陶宗儀等撰《說郛三

種》，上海：上海古籍出版社，1988年。

3. 《三餘贅筆》，（明）都卬撰，臺北：藝文印書館，1965年。

4. 《呂氏春秋》，（戰國）呂不韋撰，陳奇猷校譯，臺北：華正書局，1985年8月。

5. 《山家清供》，（宋）林洪撰，收於《歷代筆記小說集成》，石家莊：河北教育出版社，1995年。

6. 《山海經校注》，袁珂校注，臺北：里仁書局，1995年。

7. 《六祖壇經》，（唐）惠能口述，法海集錄，丁福保編註，臺北：正一善書出版社，1993年。

8. 《五燈會元》，（宋）釋普濟撰，北京：中華書局，1984年。

9. 《孔子家語》，（三國）王肅撰，臺北：中華書局《四部備要》，1965年。

10. 《太平御覽》，（宋）李昉撰，上海：上海書店，1985年。

11. 《王氏蘭譜》，（宋）王貴學撰，臺北：藝文印書館，1966年。

12. 《本草綱目》，（明）李時珍撰，臺北：商務印書館，1983年。

13. 《世說新語校箋》，（南朝）劉義慶撰，徐震堮校箋，臺北：文史哲出版社，1989年。

14. 《石湖菊譜》，（宋）范成大撰，臺北：藝文印書館，1965年。

15. 《古尊宿語錄》，（宋）賾藏主集，上海：上海書店，2011年。

16. 《白虎通德論》，（漢）班固撰，上海：上海古籍出版社，1990年。

17. 《列仙傳》，（漢）劉向撰，臺北：廣文書局，1989年。

18. 《西京雜記》，（漢）劉歆撰，上海：上海古籍出版社，1991年。

19. 《酉陽雜俎》，（唐）段成式撰，北京：中華書局，1981年。

20. 《初學記》，（唐）徐堅撰，收於景印文淵閣《四庫全書》台灣：台灣商務印書館，1983年。

21. 《牡丹榮辱志》，（宋）丘璿撰，臺北：藝文印書館，1965年。

22. 《花經》，（宋）張撰，收錄於《叢書集成續編》臺北：新文豐出版社，1989年。

23. 《河南程氏遺書》，（宋）程顥、程頤撰，臺北：漢京文化事業，1983年。

24. 《河東先生龍城錄》，（唐）柳宗元撰，收於《百部叢書集成》百川學海第二函，臺北：藝文印書館，1965年。

25. 《金漳蘭譜》，（宋）趙時庚撰，收於《叢書集成續編》，臺北：新

文豐出版社，1989年。

26. 《事物紀原》，（宋）高承撰，北京：中華書局，1989年。

27. 《長物志》，（明）文震亨撰，收於《百部叢書集成》第515冊，臺北：藝文印書館，1996年。

28. 《佩文齋索引本廣群芳譜》，（清）汪灝、張逸少撰，臺北：新文豐出版社，1980年。

29. 《周易王韓注》，（魏）王弼撰、（晉）韓康伯注，臺北：中華書局，1996年。

30. 《抱朴子》，（晉）葛洪撰，臺北：新文豐出版社，1998年。

31. 《明燈道古錄》，（明）李贄、劉東星撰，臺北：廣文書局，1983年。

32. 《春渚紀聞》，（宋）何薳撰，北京：中華書局，1985年。

33. 《幽明錄》，（劉宋）劉義慶撰，收於《琳瑯秘室叢書》，臺北：藝文印書館，1965年。

34. 《荀子集解・考證》，（戰國）荀子撰、（唐）楊倞注、（清）王先謙集解，臺北：世界書局出版，2005年。

35. 《瓶史》，（明）袁宏道撰，收於楊家駱《觀賞別錄》，臺北：世界書局，1980年。

36. 《神農本草經》，（魏）吳普等撰，臺北：藝文印書館，1965年。

37. 《張子正蒙注》，（宋）張載撰，臺北：世界書局，1980年。

38. 《莊子集解》，（戰國）莊子撰、（清）王先謙集解，臺北：世界書局，2006年。

39. 《梅品》，（宋）張滋撰，臺北：藝文印書館，1966年。

40. 《梅譜》，（宋）范成大撰，收於周光培《宋代筆記小說》，石家莊：河北教育出版社，1995年。

41. 《淮南鴻烈集解》，（漢）劉安撰，劉文典等點校，臺北：文史哲出版社，1992年。

42. 《博物志》，（晉）張華撰，臺北：中華書局《四部備要》本，1966年。

43. 《菊譜》，（宋）劉蒙撰，臺北：藝文印書館，1996年。

44. 《焦氏易林》，（漢）焦延壽撰，北京：中華書局，1985年。

45. 《夢溪筆談校證》，（宋）沈括撰，臺北：世界書局，1989年。

46. 《管子》，（春秋）管仲撰、（唐）房玄齡注，臺北：世界書局，1988年。

47. 《說苑》，（漢）劉向撰，臺北：中華書局《四部備要》，1965 年。

48. 《齊民要術校譯》，（北魏）賈思勰撰，繆啓愉校釋、繆桂龍參校，臺北：明文書局 1986 年。

49. 《論衡》，（漢）王充撰，臺北：國立編譯館，2005 年。

50. 《藝文類聚》，（唐）歐陽詢等撰，上海：上海古籍出版社，1982 年。

51. 《鶴林玉露》，（宋）羅大經撰，收於《百部叢書集成》，臺北：藝文印書館，1965 年。

52. 《續齊諧記》，（梁）吳均撰，臺北：藝文印書館，1967 年。

(四) 集（依書名筆畫排序）

1. 《文選》，（梁）昭明太子編，李善注，臺北：藝文印書館，2003 年。

2. 《方是閒居士小稿》，（宋）劉學箕撰，臺北：臺灣商務書局，出版年未載。

3. 《木天禁語》，（元）范德機撰，臺北：藝文印書館《百部叢書集成》，1965 年。

4. 《王冕集》，（元）王冕撰，壽勤澤點校，浙江：浙江古籍出版社，1999 年。

5. 《王陽明全集》，（明）王守仁撰，上海：上海古籍出版社，1992 年。

6. 《王船山詩文集》，（清）王夫之撰，臺北：漢京文化事業有限公司，1984 年。

7. 《文心雕龍注釋》，（南朝）劉勰撰，周振甫注釋，臺北：里仁出版社，1984 年。

8. 《玉臺新詠》，（陳）徐陵撰，北京：中華書局，1985 年。

9. 《白居易集箋校》，（唐）白居易撰，朱金城箋校，上海：古籍出版社，1994 年。

10. 《牟氏陵陽集》，（宋）牟巘撰，臺北：台灣商務書局景印文淵閣《四庫全書》，1983 年。

11. 《伊川擊壤集》，（宋）邵雍撰，上海：上海書店，1989 年。

12. 《全唐詩》，（清）彭定求等編，北京：中華書局，1996 年。

13. 《全唐文》，（清）董誥等編，上海：上海古籍出版社，1995 年。

14. 《全唐文及拾遺》，（清）董誥奉敕、（清）陸心源補輯，臺北：大

化書局出版，1987年。

15. 《全上古三代秦漢三國六朝文》（清）嚴可均輯校，北京：中華書局，1958年。

16. 《李贄文集》，（明）李贄撰，北京：社會科學文獻出版社，2000年。

17. 《周濂溪先生全集》，（宋）周敦頤撰，臺北：藝文印書館，1965年。

18. 《秋聲集》，（宋）衛宗武撰，臺北：藝文印書館，出版年未載。

19. 《幽夢影》，（清）張潮撰，臺北：文津出版社，1991年。

20. 《紅樓夢校注》，（清）曹雪芹撰，其庸校注，臺北：里仁書局，1984年。

21. 《昭味詹言》，（清）方東樹撰，北京：人民文學出版社，1984年。

22. 《則堂集》，（宋）家鉉翁撰，臺北：藝文印書館，出版年不詳。

23. 《范石湖集》（宋）范成大撰，香港：中華書局，1974年。

24. 《後村先生大全集》，（宋）劉克莊撰，臺北：台灣商務印書館《四部叢刊》，1935年。

25. 《桂芳堂記》（宋）楊東山撰，收於王廷震《古文集成前集》卷9，景印文淵閣《四庫全書》第1359冊，臺北：台灣商務印書館《文淵閣四庫全書》，1983年。

26. 《袁中郎全集》，（明）袁宏道撰，臺北：世界書局，1990年。

27. 《唐伯虎先生全集》，（明）唐寅撰，臺北：學生書局，1979年。

28. 《唐伯虎先生集》，（明）唐寅撰，收於《續修四庫全書》第1335冊，上海：上海古籍出版社，2002年。

29. 《袁中郎全集》，（明）袁宏道撰，臺北：世界書局，1978年。

30. 《桃花扇傳奇小識》，（清）孔尚任撰，收於蔡毅：《中國古典戲曲序跋匯編》，山東：齊魯書社，1989年。

31. 《敝帚稿略》，（宋）包恢撰，臺北：台灣商務書局景印文淵閣《四庫全書》，1983年。

32. 《清芬堂記》，（宋）王邁撰，收於《臞軒集》，臺北：台灣商務書局景印文淵閣景印文淵閣《四庫全書》，1983年。

33. 《梅溪先生文集》，（宋）王十朋撰，上海：上海書店《四部叢刊》，1989年。

34. 《梅花百詠》，（元）馮子振、釋明本撰，臺北：台灣商務印書館《景印文淵閣四庫全書》1986年。

35. 《梅花字字香》，（元）郭豫亨撰，北京：中華書局，1985 年。

36. 《章泉稿》，（宋）趙蕃撰，北京：中華書局，1985 年。

37. 《陸放翁全集》，（宋）陸游撰，臺北：世界書局，1990 年。

38. 《許彥周詩話》，（宋）許顗撰，北京：中華書局，1985 年。

39. 《閒情偶記》，（清）李漁撰，臺北：明文書局，2002 年 8 月。

40. 《清詞綜》，（清）王昶等編，北京：北京圖書館出版社，2006 年。

41. 《清詩匯》（清）徐世昌輯，北京：北京出版社，1996 年。

42. 《須溪集》，（宋）劉辰翁撰，上海：上海書局《叢書集成續編》，1994 年。

43. 《湖山集》（宋）吳芾撰，臺北：新文豐出版社，1989 年。

44. 《詩品》，（梁）鍾嶸撰，上海：上海古籍出版社，2007 年。

45. 《詩人玉屑》，（宋）魏慶之撰，臺北：世界書局，1992 年。

46. 《詩藪》，（明）胡應麟撰，臺北：廣文書局，1973 年。

47. 《歲寒堂詩話》，（宋）張戒撰，收於丁福保輯《歷代詩話續編》，臺北：木鐸出版社，1983 年。

48. 《誠齋集》，（宋）楊萬里撰，臺北：世界書局《景印摛藻堂四庫全書》1988 年。

49. 《楚辭章句補注》，（漢）王逸注、（宋）洪興祖補注，臺北：世界書局，1989 年 11 月。

50. 《寧極齋稿》，（宋）陳深撰，臺北：新文豐出版社，1989 年。

51. 《說詩晬語》，（清）沈德潛撰，上海：上海古籍出版社《續修四庫全書》2002 年。

52. 《歐陽修全集》，（宋）歐陽修撰，臺北：世界書局，1991 年。

53. 《樂府詩集》，（宋）郭茂倩編，臺北：台灣商務印書館《文淵閣四庫全書》，1983 年。

54. 《劍南詩稿校注》，（宋）陸游撰，錢仲聯校注，上海：上海古籍出版社，1985 年 9 月。

55. 《緣督集》，（宋）曾丰撰，臺北：臺灣商務印書館，1983 年。

56. 《鄭思肖集》（宋）鄭思肖撰，陳福康校點，上海：上海古籍出版社，1991 年。

57. 《心史》，舊題鄭思肖，收於《四庫禁燬書叢刊》集部第 30 冊，北京：北京出版社，2000 年。

58. 《盧溪文集》，（宋）王庭珪撰，臺北：台灣商務印書館，1983 年。

59. 《歷代詠物詩選》，（清）易繡雲、孫奮揚合註，（清）俞琰輯，臺北：廣文書局，1968 年。

60. 《歷代詩話》，（清）吳景旭編，臺北：世界書局，1979 年。

61. 《歷代詩話》，（清）何文煥輯，北京：中華書局，1981 年。

62. 《隱秀軒集》，（明）鍾惺撰，上海：上海古籍出版社，1992 年。

63. 《離騷草木疏》，（宋）吳仁傑撰，臺北：藝文印書館，1965 年。

64. 《離騷草木史・敘》，（清）周拱辰撰，收於吳平、回達強主編《楚辭文獻集成》八揚州：廣陵書社 2008 年。

65. 《瀛奎律髓》，（元）方回撰，臺北：台灣商務印書館《景印文淵閣四庫全書》，1986 年。

66. 《蘇東坡全集》，（宋）蘇軾撰，北京：中國書店，1992 年。

67. 《蘇軾詩集》，（宋）蘇軾撰，（清）王文誥、馮應榴輯注，臺北：學海書局，1985 年。

68. 《龔定庵全集》，（清）龔自珍撰，臺北：世界書局，1973 年 5 月。

## 二、今人著作（依書名筆畫排序）

1. 《中國詩學——思想篇》，黃永武撰，臺北：巨流圖書出版，1976 年。

2. 《中國文學評論》，劉守宜主編，臺北：聯經出版社，1977 年 1 月。

3. 《中國古代宗教初探》，朱天順撰，上海：上海人民出版社，1982 年。

4. 《中國美學史》，李澤厚、劉綱紀主編，臺北：谷風出版，1987 年。

5. 《中國文人的自然觀》，Wolfgang Kubin 撰、馬樹德譯，上海：上海人民出版社 1990 年。

6. 《中國歷代婦女妝飾》，周汛、高春明撰，上海：書林出版社，1997 年 1 月。

7. 《中國詠物詩「託物言志」析論》，林淑貞撰，臺北：紅螞蟻圖書出版，2002 年。

8. 《中國花經》，陳俊愉、程緒珂主編，上海：上海文化出版社，2003 年《中。

9. 《中國荷花審美文化研究》，俞香順撰，四川：巴蜀書社，2005 年。

10. 《中國梅花審美文化研究》，程杰撰，四川：巴蜀書社，2008 年。

11. 《中國古代文學桃花題材與意象研究》，渠紅岩撰，北京：中國社會科學出版社，2009 年。

12. 《文學美綜論》，柯慶明撰，臺北：長安出版社，1986 年。

13. 《文化人類學》，林惠祥撰，上海：上海文藝出版社，1991 年。

14. 《六朝詩論》，洪順隆撰，臺北：文津出版社，1985 年。

15. 《白居易傳》，汪褆義撰，臺北：國際文化事業有限公司，1985 年。

16. 《古代詩話精要》，趙永紀編著，天津市：天津古籍出版社，1989 年。

17. 《古代中國的節慶與歌謠》，（法）葛蘭言（Marcel Granet）著，趙丙祥、張宏明譯，桂林：廣西大學出版社，2005 年。

18. 《北宋文人的飲食書寫》，陳素貞撰，臺北：大安出版社，2007 年。

19. 《全宋詞》，唐圭璋編，北京：中華書局，1965 年。

20. 《全宋詩》，傅璇琮等主編，北京：北京大學，1991 年。

21. 《全漢三國晉南北朝詩》，丁福保編，京都：中文出版社，1979 年。

22. 《全宋文》，曾棗莊、劉琳主編，上海：上海辭書出版社，2006 年。

23. 《全明詩》全明詩編纂委員會編，上海：古籍出版社，1994 年。

24. 《先秦漢魏南北朝詩》，丁仲祐編，臺北：藝文印書館，1975 年。

25. 《先秦漢魏晉南北朝詩》，逯欽立輯校，北京：中華書局，1998 年。

26. 《迴車：中古詩人的生命印記》，廖美玉撰，臺北：里仁書局，2007 年。

27. 《伽陵談詩》，葉嘉瑩撰，臺北：三民書局，1970 年。

28. 《伽陵論詩叢稿》，葉嘉瑩撰，石家莊：河北教育出版社，1997 年。

29. 《宋詩概論》，（日）吉川幸次郎撰，臺北：聯經出版社，1979 年。

30. 《宋詩精華錄》，陳衍等著，四川：巴蜀書社，1992 年。

31. 《呂思勉讀史札記》，呂思勉撰，臺北：木鐸出版社，1983 年。

32. 《巫風與九歌》，邱宜文撰，臺北：文津出版社，1996 年。

33. 《金枝》，弗雷澤撰，汪培基譯，臺北：桂冠書局，1994 年。

34. 《花與中國文化》，何小顏撰，北京：人民出版社，1999 年。

35. 《兩漢魏晉南北朝文學批評資料彙編》，柯慶明、曾永義編，臺北：成文出版。

36. 《花朵的秘密生命》，（美）蘿賽（Sharman Apt Russell）著、鍾友珊譯，臺北：貓頭鷹出版社，2010 年。

37. 《神話‧禮儀‧文學》，陳炳良撰，臺北：聯經出版社，1986 年。

38. 《神與物遊》，載氏著，北京：中國人民大學出版社，1989 年。

39. 《風騷與艷情》，康正果撰，臺北：雲龍叢刊，1988 年。

40. 《美學百科全書》，李澤厚、汝信名譽主編，北京：社會科學文獻出版社 1990 年。

41. 《美學四講》，李澤厚撰，臺北：三民書局，2001 年。

42. 《美的歷程》，李澤厚撰，臺北：三民書局，2007 年。

43. 《南宋四大家詠花詩研究》蕭翠霞撰，臺北：文津出版社，1994 年。

44. 《建安辭賦之傳承與拓新──以題材及主題爲範圍》，廖國棟撰，臺北：文津出版社，2000 年。

45. 《香草美人文學傳統》吳旻旻撰，臺北：里仁書局，2006 年 12 月。

46. 《原始文化──神話、哲學、宗教、語言、藝術和習俗發展之研究》，（英）愛德華‧泰勒（Edward Tylor）著、連樹聲譯，上海：上海文藝出版社，1992 年。

47. 《唐宋詞十七講》，葉嘉瑩撰，臺北：桂冠圖書，2002 年。

48. 《陶潛詩箋註校證評論》，（晉）陶潛撰、方祖燊箋註，臺北：台灣書店，1988 年。

49. 《野蠻人的性生活》，（英）馬林諾夫斯基著、高鵬，金爽編譯，北京：團結出版社，1989 年。

50. 《郭沫若全集》，郭沫若撰，北京：科學出版社，1982 年。

51. 《梅文化論叢》，程杰撰，北京：中華書局，2007 年。

52. 《聞一多全集》聞一多撰，北京：三聯書店，1982 年。

53. 《感官之旅》，（美）黛安‧艾克曼（Diane Ackerman）撰，莊安祺譯，臺北：時報文化出版，1993 年。

54. 《詩經通譯》，王靜芝撰，臺北：輔仁大學文學院，1968 年。

55. 《詩經植物圖鑑》，潘富俊撰，臺北：貓頭鷹出版，2001 年。

56. 《詩與美》，黃永武撰，臺北：洪範書局，1997 年。

57. 《楚辭疏》，（清）吳世尚撰，收於崔富章總主編《楚辭評論集覽》，湖北：湖北教育出版社，2002 年。

58. 《楚辭植物圖鑑》，潘富俊撰，臺北：貓頭鷹出版社，2002 年。

59. 《楚辭考論》，周建忠撰，北京：商務印書館，2007 年。

60. 《漢魏六朝樂府詩評注》，王運熙、王國安評注，山東：齊魯書社，2003 年。

61. 《踏雪尋梅──中國梅文化探奇》張建軍、周延撰，山東：齊魯書社，2010 年。

62. 《鄭愁予詩集 I》，鄭愁予撰臺北：洪範書局，1968 年。

63. 《憂與遊》，李豐楙撰，臺北：學生書局，1996 年。

64. 《歷代社會風俗事物考》，尚秉和撰，臺北：台灣商務印書館，1971 年。

65. 《歷代詩話續編》，丁福保輯，臺北：木鐸出版社，1988 年。

66. 《諷諫抒情與神話儀式：楚辭文心論》，魯瑞菁撰，臺北：里仁書局，2002 年。

67. 《魏晉詠物賦研究》，廖國棟撰，臺北：文史哲出版社，1990 年。

68. 《蘇文彙評》，曾棗莊、曾濤編，臺北：文史哲出版社，1998 年。

69. 《體物入微：物與身體感的研究》，余舜德主編，新竹：國立清華大學出版社，2008 年。

## 三、單篇論文（依出版年代排序）

1. 〈方相氏與大儺〉，楊景鶴撰，《中央研究院歷史語言研究所集刊》第三本，1960 年 12 月。

2. 〈淺談宋詞中三個梅花意象──美人姿態、隱者風標、貞士情操〉，顏崑陽撰，《明道文藝》第 64 期，1981 年 7 月。

3. 〈心史作者考辨〉，劉兆祐撰，《東吳文史學報》第 4 期，民國 71 年 4 月。

4. 〈《桃花源記并詩》管窺〉，齊益壽撰，《臺大中文學報》第 1 期，1984 年 12 月。

5. 〈神桃五題──中國神話敘事結構研究之二〉，星舟撰，《華中理工大學學報》第 1 期，1994 年。

6. 〈六朝美學之總體描述〉，吳功正撰，《東岳論叢》第 1 期，1994 年。

7. 〈《詩經》二南中的楚歌〉，蔡靖泉撰，《上海大學學報》第 3 期，1994 年 3 月。

8. 〈「桃花女」中陰陽鬥與合：一個儀式戲劇的分析〉，郝譽翔撰，《中外文學》第 26 卷第 9 期，1998 年 2 月。

9. 〈試論杜甫秦州詠物詩的個性化特色〉，轟大受撰，《杜甫研究學刊》第 1 期，1998 年。

10. 〈服飾與儀禮：離騷的服飾中心說〉，李豐楙撰，《中國文哲研究集刊》第 14 期，1999 年 3 月。

11. 〈歷史亂談（之二）〉，葛兆光撰，《中國典籍與文化》第 2 期，2001 年。

12. 〈典範、挪移、越界——李清照詞的「雙音言談」〉，張淑香撰，《廖蔚卿教授八十壽慶論文集》，2003 年 2 月。

13. 〈 "比德" "比情" "暢神" ——論漢代自然審美觀的發展和突破〉，周均平撰，《文藝研究》第 3 卷第 5 期，2003 年 9 月。

14. 〈詩經之植物素材概說〉，周明儀撰，《台南女院學報》第 23 期，2004 年 10 月。

15. 〈《紅樓夢》中的「石榴花」——賈元春新論〉，歐麗娟撰，《臺大文史哲學報》第 60 期，2004 年 5 月。

16. 〈論《九歌》的直接源頭〉，張玉春、唐英撰，《古籍整理研究學刊》第 1 期，2006 年。

17. 〈 "君子比德" 說與儒家的審美興趣〉，王利民撰，《江西社會科學》第 7 期，2008 年。

18. 〈楚辭蓮荷意象研究〉，王慧撰，《藝海》第 6 期，2008 年。

19. 〈中國梔子審美文化探析〉，俞香順，周茜撰，《北京林業大學學報：社會科學版》第 1 期，2010 年。

20. 〈從 "圭" 到 "桂"：月中 "桂" 新考〉，段一凡、王賢榮《南京林業大學學報——人文社會科學版》第 2 期，2011 年。

## 四、學位論文 (依出版年代排序)

1. 《兩宋詠物詞研究》，馬寶蓮撰，臺北：國立臺灣師範大學國文研究所碩士論文，1983 年。

2. 《宋代詠花詞研究》，俞玄穆撰，臺北：國立政治大學中國文學系碩士論文，1985 年。

3. 《從山海經楚辭看草木與文學的關係》，陳妙華撰，臺北：中國文化大學中國文學研究所碩士論文，1986 年。

4. 《詠植物詩中的吉祥觀》鍾宇翡撰，台南：國立成功大學歷史語言研究所碩士論文，1990 年。

5. 《齊梁詠物詩與詠物賦之比較研究》，李玉玲撰，高雄：高雄師範大學國文研究所碩士論文，1991 年。

6. 《唐代詠花詩研究》，張琪蒼撰，台中：國立中興大學中國文學研究所碩士論文，1996 年 6 月。

7. 《李商隱詠物詩研究》曾淑巖撰，高雄：國立中山大學國文研究所碩士論文，1998 年 6 月。

8. 《離騷"香草美人"抒情模式研究》，劉志宏撰，北京：首都師範大學中文碩士論文，2003 年。

9. 《宋代梅花詞研究》，廖雅婷撰，嘉義：國立中正大學中國文學研究所碩士論文，2003 年 6 月。

10. 《魏晉時期花木賦研究》，陳溫如撰，臺北：國立台灣師範大學國文系碩士論文，2004 年。

11. 《中國「桃」文化研究──以古典戲曲為例》，關漢琪撰，台中：逢甲大學中國文學系碩士論文，2004 年 6 月。

12. 《桃的神話與文學原型研究》張史寶撰，臺北：國立政治大學中國文學系碩士論文，2005 年 1 月。

13. 《金元詠梅詞研究》鄭琇文撰，台南：國立成功大學中國文學研究所碩士論文，2005 年 6 月。

14. 《中國文學中的「桃花」研究》，蔡夢嫺撰，桃園：國立中央大學中國文學研究所碩士論文，2006 年 6 月。

15. 《中國文學中的桂花意象研究》，黃麗娜撰，南京：南京師範大學文學院碩士論文，2006 年。

16. 《《詩經》植物興象與題旨的關係》，溫剛撰，香港：香港大學文學碩士論文，2008 年。

17. 《李義山植物詩初探》，張美鳳撰，臺北：中國文化大學中國文學研究所碩士論文，2008 年。

18. 《六朝詠植物詩研究》，江凱弘撰，彰化：國立彰化師範大學國文研究所碩士論文民國，2008 年。

19. 《《漱玉詞》花鳥意象研究》，劉淑菁撰，臺北：國立臺灣師範大學國文系碩士論文，2009 年 7 月。

20. 《采菊：「菊」的原始意象與文學象徵──以屈賦陶詩為主》，李珮慈撰，花蓮：國立東華大學中國語言學系碩士論文，2010 年 6 月。